ふつつかな悪女ではございますが
～雛宮蝶鼠とりかえ伝～
3
中村颯希
イラスト：ゆき哉
JN088601
一迅社ノベルス

人物紹介

黄《こう》 玲琳《れいりん》

黄家 雛女。美しく慈悲深い。
皆に愛され、「殿下の胡蝶」と呼ばれる。
病弱で伏せりがち。

入れ替わり

朱《しゅ》 慧月《けいげつ》

朱家 雛女。そばかすだらけで厚化粧。
「雛宮のどぶネズミ」と呼ばれる、嫌われ者。
玲琳を妬む。

詠《えい》 尭明《ぎょうめい》

美丈夫で文武両道な皇太子。
玲琳とは従兄妹。
幼いころから玲琳を愛する。

辰宇《しんう》

後宮の風紀を取り締まる鷲官長で、
非常な処刑人。皇帝の血を引く。

莉莉《りーりー》

慧月付きの上級女官。
気性が荒く、
興奮すると下町言葉が出る。

黄《こう》 冬雪《とうせつ》

玲琳付き筆頭女官。
冷静沈着で無表情だが、
玲琳に深い忠誠を誓っている。

黄《こう》 絹秀《けんしゅう》

皇后。玲琳の伯母。
割り切った考えの持ち主で、
貫禄がある。

朱《しゅ》 雅媚《がび》

元貴妃。
皇后に次ぐ二番目の地位に
あったが追放された。

金《きん》 清佳《せいか》

金家 雛女。
玲琳に次ぐ候補を自認する。

玄《げん》 歌吹《かすい》

玄家 雛女。
最年長者で何事も卒なくこなす。

藍《らん》 芳春《ほうしゅん》

藍家 雛女。
最年少者で、詩歌に秀でる。

《相関図》

西領を治め、金を司る一族。

象徴する季節は「秋」、方角は「西」、色は「白」。

木を剋し、また水を生じる。

現実的な商人肌の者と、芸術家肌の者に二分される。直系の者ほど芸術家肌で、美や哲学を重視する。

美を讃えながら、それで儲けることもできる人々。


北領を治め、水を司る一族。

象徴する季節は「冬」、方角は「北」、色は「黒」。

火を剋し（打ち勝ち）、また木を生じる（助ける）。

冷淡で、非人道的な行為も平然とこなす者が多い。反面、特定の対象には強く執着することも。

武芸に優れる者が多い。

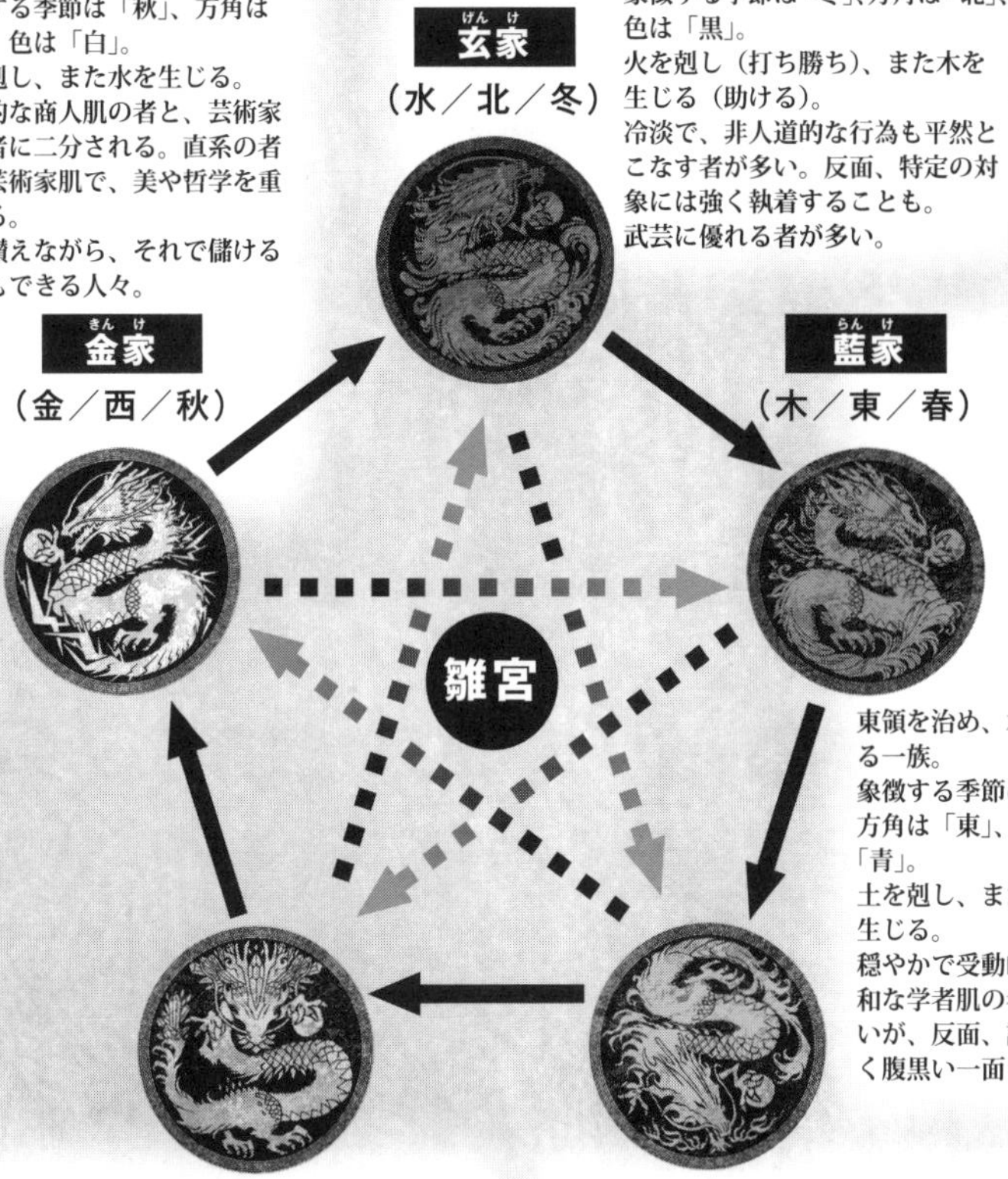

東領を治め、木を司る一族。
象徴する季節は「春」、方角は「東」、色は「青」。
土を剋し、また火を生じる。
穏やかで受動的、柔和な学者肌の者が多いが、反面、計算高く腹黒い一面も。

直轄地を治め、土を司る一族。

象徴する季節は「変わり目」、方角は「中央」、色は「黄」。

水を剋し、また金を生じる。

朴訥で実直、世話好きな者が多い。直系の者ほど開拓心旺盛で、大地のごとく動じない。

どんな天変地異も「おやまあ」でやり過ごせる人々。


南領を治め、火を司る一族。

象徴する季節は「夏」、方角は「南」、色は「紅」。

金を剋し、また土を生じる。

苛烈な性格で、派手好きな者が多い。感情の起伏が激しく、理より情を重んじる。

激しく憎み、激しく愛する人々。

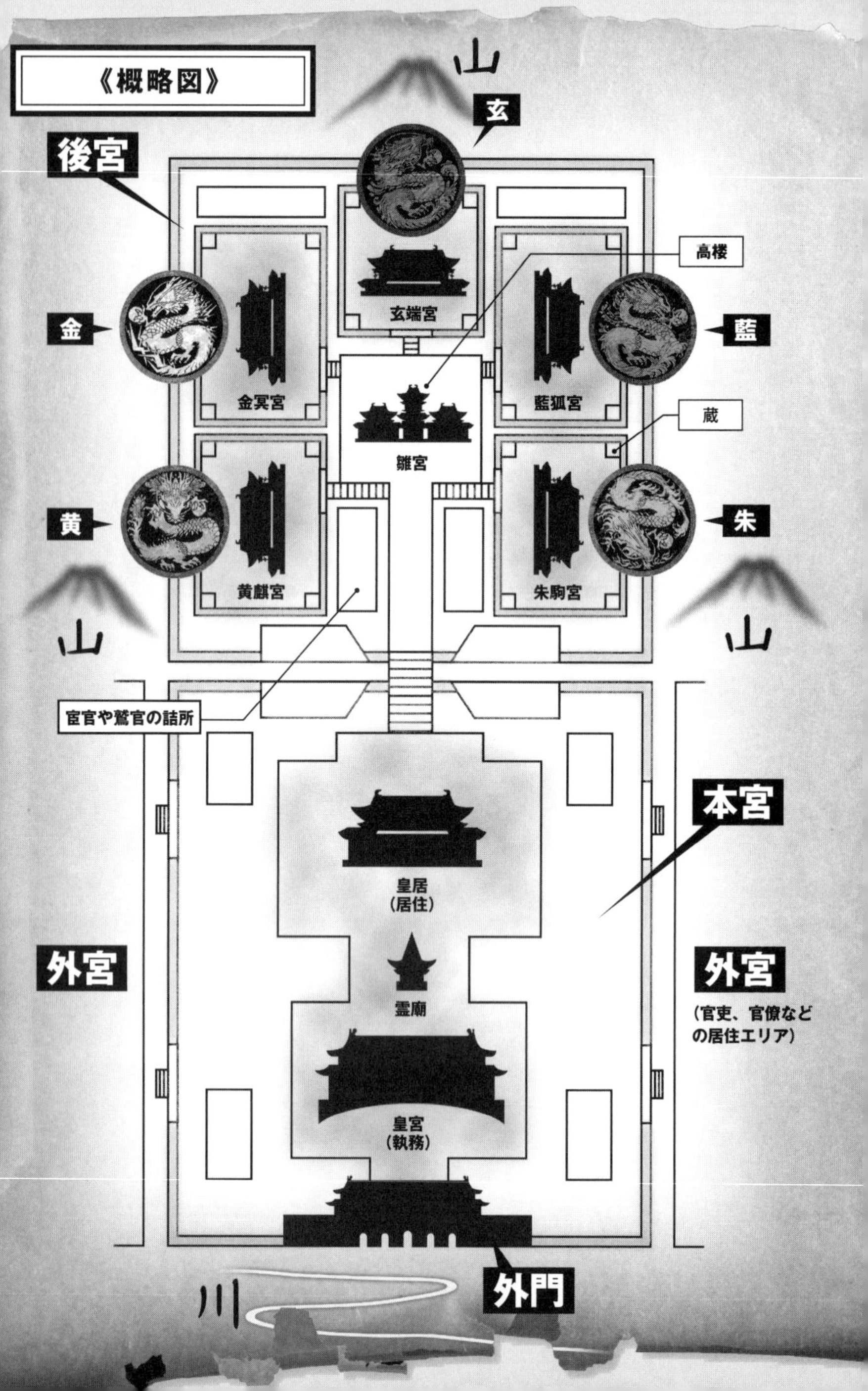
《概略図》
山
玄
後宮
高楼
玄端宮
金
金冥宮
藍
藍狐宮
雛宮
蔵
黄
黄麒宮
朱
朱駒宮
山
山
宦官や鷲官の詰所
本宮
皇居
（居住）
霊廟
外宮
外宮
（官吏、官僚など
の居住エリア）
皇宮
（執務）
外門
川

目次

プロローグ

その日も、空には厚い雲が垂れ込め、しとしとと小雨を降らせていた。

「それで……どうすんだよ……」

険しい山の麓を引っ掻くようにしてこさえた田畑、そしてその間に紛れるように立つ粗末な小屋に、男たちの憔悴《しょうすい》しきった声が響く。

欠けた歯に、痩せ細った体。ざんばらに切ったまま結びもしない、だらしなさの目立つ髪。

衣にいくつも継ぎを当てた、一目見て貧民とわかる彼らは、先ほどから古びた筵《むしろ》の上に車座になり、溜息を落としていた。

「どうするも、こうするも……今以上に税が上がったんじゃ、生きていけねえよ」

「ただでさえ、今年はひどい冷害なんだしよ。曇り続きで、稲がちっとも育たねえ。このままじゃ病にやられちまう」

「じゃあ、この話に乗るってのか、豪龍《ごうりゅう》？　こんな……大それた話によ」

男たちが煮え切らない発言を続けると、上座に腰を下ろしていた大柄な男——豪龍が、腹立たしそうに床を叩き、だみ声を荒らげた。

「邑《むら》の三役が、そんな腑抜けでどうする。兄貴が死んじまった今、俺たちが邑を守らずにどうすんだ。

いいか？　道は一つだ。禍《わざわい》を呼ぶ悪女、朱　慧月を攫って、いたぶるんだよ！　そうすりゃ天災は止むんだ」

彼はこの邑の頭領の弟で、頭領亡き今、甥とともに、邑のまとめ役のような地位にいる。

豪龍の大声は、まるで雷鳴のように、あたりに響き渡った。

三役は張り詰めた表情で、くりぬき窓の外を窺う。

一向に止まない雨を認めると、暗い空に縋《すが》るようにして両手を合わせ、「天よ、どうぞ怒りをお鎮めください」と呟いた。

この邑の民――いいや、この朱家《しゅけ》に連なる南領の民は皆、火の気が多いためか、感情的だ。

容易に心を揺らし、怯える彼らは、呪いや禍といったものをひどく恐れる傾向があった。

豪龍もまた、眉を寄せて窓を一瞥してから、不安を押し殺すように声を潜めた。

「郷長によれば、この冷害は、雛女《ひめ》になる資質のない女が無理に参内して、天朝を穢《けが》したことで、天が怒ったことによるものらしい。言われてみりゃ、朱　慧月《けいげつ》がいきなり雛女になった去年から、南領は禍続きだ」

「それはたしかだな。去年は日照りで、今年は冷害」

「美人で優しいと評判の、南領の自慢だった朱貴妃様も、突然追放されちまうしよお。今年、俺たちの税が上がるのも、朱家が天子様の怒りを買ったからなんだろう？　もう、めちゃくちゃだ」

「飢えが酷いときにゃ、王都から粥が配られるもんなのに、俺たちのところまで全然行き渡らねえ。粥を減らされたのも、朱　慧月のせいか」

男たちが次々に口を開くと、豪龍も「郷長はそう言っていた」と頷く。

「だからこそ、身の程知らずの女に、天に代わって罰を与えるんだよ。そうすりゃこの雲は晴れて、田畑に日が射す。税も、働きを労《いたわ》って半分に抑えてやる、っていうのが、お達しの内容だ」

「半分……」

男たちの目の色が変わる。

ただでさえ生活の厳しいところに、日照りと冷害に苦しめられ、彼らも限界だったのだ。

「半分ってのは、でかいよなあ」

「だがよ、高貴な女を攫《さら》っていたぶるってのは……それこそ、天罰が下るかもしれねえ」

「誰がその、大それた役回りをするんだよ」

生活苦を逃れるためなら、郷長からの提案に飛びつきたい。

けれど、汚れ役を引き受けては天罰が恐ろしい。

やはり煮え切らない仲間の態度に、豪龍は舌打ちして室《へや》の隅を見やった。

「おい、雲嵐《うんらん》。おまえからもなんか言ってやれよ。兄貴が後継に指名したのは、おまえなんだから」

あばら家の片隅、筵も引かれていないむきだしの土床に寝そべるのは、年若い青年だ。

年は二十くらいと見える。

ほかの男たちと同様、古着に短髪。ただし、日に焼けて赤茶けた髪を、彼は上部だけ掬って後ろでひとつに括っている。すると、浅黒く野性味のある美貌が露《あらわ》になり、この近辺の女たちは、彼を見るとつい目で追いかけてしまうのだった。

「べつにー。叔父貴が取りまとめりゃいいだろ」

組んだ腕を枕にし、口寂しさを紛らわせるために細枝を噛む彼は、田舎の放蕩息子そのものの姿だ。

緩い口調で答えると、雲嵐は気だるげに寝返りを打ち、横向きになって男たちを見た。

「あんたらだって、俺に決められても困るでしょ」

肉食の獣のような鋭さを秘めた、そして侮蔑的な笑みを見て、男たちは一斉に気色ばんだ。

「まったく、なんて態度だ」

「頭領も、なんでこんなやつを息子扱いしてきたんだか」

「そこが、あの愚か者の頭領の最初の過ちだったんだ。遡ってみりゃ今の禍だって、頭領が、こんなまざり者を邑に引き入れたりしたからかも――」

――ぷっ！

だが、身を起こした雲嵐が、突然枝を吐き出したので、男たちは言葉を飲み込んだ。

この青年は、しょせん邑のはぐれ者。だが、気まぐれな彼をあまりに刺激しすぎると、反撃が恐ろしい。彼の鍛えられた若々しい体と、よく回る知恵は、邑の中でも群を抜いているのだから。

「…………」

雲嵐は目を細め、片方だけあぐらをかいた膝を、とんとんと指で叩く。

無意識に男たちが息を詰めたそのとき、彼は唐突に言った。

「――言質、取っとこうぜ」

「は……？」

話についていけなかった豪龍たちが、ぽかんと口を開ける。

雲嵐は体についた土を払うと、その場に立ち上がった。

「証文。郷長に、『僕が邑の民にこんな仕事を命じましたあ。税金も下げますう』って書かせんの。

でなきゃ失敗したとき、賤民なんてすぐ尻尾切りに遭う」

「え？　あ……」

「字は俺が読めるからへーき。はは、『学は人を助ける』ってのは本当だね。脅迫の手段になる」

鋭い瞳は細められ、くりぬき窓の外に広がる雲を睨みつけている。

「朱　慧月。女ひとりを痛めつけりゃ、邑中が救われる。結構なことじゃん。いいよ、俺やるよ。腑抜けのあんたらの代わりに」

次に男たちに向き直ったとき、その整った顔には、嘲笑が浮かんでいた。

「雛女をいたぶることの、なにがそんなに怖い？　女なんて、衣を剥げばどれも一緒だろ。お高くとまった郷の女たちだって、ちょっと甘やかせばすぐ股を開く。女なんて、大抵そんなもんだろ」

「う、雲嵐、おまえ、なんてことを」

「手籠《てご》めにするのは畏れ多い？　じゃあ、石を投げるのは？　殴ったり、髪を切ったり、肥だめに突っ込むのも考えられない？」

青ざめる豪龍を、雲嵐は鼻で笑った。

「お優しいことで。――俺たちは、そんな目に遭ってばかりだってのにさ」

小屋に沈黙が満ちる。

そこに声を染みこませるように、雲嵐はゆっくりと続けた。

「俺たちが這いつくばって、郷民の足を舐めてる間、朱　慧月は財に飽かせて人を踏みつけてきたんだ。俺たちが痩せた田畑を耕している間、あちらは肌のお手入れ。飢えて、苦しんで、追い詰められた俺たちが身内を亡くしたとき、都の雛女様は、いったいなにして遊んでたんだろうな？」

「…………」

言葉に引きずられるようにして、男たちの顔に、深い苦悩と、憎しみが滲んだ。

ここにいるのは、飢えた民ばかり。いつ晴れるとも知れない曇天と重税に追い詰められ、途方に暮れている者ばかりだ。なかには、十分な栄養を取れず、病で家族を失った者もいる。

もとより、禍を信じ、それをひどく恐れる気質の持ち主だ。

なんとか押し殺していた貴族への憎悪に火を付けるのは、乾いた火口《ほくち》に火花を移すよりも簡単なことだった。

「飢えて、蔑まれて、ごみくずみたいに扱われる。自分たちがされてきたのと、同じことをするだけだ。それでなんで、天罰が下るなんて話になんだよ。馬っ鹿じゃねえの」

雲嵐は憎々しげに吐き捨ててから、口の片端を引き上げた。

王都の生まれだったなら、きっと人気の役者にでもなれただろう、人目を引く笑みである。

「禍を振りまく悪女とやらに、民の気持ちをわかってもらおうじゃねえの」

南領の民特有の、赤茶の瞳を凄ませて、雲嵐は低く笑った。

1．玲琳、はしゃぐ

「それでは参ります、第三十二問。婚約者がいるあなたですが、別の素敵な殿方に、突然好意を告げられてしまいました。どうしますか？　一、躱《かわ》す。二、持ち帰り検討する。三、受け入れる」

美しく手入れされた雛宮《すうぐう》の梨園《にわ》、そのひと隅の四阿《あずまや》に、とびきり上機嫌な声が響いた。

鈴を転がすような、とも言われる美しい声の持ち主は、品のよい黄朽葉色《きくちばいろ》の衣に身を包んだ、黄家《こうけ》の雛女《ひめ》――玲琳《れいりん》である。

その顔は、今日も今日とて溜息が出るほど端整であったが、ぎゅうと筆を握り締め、卓に身を乗り出す様子は、ぎらぎらしている、と表現したくなるほど暑苦しかった。

「ちょっと、今、他のことを話しかけないでよ！　ああ……、一手前にどう動かしたかさえ、わからなくなってしまったわ」

卓の向かいで、苛立たしげに指の爪を噛むのは、朱家《しゅけ》の雛女。朱 慧月《けいげつ》だ。

盛夏をわずかに過ぎたばかりの、いまだ熱気を孕《はら》んだ昼下がり。

彼女たちは、七日に一度巡ってくる雛宮の休日であるこの日、四阿に出て将棋に興じていた。

「先ほど慧月様は、兵の駒をこう動かしておいででしたよ。そして、わたくしの馬が、こう。――さて、質問なのですが」

「だから、少し黙っていてったら！」

いや、将棋に没頭しているのは、慧月だけだろうか。

玲琳は先ほどから、慧月と話したくて仕方がないとばかり、うずうずしながら相手を質問攻めにしているのだから。

「あの、玲琳様。一応これ、指導対局ということなんで、うちの慧月様が集中できるよう、手加減してやってはもらえませんかね」

見かねたらしく、慧月の傍に控えた銀朱女官・莉莉《りーりー》が、呆れたように切り出す。

「この慧月様が、せっかく琴棋書画《きんきしょが》に精を出そうとしてるんです。片手間に打ちながら相手を大敗させる、みたいな、人の心をぽっきり折るような行為は控えていただきたいというか。この人なりに一生懸命なのに、可哀想じゃないですか」

「あなた、わたくしを応援したいのか貶《けな》したいのか、どっちなのよ」

ずけずけとした女官の物言いに、慧月がひくりと顔を引《ひ》き攣《つ》らせる。

そこに追い打ちを掛けるように、玲琳の傍で茶の給仕をしていた藤黄《とうおう》女官・冬雪《とうせつ》も、冷ややかに申し添えた。

「そうですよ、玲琳様。余暇のたびに慧月様の指導に時間を取られて、藤黄女官《わたくしたち》との時間が取れずにイラッとするのはわかりますが、それでも、上に立つ者としては、教え子に対し常に全力で向き合わねば」

「あなたの私怨をしれっと混ぜてくるの、やめてくれるかしら、冬雪？」

これに対しても、慧月は半眼になって突っ込みを入れる。

以前は冬雪の痛烈な嫌味にいちいち怯えていた彼女だが、最近ではすっかり慣れたようだ。それほどに頻繁に、冬雪によるしごきに遭っているからである。

（ふふ、慧月様ったら、すっかり莉莉や冬雪とも打ち解けて、よいことです）

大好きな者たちが、「ほのぼのと」会話をする様子に、玲琳はそっと顔を綻ばせた。

多少殺伐としている気もするが、これだけ遠慮なくものを言い、また間髪を容《い》れず突っ込みを返せるのは、互いに心を許しあっているからだろう。少なくとも、玲琳にはそう見えていた。

（慧月様と過ごす時間も、入れ替わりを機に、ずいぶん増えましたものね。楽しいことです）

乞巧節《たなばた》の入れ替わり事件、そして、元貴妃の追放から、はやひと月。

黄麒宮《こうきぐう》の次に勢いのあった朱駒宮《しゅくぐう》は、いまだ妃不在のままだ。それを雛女だけで盛り立てるためには、今の「無芸無才のどぶネズミ」のままではいられないと、慧月はこうして、なにくれとなく玲琳に教えを請うて、芸を磨こうとしているのである。

急に玲琳と接近しだした慧月のことを、意地悪い雛宮の女たちは「まあ、急にごまを擂《す》るようになったこと」と評する向きもあるようだが、当の玲琳は、大好きな友人が自分を頼ってくれている現状が、嬉しくてならなかった。

「……わたくしだって、あなたに頼りきりなのを不甲斐なくは思っているわよ」

と、駒を持つ手を休めた慧月が、口元を歪める。

「でも、朱家や、ほかの雛女たちは、人が困っているというのに、手を差し伸べやしないんだもの。仕方ないじゃない」

悔しさの滲む声を聞き、玲琳は、浮かれきった先ほどの感想を訂正した。

（そうですわ。慧月様にとって、わたくしを頼るのは苦渋の選択。喜んでいては、いけませんね）

そう。芸を磨こうにも、これまでの行いが悪さし、慧月には頼る相手が玲琳以外にいなかったのである。

元々彼女が雛女になったのは、朱　雅媚《がび》の独断のようなものだ。入内時《じゅだいじ》、朱家には「もっと寵愛《ちょうあい》を受けるに足る娘を」との声も多くあり、慧月もそれに苛立って、朱家の財を浪費したりしたので、当然、両者の仲は良好ではなかった。

特に今、元貴妃の寵愛頼みだった朱家は、その基盤が揺らいでいる。政治の場での存在感を薄めないよう必死だし、もっと操りやすい娘に雛女を差し替えたいとすら願っているのだろう。慧月が「雛女としての資質を磨きたい」と申し出ても、教師の一人も寄越さなかった。

では、これを機会に他家に教えを請い、交流を深めれば――との考えも、慧月には難しかったようだ。

なにしろ、これまで他家の雛女を「蹴落とす相手」としか考えていなかった彼女である。自分より格上と見なした清佳《せいか》については、ことあるごとに陰口を叩いていたし、大人しい芳春《ほうしゅん》については、隙あらば罵っていたらしい。捉えどころのない歌吹《かすい》については、会話も持たなかったそうだ。

そんな相手に、今さらどの面を下げて教えを請えば、というのが慧月の主張であった。実際、今も三人とは、ほとんど交流を持っていないようなのである。

（惜しいことです。雛女様方には、それぞれ秀でた才能がおありになる。そのすべてを吸収すれば、きっと慧月様は、素晴らしい雛女となれるのに）

慧月は、駒を持ったままそっぽを向いている。

そうした言動は、彼女の幼さの表れのようだが、玲琳からすれば、負けん気の強さの表れだ。

彼女には、強い向上心と、逆境でもへこたれない芯の強さがある。

どうか皆が早く、彼女の魅力に気付いてくれればいいのに。

そう願いながら、玲琳は淡く苦笑した。

「わたくしはちっとも、苦に感じてなどいませんわ。むしろ、教えるのがわたくしだけなんて光栄ですし……あとは少し、申し訳ないです」

「申し訳ない？　あなたが？」

「ええ。だって、ほかの雛女様なら、もっと優れた教師になりえるでしょうから」

本心から告げると、慧月は鼻白んだように頬杖をついた。

「過ぎた謙遜は嫌味よ。いったいどこの誰が、あなたより優秀だというのよ。清佳様の舞は華麗だけど、それだけよ。歌吹様はわたくしと同じくらいの会話下手。芳春様はおどおどの意気地なし」

慧月は、自身も他人からの辛辣な評価に苦しんでいるというのに、他人をこき下ろすのは大の得意のようだ。

ばっさりとほかの雛女たちを切り捨てるのを聞き、玲琳は困惑に眉を寄せた。

「そんな。清佳様は論理的に舞を研究されているので、教えるのもきっとお上手ですわ。歌吹様は、お言葉は少なくとも、こちらの悩みを親身に汲み取ってくださる。芳春様も、引っ込み思案には見えますが、仲良くなればきっと――」

だが、慧月が肩を竦めたのを見て、言葉を引っ込めた。

彼女は、玲琳がこうした言葉を口にすると、すぐに「さすが優等生ね」と毒づくのだ。

たしかに、自分自身が仲良くなれないと感じている相手のことを、無理に近づけられたところで、受け入れがたいのだろう。

それを察した玲琳は、すぐに話し方を切り替えた。

「まあでも、それで慧月様がわたくしにしか心を許せないと仰《おっしゃ》るのなら、わたくしとしては役得ですわ。独り占めできて、嬉しいことです」

「な……っ！」

すると慧月はぎょっとし、ついで、耳まで真っ赤になる。

愛らしい女性なのだ。

口をぱくぱくさせる主人の横で、莉莉が「またそういう……」と呆れ顔になるのも、だいぶ見慣れた光景だった。

「あ、あなたね、本当に、隙あらばそういう恥ずかしいことをね、言うのは」

「恥ずかしくなんてありませんわ。本心ですもの」

「ど、どうだか。そんなことを言って、あなたは見返りとして、わたくしの道力と、入れ替わりの日々を狙っているだけでしょう！」

慧月は照れが極まったのか、顔を逸《そ》らして叫んできたので、玲琳は悲しさに眉尻を下げた。

「そんな、心外でございます。それはたしかに、過去二回、入れ替わりを体験しましたが……いえ、体験というか、それはもう、楽しいひとときを堪能させてもらいましたが……」

が、自信をなくしてきて、語尾で視線を泳がせた。

言われてみれば、それが目的でないと言い切るには、少々入れ替わりを楽しみすぎた感もある。

「二回じゃないでしょ。乞巧節を含めて三回よ。陰謀に巻き込まれた一回目。開墾のしすぎで全身が筋肉痛になった二回目。徹夜で調合しすぎて起き上がれなかった三回目。忘れたとは言わせないわ」

「うっ……、め、面目次第も……」

「あなた、入れ替わりのたびに『これが最後ですから』と言うじゃない。なのになんなの？　しれっと詐欺じゃない。そんなに殿下に見つかる危険を冒したいの？　口では焦らしておきながら、早く殿下のものになりたいってわけね。大した悪女ですこと！」

入れ替わりの日々を思い出したのか、慧月の口調が荒くなる。

過去三回、玲琳が莉莉と一緒に思い切り羽を伸ばしていた間、慧月は思い切り冬雪にいじめられていたのだ。それも、いつ尭明《ぎょうめい》がやってくるか、ひやひやしながらである。

玲琳は冷や汗を浮かべながら、拙い言い訳を口にした。

「で、ですが、実際には、殿下に見つかった例などなく……」

「幸運が重なっただけよ。次はない！」

だが反論は、一喝で封じられた。

最初に入れ替わりを仕掛けたのは慧月だというのに、これほど彼女が入れ替わりを警戒するのは、もちろん、尭明に見抜かれることを恐れているからである。

――もしわたくしが慧月様と入れ替わったとき、殿下が正体を見抜けたならば、あなた様の雛女でいつづけると誓いますわ。

あの夏の日、玲琳は尭明に「賭け」を持ちかけた。

自分なりの考えがあって申し出たことだったが、もちろん、慧月にも利があると踏んだからだ。

目の前の相手が黄 玲琳かもしれないと思えば、きっと尭明は扱いを慎重にする。朱駒宮にも足繁く様子を見に通うだろう。それはきっと、朱駒宮を軽んじる勢力への牽制になるはずだ。

(ですがまあ、見抜かれてしまったときの対価も、それなりにあるのですよね。賭けだけに)

ずっと雛女でいつづける、というのはつまり、妃《つま》になる覚悟を決めるということだ。いつほかの娘に代わってもさほど問題にならない雛女《こうほ》ではなく、正式な妃となる。

有り体に言ってしまえば——尭明に抱かれても文句は言わないということである。

それは本来、雛宮の女たちが密かに期待していることだ。皇太子の即位に合わせて妃に昇格するのではなく、男に選ばれ、即位より先に事実上の妃《つま》となってしまうこと。

だが同時にそれは、「選ばれなかった」雛女たちの序列を決定づける。

今はまだ曖昧に済まされている五人の順位も、抱かれた雛女を筆頭に、公式化されるだろう。

現時点でなんら才覚を示せていない慧月は、その瞬間「最下位の賢妃になるだろうと噂されている雛女」から、「実際に最下位の女」となりうる。

貴妃から賢妃。そうなってしまえば、朱駒宮の失墜は決定的だ。

妃不在の今、なんとか朱駒宮を盛り立てようとしている慧月は、それを恐れているのだった。

(賭けに敗れたとき、影響を受けるのはわたくしだけかと思いきや、まさか慧月様をこのように追い詰めてしまうなんて)

賢妃は嫌、絶対に嫌、と呻く慧月を見て、玲琳は申し訳ない気持ちに駆られる。

自分自身は、后妃の序列にさほど思い入れがなかったし、現賢妃の玄《げん》 傲雪《ごうせつ》もゆったり構えているものだから、まさか慧月がそこまで忌避感を示すとは思わなかったのだ。彼女の、肩書きへのこだわりを忘れていた。

だが一方では、そこまで悲観的にならなくてもよいのでは、とも思う。

賢妃だからといって、皆から馬鹿にされるわけではない。というかそもそも、必ず慧月が最下位になると決まっているわけでもない。

彼女はこんなにも向上心に溢れ、素直で、素敵な女性なのだ。慧月が上位を望むというなら、ここから努力し、十分に巻き返すことだってできように。

今のままでは最下位確定、というのは、あくまで慧月の私見に過ぎぬのであり、彼女は時折、最悪の可能性を事実と混同してしまう、思考の癖があるようだった。

(それに、見破られなければよい話ですし)

努力至上主義で、かつ現実主義の玲琳は、さらりとそう結論し、手にしていた帳面をずいと慧月に差し出した。

「大丈夫ですわ、慧月様。だからこそ、わたくしは日々、入れ替わっても見破られぬよう努力を重ねているのではありませんか」

玲琳なりに、心配性の慧月を安心させようと考えたのである。

「入れ替わった際の想定問答集も、とうとう巻数五十を超えました。慧月様の物真似も、日々欠かしたことはございませんわ。これはもう、見事に殿下を出し抜く未来しか見えません」

「破滅の未来しか見えないわよ！」

だが、懸命な主張は一蹴されてしまう。

玲琳は身を乗り出して、一層熱を込めた。

「そんな！　ほら、ご覧ください、この首の角度。慧月様って話を聞くとき、少し首を傾げる癖があるのですわ。笑うときの口の端の上げ方は、こう。怒って扇を叩きつける際、入射角はこのくらい。高笑いする際は、冒頭に力を込めて、『あはははっ、いい気味だこと』――」

「や！　め！　て！」

渾身の真似を披露したが、なぜか慧月は盤上の駒を払う勢いで叫ぶだけだった。

「まさか、これまでのくだらない問答も、想定なんとやらに収録する気じゃないでしょうね」

「もちろんそのつもりですわ。神は細部に宿るもの。到底現実的でない状況までしっかり想定し、思考回路の癖を学ぶことで、より擬態《ぎたい》の精度を上げるのです」

「つまり、わたくしが殿方に言い寄られることなど、到底現実的でないと言うのね⁉」

慧月が眉を吊り上げたので、玲琳は慌てて両手を振った。

「まさか、そんな！　だってわたくしたち全員、殿下以外の殿方と接することなどないではありませんか。そういう意味です。ただ、恋物語では見かける状況ですので、一応、押さえておきたくて」

実のところ、玲琳は恋物語に興味さえない。

己の伴侶は尭明と、幼い時分から示されてきたためだ。

「殿下以外の殿方と接することがない、ねえ……」

慧月はなぜなのだか、胡乱《うろん》げな眼差しでこちらを見つめている。

「鈍感女」

「え？」

「なんでもないわ」

呟きを聞き取れず、尋ねても、教えてくれない。

溜息をついた慧月は、しかしなにかを思いついたように、不意に唇の端を引き上げた。

「そう。じゃあわたくしも『一応』、お答えしておこうかしら。もし素敵な殿方に言い寄られたら？　そんなの、あらゆる手練手管を使って誘惑し、恋の奴隷に落とすに決まっているでしょう」

「えっ⁉」

思いがけない回答に、玲琳は目を丸くした。

「よくって？　わたくしは、かまととぶったあなたとは違うの。誘惑されたら、しかえすわ。思わせぶりに見つめて、肌をなぞって、視線を逸らさせやしない。まあ、あなたにはまず無理な芸当ね」

それは、莉莉や冬雪が思わず噴き出しそうになる程度には、あからさまな虚勢だ。

言い寄られるどころか、ろくに異性と話したこともない慧月である。尭明だって、視線が合うだけで声が上擦《うわず》る。面食いのため、美男の辰宇《しんう》につい秋波を送ってしまったこともあるが、それだって結局、未練がましく目で追いかけるのがせいぜいだった。

だが、慧月があまりにもきっぱりと返すものだから、玲琳は素直にそれを信じた。

「あなたがわたくしになりきるなんて、無理な話なのよ。調子に乗らないでちょうだい」

「はい……申し訳ございませんでした。お見それしました」

自分にはないものをたくさん持っている慧月だ。きっと、この手のことは自分より数段経験豊かなのだろう。そう疑いなく信じ、回答を帳面に丁寧に書き記す。

――それが後々、自分だけでなく、慧月の首を絞めることになるとも知らないで。

筆を置いてから、玲琳はふと顔を綻ばせた。

「楽しいものですね、慧月様。人というのは、知れば知るほど意外な面が立ち現れて、どれだけ追究しても飽きない。またこうやって、慧月様の一面を知ることができて嬉しいですわ」

「言っておくけど、どれだけわたくしのことを知ったつもりになっても、もうやすやすと入れ替わりはしないんですからね」

「はぁい」

ぶすっと頬杖をついた慧月にも、玲琳はくすくす笑って応じる。

もちろん、入れ替わりの日々は夢のように楽しいけれど、こうして慧月と他愛もないおしゃべりに興じる時間だって、とても大切なものなのだ。

「ふふ、そういえば、豊穣祭の開催地は、ちょうど今日決まりますね。雛女として初めての外遊です。慧月様さえよければ、自由時間は一緒に過ごしませんか」

「豊穣祭、ね……」

ふと思い出した玲琳が水を向ければ、慧月は物憂げに顔を上げる。

細めた目の先には、本宮――皇族の男たちが政《まつりごと》を行う場があった。

「今頃、祈禱師が、亀の甲羅でも焼いているところかしら」

豊穣祭。

それは、中元節の儀を終えた雛女たちが、次に迎える行事である。

立秋を迎えてすぐ、皇太子と雛女が辺境の農地を訪れ、豊作を祈るのだ。

儀は五家の領地のいずれかで執り行われる決まりだが、必ずしも順繰りというわけではない。祈禱師が託宣を受けた場所、すなわち、気脈の最も乱れている場所と定められていた。そこに、龍気を帯びた皇族と、巫女《みこ》の代替である雛女が赴くことで、陰陽の均衡を取り戻すのである。

今日はまさに、その開催地を選定する日であった。

「慧月様は、どこになると思います？　殿下のご来臨を賜るのは至上の喜び。これまで、五家の中には祈禱師に賄《まいない》を握らせてまで、自領に誘致しようとした例もあったと聞きますが」

「冗談じゃないわ。今の朱家に、ご来臨を喜ぶ余裕なんてないって、知っているでしょ」

わくわくした様子の玲琳に反して、慧月の反応は素っ気ない。

それは、主催家に課される負担を、今の慧月では背負いきれないからだ。

最も気脈の乱れた場所――つまり、最も不作となる恐れのある土地を慰撫することは、国全体の安寧に繋がる。そのため、訪問先には事前に多くの手当てが送られるのが常だった。

では誰がその手当てを指示するのかと言えば、主催家の雛女なのだ。彼女たちは未来の妃としての資質を示すため、祭りの準備に腐心する。

祭典のための祭壇と舞台を設け、他家から供物を募り、飢えた民には事前に粥を施し、土地全体の忠誠心を引き上げる。さらには、前夜祭では農耕神に奉納するための芸を自ら披露し、本祭では皇太子とともに祈りを捧げる。もちろん、移動手段の確保や宴の用意だって、雛女の仕事だ。

有能な妃を後見人に持つ雛女ならば、ほとんど妃任せにすればよいので、皇太子を自領に連れ込めるという栄誉だけに憧れ、開催地の雛女となることを願うという。

実際、ひと月前の慧月だったら、それこそ祈禱師に賄を握らせてでも、南領に豊穣祭を招致したことだろう。

だが今や、そんな余裕などかけらもないのだ。

「朱駒宮では、『どぶネズミ』しか主人がいない宮なんて嫌だと言って、続々と女官が辞めているわ。外遊に付き添う礼武官すら、いまだ誰も名乗りを上げない。主催なんて、もってのほかよ」

慧月は目を伏せ、苦々しく呟いた。

貴妃の地位にあった朱 雅媚の、「重大な不敬」などという理由での、突然の追放。

それが今、朱家全体を動揺させていた。

もっとも、真相――朱 雅媚が皇后を呪殺しようとしていた――が露見したなら、動揺どころでは済まされなかっただろうが。

混乱は疑念を呼ぶ。疑念は離反を生む。

後継である慧月の評判が悪かったことも手伝い、朱駒宮では、女官が続々と職を離れていた。

豊穣祭では、礼武官と言って、雛女と行動をともにできるほど高位の武官――大抵は雛女の親族がこれに当たる――を一名以上出さねばならぬ決まりだが、これも定まらぬほどであるらしい。

「慧月様……」

「うんざりよ。あっちでもこっちでも、『どぶネズミ』と嘲笑ってくる者たちばかり」

「そこはほら、そういう鳴き声を発する動物なのだと思えば……」

「あなたの精神って鋼かなにかでできてるの⁉」

玲琳なりに懸命に慰めたが、慧月はくわっと牙を剥き、やがて、はあっと息を吐き出した。

「いいわよね、あなたは。こんな悩みとは無縁で」

「……そんな、ことは」

慧月はよく、玲琳を羨むような発言をする。皮肉げな賞賛もだ。

そのたびに、自分はそんな大層な人間ではない、と、胸の奥がざわつくが、だがそれを言ってしまうと、一層慧月は怒るのだろう。

玲琳は曖昧に笑って、少しだけ話をすり替えた。

「礼武官でお悩みなら、わたくしの兄を融通しますわ。その家の者でなければ、などという規則はありませんもの。遠征から帰ってきた兄が二人とも名乗りを上げていたので、よければおひとつ」

「おひとつって、そんな、野菜じゃあるまいし……」

慧月は突っ込みながらも、おずおずと顔を上げる。

「でも、正味な話、そうしてもらえるなら助かるわ。いいの？」

「ええ。わたくしとしても、一人引き取っていただけるなら、ありがたい限りでございます」

即座に応じると、慧月が怪訝そうな顔になった。

「なによそれ。もしかして、兄妹仲が悪いの？　すごく仲がいいと、噂では聞いたけど」

「仲はとてもよいのですよ。ただ、なんというか――」

思わず言いよどんでしまった玲琳の隣で、冬雪がぼそりと言葉を継いだ。

「暑苦しいのでございます」

「は？」

「お二人とも、努力を愛する黄家の血が強いのは結構なのですが、隙あらばすぐに玲琳様を攫《さら》い、こちらの都合もそっちのけで玲琳様を構い倒す……それも筋肉量を増やす鍛錬ばかり課すのです。彼らは武芸の美をわかっていない」

寡黙な女官が、いつになく饒舌である。

日頃は黄家への忠誠心が大層強い彼女なのに、目は据わっており、珍しく、黄家の男たちへの苛立ちを隠しきれぬ様子であった。

向かいに立っていた莉莉は、困惑したように首を傾げた。

「ですが、玲琳様のお兄君方というと、年若くして、数々の遠征で名を馳せた名武官ですよね。嫁入りを夢見る女官も多く、朱駒宮でもときどき噂になっていましたよ」

「ふん。武功を上げるのは結構ですが、玲琳様にまで独自の鍛錬様式を強要するのは困りものです。だいたい、武官のくせに、女官の仕事を取り上げて、玲琳様の世話を焼こうとするなど」

「……それは、焼き餅というやつでは」

「いいえ、あくまで職分の話です」

莉莉がぼそりと指摘しても、冬雪は譲らない。

「こんな感じで、兄たちも冬雪も、すごくよくしてくれるのですが、過保護な者が周囲に集中すると、方針の違いで対立することがあって……」

説明しているうちに、玲琳は少し遠い目になってしまった。

自分を巡る奪い合いが発生して厄介なのだ、と説明するのは、さすがに厚かましいだろうか。

「ええと……」

「ここにいたか」

なんとか中立的な説明を、と思ったが、それよりも早く、横から声が掛かる。

朗々とした――男の声だ。

「殿下⁉」

その場に現れたのは、なんと、皇太子・尭明と、その背後に控えた鷲官長《しゅうかんちょう》・辰宇であった。

振り返った玲琳たちは、慌てて四阿を出て、その場で礼を執った。

「殿下にご挨拶申し上げます」

「よい。楽にしてくれ」

この日もきりりと髻《もとどり》を結い上げた尭明は、いまだ熱を残す風も涼やかに受け流し、美しい。

休日に彼が雛宮を訪れるのは珍しく、予期せぬ邂逅に、隣の慧月はあたふたと髪を整えていた。

「すぐに準備に取りかかりたいだろうと思うので、前置きは省こう。豊穣祭の開催地が決まった」

「え……」

玲琳は慧月と顔を見合わせる。

それをこの場にわざわざ告げに来たということは、開催地は直轄領か南領ということだろうか。

「では、黄家の直轄領になったのですね」

慧月はそう受け取ったらしく、ほっと胸を撫で下ろしていたが、横で玲琳は、もしそうなら残念だなと思った。

皇太子の来臨は誉だが、直轄領は王都のすぐ隣で、ちっとも外遊感がない。

「いいや。開催地は、南領だ」

だが、尭明がそう告げたので、玲琳はぱっと顔を上げる。

隣の慧月は、ぽかんと口を開けていた。

「今……なん、と……？」

「朱家の治める南領に定まった、と言った。その南東の外れ、温蘇《うんそ》と呼ばれる郷だ」

小さく呟く慧月を、尭明はいたわしげに見下ろしながらも、容赦なく告げる。

「祈禱師による託宣のもと、陛下の決定である。朱 慧月よ。速やかに開催家の雛女としての職務に当たれ」

生温かな風が、静かに梨園《にわ》を吹き渡ってゆく。

立秋を半月先に控えた、穏やかな昼下がりのことであった。

＊＊＊

いくら贅沢な仕立ての馬車でゆっくり進めど、舗装が悪ければ揺れは激しい。

込み上げる吐き気にそれを思い知りながら、慧月は必死に、書面に目を凝らした。

「皇太子は龍の末裔、雛女は龍の巫女の代替として……、農耕神に祈りを捧げることで、陰陽の均衡を、取り戻す……」

南領に入ってからというもの、馬車の窓を開け放っても、莉莉に扇で煽《あお》がせても、ただただ暑い。

数年前までは慣れっこだったはずなのに、今はこのべたつく暑さが堪《たま》らなく不快だった。

「豊穣祭の日をもって陰陽を和合させるとの趣旨から、それまでは、男女の別を厳格にし……前夜祭では、皇太子と男たちが食事を、雛女と女たちが芸を、それぞれ農耕神に捧げる……。豊穣祭当日には、早稲《わせ》、清めた衣、舞を捧げ……皇太子の祈りをもって……うぷ」

「慧月様、一度窓の外をご覧になってはいかがでしょう」

とうとう、口を押さえて蹲《うずくま》った慧月に、向かいの席から心配そうな声が掛かる。

筆頭女官の冬雪だけを伴い、簡易な旅装に身を包んだのは、もちろん黄 玲琳であった。

「莉莉。慧月様を止めて差し上げて。揺れる車中で読んでは、酔いは酷くなるばかりでしょう。もう何遍も確認した内容ではございませんか。それよりも、体を休めねば」

蒸した車内であるというのに、涼やかささえ感じさせる彼女は、身を乗り出して慧月の帳面を取り上げ、窓の外を指さした。

「ほら、ご覧になって、慧月様。いよいよ郷都が近づいてきましたわ。大きな川が流れていますのねえ。あの建物の集まったあたりが、中心部でしょうか。ひとつだけ高くそびえた鼓楼《ころう》がありますね」

雛女は年に二度の帰省と、政治的な外遊でしか外出が認められない。病弱な玲琳は、入内前ほとんど外出しなかったそうだから、他領に赴くのなど初めてなのだろう。声が弾んでいる。

好奇心に目はきらきらと輝き、頬はうっすらと紅潮し、なんとまあ美しい女だと、吐き気も忘れて感嘆させられるほどであった。

「あっ、鳥さんが飛んでいきましたよ！　大きい！　まあ、窓枠を這う蜘蛛さんも大きなこと。蠅さんも蟻さんも、先ほどから虫さんが、すべて大きい！」

「ちょっと、いそいそ虫を車内に入れないでくれる⁉」

だが、この女の発言はいつも、なにかがおかしい気がする。

だいたい、虫が大きいのがどうしてそんなに嬉しいものか。

「ふふ、すみません、なんだか楽しくて。ね、慧月様、暑いですね。脱いでも、煽いでも、手の打ちようがなく暑い。ふふっ、楽しいですね！」

「どこが？」

玲琳は、とにかくこの外遊が嬉しいらしい。見るもの触れるものがすべて新鮮に映るようで、ともに馬車に乗ってからというもの、ずっとこの調子だった。

「玲琳様……お元気ですね……」

扇を持った莉莉は、もはやぐったりしている。

「あたし……何日も船と馬車を乗り継ぐなんて、初めてで。もう、しんど……」

「口調が乱れていますよ。まったく、このくらいのことで酔うなど、鍛錬が足りません」

泣き言を漏らしかけた彼女を、向かいから冬雪がばっさりと切り捨てた。

玄家の血を引く彼女は、よほど丈夫な体をしているらしく、疲労の気配すら見えない。

「まあ、冬雪。そんな手厳しいことを言わないで。慣れぬ旅ですもの。疲れが溜まって当然ですわ。ほら、風をどうぞ。煽いでばかりでは大変でしょう」

玲琳はそんな冬雪を窘《たしな》め、莉莉から扇を取り上げると、優しい手つきで一同を煽いだ。

「……あなたが酔わないなんて、意外ね。真っ先にえずくか、倒れると思ったのに」

「え？　わたくしですか？」

慧月の恨みがましい呟きを聞き取ると、玲琳は長いまつげを瞬かせる。

「もちろん、吐き気やめまいはありますよ。ですがほら、慣れておりますので。そこは気合いで」

無邪気に力こぶを作ってきたので、慧月は無言で天を仰いだ。

繊細な美貌に反した、この脳筋ぶりを見せつけられると、毎度詐欺に遭ったような心持ちがするものである。

「ね、慧月様。それより、自由時間はどうやって過ごします？　主催家の雛女だから忙しいでしょうけれど、半日くらい息抜きできませんか？　前夜祭は本日の夜。本祭は五日後ですから、その間がよいですわね。皇后陛下から珍しい菓子や酒を持たされたので、それで茶会を開くなどいかがです？」

「……あなたの好きにしなさいよ」

だが、全身から「楽しい！」という雰囲気を発している彼女に、少なからず救われているのも、また事実なのであった。

(少なからずというか……全面的に)

慧月はふと、窓の外を見てみる。

主催家である慧月たちの乗り込む馬車を先頭として、そのすぐ後ろには皇太子・尭明の馬車、そして、他家の雛女たちが乗る馬車や、それを警護する護衛の群れが続いていた。

道中彼らが退屈しないように、ちょっとした差し入れをしたり、景勝地で休憩を取るよう指示するのも、慧月の仕事だ。

しかし、後見の妃もおらず、朱家とも険悪である慧月には、まったく勝手がわからない。それを、玲琳が「お節介のようですが」とあれこれ教えてくれるのを必死に取り入れ、なんとか失礼のない状態に落ち着いているのだった。

(結局、礼武官まで、黄家頼みだしね)

馬車のすぐ脇、美しい白馬にまたがる各家の礼武官を見つめ、溜息を落とす。

とうとう、朱家出身の礼武官は一人も集まらなかった。

実際に警護に当たるのは、鷲官や郷の兵士なのだから、礼武官がいなくとも、身の安全にはさほど影響はない。けれど、礼武官とはつまり、「わたくしはこれだけ勇猛果敢な武官に守られるに足る雛女である」という、魅力の演出なのだ。だからこそ各家はこぞって、とびきり有能で、見目麗しく、身分の高い男をそこに当てる。

慧月は窓枠に頬杖をつきながら、馬を操る各家の礼武官たちに向かって、順に目を凝らした。

(金家《きんけ》は……たしか伯父と言っていたかしら。貫禄のある色男だこと。玄家は、わざわざ武闘会を開き、上位者を選んだのだっけ。凜々しい顔つき。ああ、あの奥手の藍家《らんけ》でさえ、しっかり美男を据えているわ。泣きぼくろが印象的な優男。兄と言ったわね。皆、有能な親族に恵まれて結構だこと)

彼らの具体的な実績や肩書きは知らないが、少なくとも、礼武官にふさわしい佇まいだということはわかる。尭明の馬車を守る鷲官長・辰宇の美貌が飛び抜けているだけで、通常であれば、女たちの視線は彼らに釘付けになっていたはずだ。

(もちろん、こちらだって、負けはしないけど)

ついで慧月は、窓から少し離れた先に、ちらりと一瞥を向けてみる。

この馬車の前方は、上等な馬にまたがった二人の武官により固められていた。

今、慧月がもたれた窓の側を守る屈強な男が、黄 景行《けいこう》。

反対側についた、すらりとした小柄な男が、黄 景彰《けいしょう》。

どちらも、玲琳の兄である。

年若いながら多くの遠征地で功績を挙げており、黄家の精鋭、次期天子の懐刀とまで言われているらしい。

たしかに二人とも、優美さには欠けるが、精悍な顔立ちと、きりりとした佇まいをしている。

優秀で、将来有望で、男性としても魅力的となれば、女官たちの憧れとなるのも納得であった。

(まあ……だいぶ暑苦しいけど)

ただし慧月は、ここまでの道中で、「憧れの武官」の正体を、早くも悟ってしまっていた。

彼らはとにかく「妹馬鹿」なのだ。どちらも等しくうっとうしい。

いや、兄の景行はより本能に忠実だろうか。かわいいと叫んでは妹を抱え上げ、隙あらば撫で倒し、玲琳が嫌がってみせても「はっはっはっ、かわいいだけだぞ玲琳!」と受け流す。慧月は彼のことを内心で「脳筋」と名付けた。

弟の景彰のほうは、景行に比べれば肉体的な接触は少ない。だが、ことあるごとに、玲琳への怒涛の賛辞を垂れ流し、「ああ、君は小さいころから優しかった! あれは君が五歳の春」と思い出話を延々と語り続ける。慧月は彼を「粘着質」と判じた。

そんな二人は、船内ではぴったりと玲琳にまとわりつき、抱っこで移動させようとしていたし、地上に降りれば、綺麗な花が咲いていたと根こそぎ摘んで捧げようとした。

馬車と馬に分かれても、なにかにつけ「菓子をやろう」「冷えた手ぬぐいだよ」「おまえを想って鍛えた刀だ」「お気に入りだった人形だ」と差し入れをしてくるし、玲琳が伸びをしただけで、外から窓をスパンと開け放ち、「馬車から出て兄様と馬に乗らないか」と誘ってくる始末だ。

油断すればすぐ、馬車は彼らからの贈り物でいっぱいになってしまうし、玲琳も馬に乗らされそうになる。

それを、休憩のたびに、冬雪が容赦なく贈り物を断捨離し、玲琳も無表情に近い笑みで二人を躱すことで、なんとか、「普通の道中」を維持しているのである。

先ほどは、あまりに頻繁に馬車内に乱入してきたことが原因で、玲琳から「もう少し離れて、馬車の先頭を進んでくださいませ」と追い払われていた。

彼らが視界に入らなくなったおかげでようやく、慧月は緊張を解くことができる。

そう。「暑苦しい」という以外にも、慧月には、景行たちと接したくない理由があったのだ。

「どうしました、慧月様。お顔が晴れないようですね」

と、向かいの玲琳が、心配そうに身を乗り出す。

「わたくしとの会話では気晴らしにならぬ様子、不甲斐ないばかりです」

「べつに、あなたにもてなしてもらおうなんて、思ってないけど」

ひねくれた物言いで返すと、相手はなにかを思い付いたようにぱっと顔を上げた。

「では、兄たちになにか、芸でもさせましょうか？　そうですわ、兄たちは物真似や獣を操る芸、それに、筋肉を使った芸が得意ですの。見れば必ず笑えると評判ですので、よければ――」

「ちょっとやめて！」

言う傍から窓に手をかけ、兄を呼ぼうとする玲琳を、慧月は慌てて引き留めた。

「余計なことをしないでちょうだい。お願いだから、変なことを言わないで。わたくしと彼らになるべく会話をさせないで」

「ですが、この機会にぜひ、慧月様と兄たちには、親睦を深めていただきたいのに……」

「わたくしは嫌なのよ。あっちだって嫌がるわ」

きっぱりと告げると、玲琳は困惑した様子で首を傾げる。

「少なくとも、兄たちが慧月様を嫌がる理由はないと思うのですが……」

「すっかり忘れているようだけど、わたくしは、あなたを高楼から突き飛ばした女なのよ」

「ですが、その件は、殿下が緘口令《かんこうれい》を敷いてくださったではありませんか。ずっと遠征地にいた兄は、知るよしもない……だからこそ、慧月様の警護も、ためらいなく引き受けましたでしょう」

わたくしも父も皇后陛下も、特に報せはしませんでしたし、兄から聞かれもしませんでしたし、などと玲琳は首を傾げる。

「……まあね」

慧月は唇を歪めて会話を打ち切り、ふいと視線を逸らした。

(残念ながら、とっくに知られているのよ)

思い出すのは、五日前――出立を前に、尭明に密かに呼び出されたときのことだ。

常に忙しい彼が、玲琳以外の雛女を呼び出すなど、滅多にない。

いったいなぜと首を捻りつつ駆けつけた慧月だったが、告げられたのは意外な内容だった。

礼武官となる黄家の兄弟の機嫌を、くれぐれも損ねないように、と言うのである。

「景行も景彰も、玲琳以外にはまったく頓着しない、重度の妹馬鹿だ。それが、今回おまえの礼武官も務めるというので、意外に思ってな。朝儀で会う機会があったので、聞いてみたのだ、どういう心境の変化かと。するとな」

日頃は、さして慧月と視線を合わせもしない尭明だが、このときばかりは、まっすぐに彼女の瞳を見つめて告げた。

「彼らは、玲琳を高楼から突き飛ばした女というのを、間近で観察してみたかったと言っていた。乞巧節の一件は、俺と皇后陛下で、緘口令を敷いたにもかかわらず。……いったい、なぜだろうな?」

それを聞いた慧月は、真っ青になったものである。

なぜかもなにも、二人に乞巧楼《きっこうろう》での事件を知らせたのは、慧月本人だ。

入れ替わっていた際、熱心に文や贈り物を寄越す「兄」たちからの厚意が心地よくて、わざわざ玲琳の筆跡を真似てまで、同情を引く文章を綴ったのだ。

高楼から突き飛ばされた恐怖や、日記を盗まれた屈辱、ほかにも、数々の嫌がらせを捏造しては、悲劇ぶってそれを「告白」した。

そうして暗示をかけるように、何度も記したのだ。「無力なわたくしに代わり、お兄様方が、朱慧月をきつく罰してくだされればよいのに」と。

その後の騒動の印象が大きすぎて、つい忘れてしまっていた己の所業。

それがまさか、時を経て、自分に跳ね返ってこようとは。

青ざめた慧月を見て、尭明はおおよその経緯を悟ったようである。

深々と呆れの嘆息を漏らしたが、しかし、意外にも慧月を糾弾することはなかった。

代わりに、「式典中は皇太子付きの鷲官を融通するから、俺と別行動のときだけおとなしくして、黄家に守られていてくれ」などと言う。

公明正大を旨とする彼のことだ。すでに罰を終えた慧月を、これ以上責めるのは道理に反すると考えたのだろう。

あるいは、すでに敵意にさらされることが確定している慧月を、これ以上追い詰めてはならぬと、手心を加えたのかもしれない。

逆に言えば、慧月は今、尭明に同情されるほどの状況にあるわけだった。

（身から出た錆とはいえ……ああ。なぜわたくしは、あんな馬鹿なことをしてしまったの）

愚かな過去の己が憎い。

「慧月様。そんな悲しいお顔をなさらないで」

と、塞ぎ込んだ慧月を心配したのか、玲琳がそっと声を掛けてくる。

「誰も彼もがご自身を嫌っているなど、どうか思い込まないでください」

「思い込みなんかじゃないわ」

慧月は咄嗟に反論してしまった。

「いつまで経っても、わたくしは雛宮一の嫌われ者なのよ。この孤立無援の状況を見れば、わかるでしょう。殿下のご来臨を賜るというのに、朱家はろくに手伝いもしない。当主はこの地に挨拶にさえ来ない。家からも見放されているのよ」

「それは慧月様のせいではありませんわ。まだ正式には公人とは言えぬ雛女たちが、政の材料に利用されぬよう、各家は極力、雛女の行事には口を出さぬ慣例なのです。彼らからすれば、これはしょせん、妃となったときの予行演習に過ぎぬのですから」

だが玲琳は、あくまでも穏やかに言い返す。

「慧月様は最善を尽くされています。熱意や真心は、きっと皆に伝わっているはずですわ」

その、静かに微笑む顔があまりに美しくて、慧月はなぜだかますます、心臓がじりりと焼ける心地を覚えた。

きれいな女。溢れるほどの好意ばかりを注がれる女。

誰からも嫌われたことがないから、彼女は、この胸を掻きむしりたくなるような絶望や、焦燥がわからないのだ。

「……なら、あなたがわたくしになればいいのに」

呪詛のような言葉がぽろりと飛び出てきて、慧月は慌てて口元を覆った。

うかつにも程がある発言だ。

「ちょっと、慧月様」

「今なんと？」

案の定、莉莉や冬雪が、剣呑な空気をまとってこちらを睨みつけてくるし、
玲琳に至っては期待を隠せぬ様子で、赤らめた頬を両手で押さえている。

「え……っ、で、では」

「し、しちゃいますか……？　入れ替わり」

「しないわよ！」

我に返った慧月は、身を庇うようにずり下がった。

「口が滑っただけよ！　だいたい、前回が最後とあなた言っていたでしょう⁉」

「ええ、ですが、慧月様も入れ替わりたいと願っているようですのに……」

分の悪さを感じ、慧月はそれらしい反論を付け足した。

「願っても、しないの。こと南領にいる間は入れ替わりたくないのよ。術が乱れそうだもの」

「そう、なのですか？　ご自身の領地にいらっしゃるほうが、調子が乱れると？」

指摘が意外だったのだろう、玲琳が長い睫毛《まつげ》を瞬かせる。

彼女になにかを教える自分、という状況が珍しかった慧月は、つい得意げに説明してしまった。

「やれやれ、これだから素人は。よくって、道術を使うには気が必要だけど、気は多ければいいとい

うものではないの。この地は火の気が強すぎる。しかも今向かっているのは、特別気脈の乱れた場所よ。五行の均衡を欠いた術は、ときに暴走するの。五行相応の地である王都のほうが、術はよほど使いやすいのよ」

「そうなのですね」

玲琳は素直に頷き、目をきらきらとさせて微笑んだ。

「わたくし、ちっとも知りませんでした。慧月様はさすがです」

「…………」

この女のたちが悪いのは、こういうところだ。

たった一言、なんということのない笑顔で、するりと相手の心に入り込んでしまう。

慧月はすっかり気勢を削がれて、もぞもぞと座り直した。

(まあ……悲観していても仕方ないのよね)

不意に冷静さが戻ってくる。

道術を自在に操る己の手を、慧月はふと見下ろした。

(わたくしを取り巻く状況は、ちっともよくはないけれど、最悪ではない)

自身の置かれた状況を、よく考えてみる。

後見人のない状態での豊穣祭の主催は、困難だ。だが自分には、なにくれとなく助言をくれる、お節介な黄 玲琳がいる。尭明も協力的だ。

朱家は礼武官の一人すら寄越さなかったし、朱家の当主すらやってこない。だが考えてみればそれは、自分が失態を犯しても、彼らに見咎《みとが》められないということだ。

黄家の兄弟は自分に敵意を抱いているようだが、少なくとも今は様子見に留めてくれている。

（それに、この郷）

慧月は窓の先に広がる風景を、じっと見つめた。

南領の東端に位置する、小さな郷、温蘇。

同じ南領とは言っても、王都に近しい郷で育った慧月にとっては、見知らぬ土地である。

見た限り、のどかな場所だ。土地の多くを山と川に囲まれ、温暖湿潤の気候は、民に毎年惜しみない実りを授けるという。

もっとも今年は、夏の間ずっと空が雲に覆われ、冷害に苦しんでいるということだが、それでも、整然と並んだ質素な家々は、遠目からでも治安の良さを感じさせた。

「郷長の江氏《こうし》は温厚篤実な方で、辺境の郷を任されても腐らずに、滅私奉公しているそうだから……外遊先が、南領の中でもここだったということだけは、幸運だったかもね」

ぽつりと呟くと、ようやく慧月が前向きなことを告げたのが嬉しかったのだろう、玲琳がぱっと顔を輝かせた。

「そうですわね。陰陽の均衡が乱れた土地では、民が動乱し、ときに一揆なども起こるもの。ですがこの温蘇では、郷長様が善政を敷き、民は穏やかに暮らしていると聞いております。きっと主催家の雛女となった慧月様のことを、皆誇らしく迎え入れてくれるはずですわ」

「それなら助かるわね」

慧月は徐々に気分が浮上するのを感じながら、そんな自分を牽制すべく、肩を竦めた。

「ただ、この郷には、賤邑《せんゆう》と呼ばれる、卑しい罪人たちの集う場所があるらしいわ。郷都から邑《むら》までは、川ひとつ隔てただけというから、その者たちが暴れたりしなければいいのだけど」

どこの郷にも、罪人や卑賤の民が集った吹きだまりのような場所は存在する。

その「処分」は、郷長としてわかりやすい功績であるので、国で凶事が起こるたび、浄化の名目で、そうした邑は民ごと焼き払ってしまうという郷も多い。

だが、江氏は彼らにも慈悲を示し、住む場所を隔離するだけで、職も手当てし、生かしてやっているのだという。

今回、どうかそれが裏目に出なければいいと、慧月は思わずにいられなかった。

と、いよいよ馬車が郷都に入り込む。

これまで泥溜まりのようだった道は徐々に均《なら》され、馬車一台通るのがやっとだった幅も、悠々と行き交うことのできる広さとなった。

王都のそれには足下にも及ばないが、石と瓦でこしらえた、大きな門もある。これが、郷の中心部への入り口ということだろう。

門のそばでは、紅樺色《べにかばいろ》の衣をまとった男女が一列に並び、馬車に向かって叩頭していた。

どうやら、出迎えに来てくれたらしい。

「皇太子殿下、並びに、雛女様方のご来臨をお喜び申し上げます」

列の先頭で、朗々と挨拶を紡いだ老人が、おそらくは郷長、江氏なのだろう。

痩せぎすながら、髷をきちんと結い、長い白髭を整えた、品のよい人物に見受けられた。

彼が丁寧に頭を下げるのを真似て、民がぎこちなく、懸命に額を擦《こす》りつける。

(江氏の指示が行き届いているようね)

慧月はほっとしながら、馬車を少し脇に移動させ、そこで止まった。

先導の役割を終えた主催家は、皇太子と他家の雛女、護衛までを先に通した後、最後に郷に踏み入るのが慣例だ。

「ご苦労であったな、朱 慧月」

「道中お疲れ様」

「楽しい道中でございました」

「お先に失礼」

尭明が、金 清佳が、藍 芳春が、玄 歌吹が、それぞれ馬車越しに挨拶を寄越し、郷都に吸い込まれてゆく。

その間中、両脇の民がずっと頭を下げ続けているのを見て、慧月は安堵するとともに、感心した。

(実に礼儀正しい、行き届いた郷だわ)

これならば、民も積極的に、この豊穣祭に協力してくれるだろう。

いよいよ全員が門をくぐり終え、慧月たちの馬車が郷都に踏み入る番だ。

慧月は珍しくやる気を出し、窓から気持ち、身を乗り出してみせた。

交流はなかったとは言え、自領の民だ。雛女が顔を出し、ねぎらいの微笑でも向ければ、民は喜ぶのではないかと、そう思って。

「皆の者。ご苦労だったわね。もう、頭を上げても――」

だが、彼女は言葉を途中で飲み込んでしまった。

慧月が許可を出すよりも早く、民が身を起こし、じっとこちらを見上げてきたからだ。

全員、顔のどこにも、笑みはなかった。

(え……？)

いいや、それどころか、小さくなにかを呟き、睨まれた気さえする。

(なんなの……？)

驚きに竦んでいるうちに、馬車はもう粗末な門を通り過ぎてしまった。

門番がそっぽを向いていたように見えたが、気のせいだろうか。

開け放った窓から、生ぬるい風が吹き込む。

照りつける太陽の朗らかさもない、ただじっとりと、肌に張り付いて呼吸を奪うような暑さだ。

慧月は、不吉な予感に鼓動が速まるのを、抑えられなかった。

2. 玲琳、憤る

紅花の色を煮出して炊いたおこわ、山菜の炒め物や羹《あつもの》、香菜の天ぷら。川魚の膾《なます》だけでなく、豚と鳥の炙りまで。

赤々と燃える篝火に照らされた、前夜祭の肴は豪勢であった。

「まあ、黄花飯《こうかはん》なら清明節《せいめいせつ》で見かけるけれど、南領では米を赤く染めるのね。初めて見ましたわ」

「わたくしもです、清佳《せいか》様。おめでたい感じがして、いつまでも眺めていたくなりますわ」

「あなたは見るより食べたほうがいいのではないか、芳春殿《ほうしゅんでん》。肉を食らえばもっと背も伸びよう」

「は、はい、歌吹《かすい》様」

祭壇を兼ねた真新しい舞台と、きれいに石を敷きなおされた床。

石畳には赤絨毯が敷かれ、その上には、舞台に向かって横一列に、卓と椅子が並んでいた。

家紋の入った衝立《ついたて》を背に腰掛けるのは、朱家《しゅけ》を除く四家の雛女《ひめ》たちだ。巫女《みこ》の代理である彼女たちは、この前夜祭において農耕神を祀った祭壇の前で食事をとり、それを通じて、神に感謝と祈りを捧げるのである。

つい先ほど、酉《とり》の刻《こく》と同時に銅鑼が鳴らされ、前夜祭は始まったばかり。

慧月《けいげつ》と、郷長の妻による挨拶が進む間、雛女たちは神妙な面持ちで叩頭していたが、着席し、食事を前にしたことで、ほっと緊張を解いたところだった。

「それにしても、到着して、ろくに荷解《にほど》きも済まぬうちに前夜祭とは、さすがに疲れるわね」

「吉祥をもって日取りまで選定されているので仕方のないことですわ、清佳様」

「その通り。慧月殿に至っては、食事も取らず、この後に芸を披露せねばならぬのだ。その重責を思えば、のんびり食事すればいいだけの我々は楽なものだ」

跪拝《きはい》で痛んだ膝をさすりながら、清佳がぼやくと、芳春や歌吹が口々にそれを宥《なだ》める。

清佳は「それはそうだけど」と頷きつつも、ちらりと背後を見やった。

「衆人環視のもと、祭壇だけを向いて食事するのだって、それなりに気疲れしてよ」

彼女たちの後方、衝立の後ろでは、郷の女たち百人ほどがずらりと跪《ひざまず》き、頭を垂れながら祈りの言葉を唱えていた。

この食事は、単なる歓待の宴ではなく、儀式である。雛女たちは、至高の女にふさわしい挙措で食事をせねばならず、郷の女たちもまた、ずっと膝を突いて祈り続けなければならないのであった。

祭壇を設《しつら》えた広場には、雛女付きの礼武官以外、男はいない。

豊穣祭は、皇太子が農耕神と一体となって地を祝福し、陰陽の均衡を整える儀。

それよりも前に陰陽が和合してはならぬという理由で、豊穣祭の本番までは、陰と陽、すなわち女と男は、極力引き離されるのである。今頃建物の中では、尭明《ぎょうめい》が郷の男たちと、同様の食事を進めているはずであった。

南領特有の温かな夜風が吹き渡るたびに、ぱちぱちと篝火がはぜる。

主催家の雛女である朱　慧月は、この後舞台で奉納の芸を捧げる必要があるため、席を外していた。

二胡《にこ》を弾くということで、着替えのために、あてがわれた室《へや》に引き返しているのだ。鼻つまみ者の彼女がいないためか、場の空気は大層和やかだった。

いや。

ひと隅だけ、和やかを通り越し、賑やかな卓があると言うべきだろうか。

「ほら、玲琳《れいりん》。こちらの炙りは実にうまそうだぞ。兄様があーんしてやろう」

「いいえ、大兄様。恐れながら、わたくしにも箸を持つ程度の筋力はございますので」

「んっ？　兄上、この炙り、肉の鮮度がいまいちだな。どれ、兄上の傍に飛んでいる鳩、そいつを僕が絞めて、調理してしまおう」

「景彰《けいしょう》様。僭越ながら申し上げますが、祭典の場で動物を殺《あや》めるのはご遠慮くださいますか。さあ玲琳様、こちらの羹をどうぞ」

玲琳の席である。

護衛の身でありながら、側仕えの冬雪《とうせつ》を押しのけて給仕しようとする二人の兄に、先ほどから玲琳はさんざんに騒ぎ立てられていたのだった。

礼武官であるため、男であっても特別に参列が許されている景行《けいこう》たちだが、雛女に張り付いて給仕までしている者はほかにいない。

他家の礼武官は、少し離れた通路から、彼らに戸惑いの視線を送っていた。

「黄家《こうけ》の噂は聞いていたけれど、本当にすさまじい暑苦しさ、もとい、家族愛ね」

「れ、玲琳お姉様、なんだかお労《いたわ》しいです……っ」

「あれではたしかに、賞賛や口説き文句に耐性もできようものだな」

三家の雛女たちは、ひそひそと囁き合う。

雛宮《すうぐう》で、玲琳は尭明にどれだけ熱っぽい眼差しを向けられ、賛辞を捧げられても、さらりと受け流してしまうことが多かった。初心《うぶ》な性格なのは間違いないのになぜだろう、と清佳たちは首を傾げていたものだが、今その謎が解けた思いである。

溺愛ぶりを見せつけてまあ、と鼻白んでもいい場面だろうが、肝心の玲琳が遠い目をしているので、なんだか同情が湧いてしまい、雛女たちは一様に生暖かい表情を浮かべるのだった。

(うぅ……お恥ずかしい限りでございます)

一方の玲琳は、三方向から世話を焼かれるこの状況に、忸怩《じくじ》たる思いを噛みしめていた。

自らの足で地に立ち、他者を慈しむことこそ黄家の誇り。だというのに、こうも一方的に甘やかされては、立つ瀬がないというものである。

彼らが過保護な理由の大半は、自分がしょっちゅう死にかけていることだが、やはり、世話好きな人間が三人集まっていることも大きいと思う。三人で主導権を争っているのだ。

(慧月様も、遠慮なくお一人引き取ってくださってよかったのに……っ)

内心で縋《すが》るようにして、今ここにいない慧月を思う。

せっかく慧月付きの礼武官に差し出したというのに、彼女は「着替えの場にまで、身内じゃない殿方がついてこられても困るから」と、景行たちを置いてそそくさと去ってしまったのだ。

(それはそうですけれど……今の慧月様の傍にこそ、誰かいたほうがいいと思うのに)

口に突っ込まれそうになる箸を躱《かわ》しつつ、玲琳は表情を曇らせる。

郷に着いてからというもの、慧月は一層緊張でぴりぴりしているようだった。

それに、郷の人間が、慧月に対してだけ、やけによそよそしく見えるのも気に懸かる。

嫌がらせとまではいかないが、彼らが慧月に向ける視線や言葉に、妙に含みを感じるのだ。

不安と苛立ちを募らせた慧月が、一人きりになった途端、感情を爆発させないかが心配だ。

叶うならこの場をそっと抜け出して、室に様子を見に行きたいほどであった。

「玲琳。なあ玲琳。半年姿を見ぬ間に、また一層、美しくなったなあ。それに、今の返し方の大人びた様子はどうだ。つい昨日まで、『だいにーたま』とちょこちょこ後をついてくる幼さだったのに」

「わたくしの十五年の月日はどちらへ」

「ああ、玲琳！　安心してほしい。もちろん君の成長の記録は、黄家では希少な頭脳派武官と言われるこの僕が、細大漏らさず保管しているからね、玲琳。心配性な君も素敵だ。玲琳。ああ玲琳」

「呼びすぎです」

だというのに、兄たちは玲琳にぴったりとまとわりつき、一向に玲琳を解放してくれない。

(慧月様は、大丈夫でしょうか)

もうとっくに、芸の奉納が始まってもいい頃合いだ。

玲琳が前方の舞台に視線を転じたとき、まさにその舞台の近くから、女の怒声が響き渡った。

「どういうことよ！」

慧月である。

すでに、舞台へと続く控えの四阿《あずまや》に移動していたらしい。

突然響いた金切り声に、背後の女たちが驚いて祈りを止めた。

「奉納芸に使う二胡は、事前に送り届けたはずじゃない。なのに、なぜないのよ！」

「も、申し訳ございません！　雛女様のご居室は、この者に見張らせていたのですが、今になって見つからないと……！」

「申し訳ございません！　ただ、あたしたちも、存じ上げぬことでして……」

慧月の前で跪いているのは、二人。郷の女と、さらにその下働きと見える、年老いた女だ。

どうやら、奉納の楽に使用する二胡が紛失してしまい、荷物の監督を担っていた人間が責められている図のようである。傍らに控えた莉莉《りーりー》が宥めようとしているが、慧月はそれも耳に入らぬほど、怒り心頭の様子だった。

「行き届かなかったとは、どういうことよ！」

慧月が金切り声で問いただすと、女は深く頭を下げたまま、隣の老女を指さした。

「この郷は昨年から不作に悩まされ、食事も十分ではありません。体力のある者をかき集めても、期間内に舞台を建設するには人手が足りず、普段は郷に立ち入りを許さぬ賤民どもにも、仕事の一部を任せたのでございます。なので、この者どもが……」

「この老女が、わたくしの二胡を盗んだというの!?」

「いいえ！　いいえ！」

賤民と呼ばれた老女が、欠けた歯も露《あらわ》に声を上げると、郷の女は不快そうに口元を覆った。

「なにぶん、この者どもが住み着いているのは、米も実りにくい痩せた土地。金子になりそうなものに目がない、心卑しい者たちなのでございます」

「ち、違います！　あたしたちは――」

老女が足に縋るようにして上申したが、慧月はとっさに、それを避けて後ずさる。

相手は体勢を崩し、ちょうど石床に投げ出されるような格好となった。

「うう……っ」

「なんだってそんな者たちに、楽器の管理をさせたのよ！」

「人手が足りず……。申し訳ございません」

離れた場所から会話を聞き取ってしまった雛女たちは、一様に眉をひそめた。

豊穣祭は天に捧げる儀。その準備が厳重になされなければならないのは、事実だ。

しかし、だからといって、怒りのままに、老いた女を石床に転がすことは許されるのだろうか。

「なにも反省している方を相手に、あんなに声を荒らげなくても……」

芳春が怯えた声で呟いたのを機に、波紋のように、衝立の後ろで跪いていた女たちの間に、ざわめきが広がりはじめた。

「藍家《らんけ》の雛女様の仰《おっしゃ》るとおりだよ。こっちが飢えと重税で苦しんでいるところに、祭の準備まで押しつけられて、どれだけ苦労してると思ってるんだ」

「賎民まで郷都に引き入れて準備してきたのに、要求ばかり重ねてさ」

「なんでも今代の雛女様は、王都じゃ無才無芸の『どぶネズミ』って呼ばれてるってよ。ご大層な二胡を用意したところで、どんな演奏ができるってんだい」

どうやら、慧月の悪評はここまで届いていたらしい。

衝立があるからと安心しているのだろう。雛女たちの耳があることも忘れ、女たちは、ひそひそと、しかし実に口さがなく、各家が持参した奉納品についても批評を始めた。

「だいたい、朱家の雛女様が寄越した品なんて、酒に肴だけ。全部お偉方だけが使う物ばかりじゃないか。事前に振る舞う粥の量もしみったれててさ」

「その点、黄家の雛女様は、郷中に行き渡るほどの肥料を持ってきてくれたよ。農業に強い藍家の雛女様は、それに加えて苗も。金家《きんけ》の雛女様は、数こそ少ないが郷全体に御利益のある、豪華な祭典用の衣装を。無骨者と評判の玄家《げんけ》さえ、腕利きの職人に何百という農具を作らせて持ってきた」

「朱　慧月様は、雛女にふさわしくなんかないんだよ。だから天の怒りを買って、貴妃様も飛ばされた。この地の気脈が乱れているのだって、あの雛女さんのせいさ」

吐き捨てるように一人が告げると、即座に複数人から頷きが返る。

「やっぱり、天罰だ」

強い口調は、女たちが以前からその言葉を繰り返しているに違いないことを示していた。

「おやおや、ずいぶん嫌われたもんだなあ」

「これなら、報復なんて必要なかったかもしれないねえ」

玲琳のそばに控えた景行や景彰も、四阿の光景を眺めて、興ざめした様子で肩を竦めている。

（報復……？）

不穏な言葉に胸をざわつかせた玲琳だったが、今はそれどころではないと立ち上がった。

慧月は、けっして性根の悪い女ではない。今はただ、想定外の事態を前に、追い詰められて感情が制御できずにいるだけ。彼女の金切り声は、怒声ではなく悲鳴なのだ。

しかし、ただ避けただけとはいえ、老いた女性を床に転がしてしまっては、慧月の心象は悪くなるばかりだろう。

（民の反感がこれ以上広がる前に、冷静になっていただかなくては）

だが、兄たちの会話に気を取られたぶん、玲琳は一拍だけ出遅れてしまった。

「まあ、慧月様ったら。お声がここまで響いていましてよ。なにか起こったのなら、民を怒鳴りつけるのではなく、わたくしたちの前に出て説明なさってはいかが？」

手巾《しゅきん》で口元を拭った清佳が立ち上がり、嫌みったらしく声を掛けたのである。

「不測の事態に陥っても、つつがなく祭典を進行させるのが、主催家の雛女の役割でしてよ」

どうやら彼女は、ここぞとばかりに慧月を責め立てることにしたようだった。

「あ、あの……っ。ことの経緯、聞こえてしまいました。奉納の芸に使う二胡が、紛失してしまったのですよね。焦る心中、お察しします……っ」

殺伐とした空気を和らげようとしたのか、芳春もその場に立ち上がる。

「ですが、農耕神に捧げるものは、なにも楽の音とは限られていないはず。二胡がないのなら、ほかの芸で代えればよいのではないでしょうか……っ」

柔軟な提案と言えたが、いかんせん、芸の拙い慧月には、かえって負荷の大きいものであった。

「…………っ」

雛女たちに聞かれていたことを悟り、慧月が我に返った様子で顔を上げる。

そこですかさず、老女に手を差し出せればよかったのだろう。しかし、慧月はぱたりと両手を落とし、追い詰められた様子で、その場に俯いてしまった。

楽器であれ、歌であれ、主催家の雛女である以上、なにかの芸を奉納せねばならない。

だが、「二胡がないならほかの芸を」など、そんな器用なことができる彼女ではないのだ。

だからこそ、技芸の中ではかろうじてましだった二胡だけを、このひと月で猛練習してきたのだというのに。

「黙りこくって、どうなさったの？　跪拝した民も、農耕神も、待たせ続けるおつもり？」

清佳が、獲物をいたぶる猫のように目を細めて問いかけてくる。

すると、歌吹が擁護するように口を挟んだ。

「そうだ、慧月殿。舞うのはどうだろう。中元節の儀では、素晴らしい舞を見せてくれたではないか。あれならきっと、農耕神にもご満足いただけるだろう」

「そうですわ！　本祭用に金家から贈られた、豪華な衣装もお室にありますでしょう。鮮やかな金銀の刺繍は、それだけで万金の価値。あれをまとったなら、きっと華やかな舞となるはずです」

芳春もまた、即座に手を打つ。

「衣も帯も、最上の品ですもの。まとうだけで、衣を捧げられた農耕神はお喜びになりますわ」

だが、それを聞いた慧月は、弾かれたように顔を上げると、きつく眉根を寄せ、とうとうその場を走り去ってしまった。

「慧月様⁉」

「あらまあ。逃げ出すだなんて、無様ですこと」

清佳は椅子に腰を下ろしたまま、ふんと己の爪を眺めている。

「ここで挽回するくらいの気概を見せてくれるかと思ったら、とんだ期待外れね」

「慧月様は、まさに挽回のために走り出したのかもしれませんわ」

堪《たま》らず、玲琳は切り出した。

「玲琳様？」

「慧月様は、責任感の強いお方ですもの。逃げたなどと、どうか仰らないで」

そうして、驚きに目を見張った清佳たちをよそに、

「わたくし、様子を見てまいります！」

と、慧月を追いかけはじめた。

「玲琳様!?」

「おい、玲琳！」

「お兄様方は、どうか民の皆様を安心させてあげてくださいませ！　冬雪は皆様の補佐を！」

引き留めようとする冬雪や兄を、振り返りながら素早く牽制する。

(慧月様……！)

肺への負担以上に、心配で胸が痛んだ。

このひと月、ろくに睡眠も取らず、歯を食いしばるようにして努力を重ねた慧月を、知っている。

過去の行いが原因とはいえ、女官たちは冷ややかで、導いてくれる妃もいなくて。

朱家からもろくな援助をもらえぬ中、気位の高い彼女が、他家の玲琳に頭を下げてまで、準備を進めたのだ。

前例に倣《なら》って金子を確保して、冬雪に意見を聞いて必要なものを確認し、あちこちに指示を飛ばした。精がつくよう、開催地の民に事前に与える「賜粥《ちょうしゅく》」の量だって、稟議書を見せてもらった限りでは、十分だったはずだ。

なにかが起きているのだ。おそらくは、悪意を伴ったなにかが。

慧月はそれを、到着からの短時間で続けざまに突きつけられて、動揺しているのだろう。そこに二

胡紛失の一件が重なり、感情を抑えられなくなってしまったのだ。

「慧月様は、こちらですか！」

慧月に割り当てられた室にたどり着いた頃には、すっかり息が上がっていた。

木製の扉は固く閉ざされており、その前で、莉莉が途方に暮れた顔で佇んでいた。

「莉莉、慧月様は？」

「中に入ってすぐ、閂を下ろされてしまって……」

莉莉も、同情と呆れとが半々ずつなのだろう。複雑そうに唇を歪めると、肩を竦めた。

「説得しても、無視です。護衛がいれば力尽くで開けてもらえるんでしょうけど」

そこで彼女は、無人の廊下をぐるりと見回す。

本来この場には、礼武官とはべつに、朱家や郷が用意する護衛がいるはずであった。

だが、いない。それはそのまま、慧月の人望のなさを表していた。

（……現状を悔いていても、仕方ありません）

玲琳はきゅっと唇を噛みしめると、髪に挿していた簪《かんざし》を引き抜いた。

「ものすごく悩みましたが、やむをえません。隙間に簪を差し込んで、解錠しましょう」

「いや、今一瞬も悩んでなかったよね⁉」

「簪が平打ちで助かりました」

莉莉の絶叫を、玲琳は神妙な顔で受け流すと、すいと簪を扉の間に差し込んで、閂を持ち上げた。

「慧月様。失礼いたします」

そっと声を掛けて、室に踏み入る。

途端に金切り声か、置物でも飛んでくるかと思ったが、室は静かなままだった。

「慧月様――」

燭台に火も灯さぬ、暗がりの中、目的の人物は窓辺に佇んでいた。

月明かりに照らされた彼女の姿を見て、咄嗟に言葉を飲み込む。

慧月は、泣いていた。

「……二胡をね」

声だけで玲琳だとわかったのだろう。

慧月は振り返りもせず、静かに口を開いた。

「わたくし自身で、捜そうと思ったの。それでもなければ、気持ちを切り替えて、舞にしようと。衣装があれば、舞はできる。祭典は成し遂げられる。冷静になれば、なんとかなるのだからと」

でも、と、かすれた声が続ける。

彼女の視線の先、窓から注ぐ月光の下には、首を折られた二胡が転がっていた。

さらには、衣桁《いこう》から剥ぎ取られ、泥まで浴びせられた衣装も。

金銀の刺繍がふんだんに施されたそれは、金家から贈られた、祭典用の上衣と帯だった。

五日後の豊穰祭本番で、慧月が身に着ける予定だったものだ。

「なんてこと……」

「どうしてなのかしら、黄 玲琳」

慧月の口調は、不自然なほどに平坦だった。

「たしかにわたくしは無才だし、これまでの行いだってよいとは言えないわ。でも、だからこそ、今回儀の主催が巡ってきたとき、機会だと思ったの。いいえ、機会にしてみせると……やり直すのだと、思ったの」

俯いた拍子に、頬を伝った涙の滴が、ぽたりと落ちる。

床に打ち捨てられた衣と帯。そこに撒かれた泥からは、かすかに糞のような臭いがした。

「頑張れば……努力を、すれば。腐らずに、ずるをせずに……立ち向かえば。そうすれば、今度こそはと……思ったのに」

折られた二胡は使い物にならない。華やかな衣をまとえば、拙くともそれなりに見栄えのする舞になったろうが、それもできない。いいや、それどころか、慧月は金家からの奉納品を台なしにした廉《かど》で責められるだろう。

「いったい誰が、このようなことを」

「わからない!? 誰も彼もよ！」

慧月は突如声を荒らげると、勢いよく玲琳を振り返った。

「女官も！　民も！　護衛も！　雛女も、誰も彼も！　皆がわたくしを陥れるの！　ねえ、朱家がどうしてここまでわたくしを放置するかわかる!?　失敗を待っているのよ。それで、わたくしに責任を取らせて、雛女をすげ替えようとしているの！」

「落ち着いてくださいませ、慧月様。少なくとも黄家は味方でございます――」

「ならこれはなに!?」

床に広がっていた衣を掴み、乱暴に投げつける。

ばさっと布が打ち付けられるのに一拍遅れ、軽い音が響き、なにかが落ちた。

「これは……」

吐き捨てるような声を聞き、玲琳は思わず息を呑んだ。

「組綬《そじゅ》よ。黄蘗色《きはだいろ》のね」

組綬とは、貴族の男が、身分を示す玉佩を帯に結びつけるための組紐である。もちろんこれにも、家ごとに用いる色が決まっている。

黄蘗色の組綬は、黄家が用いるものだった。

「そんな……」

「衣にかかっているのは、堆肥よ。ええそう、黄家の奉納品ね！　景行殿か、景彰殿……いいえ、両方かもしれないけれど、黄家が衣を汚し、二胡を折ったの。かつてわたくしがあなたを突き飛ばしたことの、報復としてね！」

そんなはずはない、という言葉を、玲琳は紡ぐことができなかった。

（「報復」……）

つい先ほど、まさに兄たちの口から、その言葉を聞いてしまったためだ。

「落ち着きましょう。一度、落ち着いて、考えなくては……」

「ふざけないでよ！」

半ば自分に向けた言葉であったが、慧月は噛みつく勢いでそれを遮った。

「どうしたら、落ち着いていられるの!?　こんな……っ、誰も彼もから嫌われ、攻撃されて！　どこまでが黄家の仕業かはわからないわ。民の仕業かもしれない、女官かもしれない、雛女かもしれない。でももう、同じことよ！　皆がわたくしを嫌う！」

後から後から零れる涙のせいで、金切り声は、やはり悲鳴じみて聞こえる。

「慧月様……」

莉莉が緊張に強ばった顔でこちらに近づいてきたのを悟り、玲琳は視線だけでそれを制した。

慧月が凶行に出ることを莉莉は警戒したようだが、今は彼女を刺激しないことが重要だ。

「慧月様、わかりました。それでは――」

「わかる⁉　あなたになにがわかるのよ！　いつもいつも、泰然として！　常に周りから愛され、守られているあなたには、わたくしの気持ちなんかわからない！」

反論を避けようとした玲琳だったが、慧月はかえって逆上し、血走った目で睨みつけてきた。

ふ、と、窓から注ぎ込んでいた月光が陰る。

「あなたも、この苦しみを味わえばいいのよ……！」

震える声が、なぜだろう。まるで地鳴りのように、妙に不吉に聞こえた。

「もういや！　なにもかも、うんざりよ！」

「慧月様――っ」

「わたくしだって、あなたのように、なりたかったわよ‼」

喉を涸らすような叫びが響いた、その瞬間。

ゴ……――ッ！

室にあった燭台に一斉に火が付き、猛々しく燃え上がった。

「きゃあ……っ」

悲鳴はいったい、どちらのものだったか。

熱を感じるほどに猛り狂っていた炎が、すう、と音もなく引いていく。

再び窓から差し込みはじめた月光の、その青白い円の中に、玲琳と慧月は崩れ落ちていた。

「ちょ……っ！　大丈夫ですか!?」

我に返った莉莉が、慌てて駆け寄り、まずは玲琳の身を抱き起こす。

「信じられない！　慧月様、あんたなにしてんだよ！　玲琳様を焼き殺す気!?」

敬語も忘れ、ぎろりと慧月を睨みつけたが、しかし次の瞬間、彼女は目をまん丸に見開く羽目になった。

「え？　あら……」

なぜなら、攻撃的な炎を放ったはずの「朱 慧月」が、妙におっとりとした様子で、首を傾げたからである。

「あらら……？」

その、困惑気味に、頬に手を当てる仕草。

一方で、抱き起こした「黄 玲琳」のはずの女は、呻くような声でこう呟いた。

「嘘でしょう……なんの準備もなしに、術が発動してしまうだなんて」

「ま、まさか……っ」

こうなれば、いやでも事情がわかる。

大いに顔を引きつらせた莉莉に、朱 慧月――の体に収まった玲琳は、のほほんと告げてみせた。

「わたくしたち、また入れ替わってしまったようですね」

「今ああああ!?」

莉莉が絶叫したのも無理はない。

今は勝手知ったる雛宮内ではなく、外遊の最中。

それも、「朱 慧月」に対しひどく敵対的な環境だ。

慧月の体に収まっていてはどんな被害に遭うかわからないし、さらに言えば、尭明もすぐ近くにいる状況下、全方向に危うさしかない。

よって、莉莉はがくがくと揺さぶるようにして、黄 玲琳――もとい、慧月の肩を掴んだ。

「おい！　早く戻せよ！　こんな時に入れ替わってどうすんだ！」

「わ、わかってるわよ！　でも……」

玲琳の顔をした慧月は、繊細な美貌を歪めて呟いた。

「戻せない……。気が、足りないわ」

「はあ!?　なんでだよ！　暴走するほどあり余ってるんだろ!?」

「暴走したからよ！　事前準備も呪文もなしに術を発動させてしまったから、気が根こそぎ持っていかれてしまったの！」

道術の仕組みは莉莉にはよくわからなかったが、恐怖の滲んだ声を聞けば、発言が真実だとは理解できた。

「嘘だろ。じゃあ、どうすんだよ。気が回復するまで、何刻？　一日？　玲琳様に、この状況下、朱慧月として過ごせって言うわけ？」

「火の気自体は豊富だから、回復は早いはずよ。ただ、均衡が崩れているから、正しく術を使うには、慎重に気を練らなくてはならない」

「具体的には、どれだけ掛かるんだよ！」

莉莉に凄まれて、慧月は、消え入るように告げた。

「四、五日……」

「ふざけるのも――」

「まあまあ」

カッとなって相手の胸倉を掴み上げた莉莉のことを、軽やかな声が遮った。

朱 慧月の体に収まった、玲琳である。

「起こってしまったことは仕方ありません。これは、慧月様というより、気脈の乱れたこの地の仕業。不可抗力です」

穏やかで、慈愛深い微笑。

「ふふ……うふふっ、そう、不可抗力ですもの。仕方ないのですわ」

いや。両手で頬を挟み込む姿は、慈愛深いというより――込み上げる喜びを隠せない、「笑み崩れた」という表現のほうがふさわしいだろうか。

「れ、玲琳様……？」

「こ、黄 玲琳……？」

なぜだかぞくりと背筋の粟立《あわだ》つ心地がして、莉莉と慧月が仲良く声を合わせる。

玲琳はにこりと笑みで応えると、優雅に立ち上がった。

「同じ立場に立ってみよとのお言葉、ごもっともですわ。わたくしとて、大切な友人が傷つく様を、おめおめと指をくわえて見守るなど、不本意極まりのうございます」

月光を頬に受けながら、静かに目を細める。

(あ……っ)

その表情を見た莉莉は、はっとある光景を思い出した。

(アブラムシを前にしたときの顔!)

そう。

先ほど玲琳が、声を詰まらせながら「落ち着いて」と呼びかけたのは、悲しみに心を揺らしたからではない。

冷静にならなければ、この湧き上がる怒りを抑えきれないと、自覚していたからである。

「睡眠も誇りも手放し、努力を重ねてきた、わたくしの大切な大切な友人のことを――」

「あ、あの……っ」

「民は敬わず、女官たちは蔑み、雛女たちは追い詰めたのですね」

「ちょっと、こ、黄 玲琳……っ」

「しかも、黄家の男ともあろう兄たちは、こんな卑劣な方法で女性を陥れたと」

怯える慧月たちをよそに、玲琳はじっくりと荒らされた室内を見回す。

それから、両手で握りしめていた黄蘗色の組紐を、まじまじと見下ろした。

――ぶちぃ……っ!

「ひいっ!」

組紐は、玲琳の両手の中で、小さな悲鳴を上げて千切れた。

「慧月様にご迷惑をおかけしてしまうから、安易な入れ替わりは避けねばと思っておりましたけれども……これも運命のお導き。わたくし、始祖神がこう仰る声が、聞こえた気がしますわ」

無意識に両手を取り合う慧月と莉莉の前で、はらりと組綬だったものが床に落ちる。

それを優しく見下ろしてから、玲琳は小首を傾げた。

「『やっておしまい』と」

＊＊＊

なみなみと酒を注がれた杯を唇に近づけたところで、皇太子・尭明はふと顔を上げた。

「…………」

「どうかされましたか、殿下」

すぐさま、脇に控えていた鷲官長《しゅうかんちょう》・辰宇《しんう》が身を乗り出す。

尭明は視線だけでそれを制すると、「今」と、かすかに眉を寄せた。

「気が、歪まなかったか」

独白のような問いを聞き、辰宇が目を瞬かせる。

少し考えた後、彼は慎重に口を開いた。

「おそれながら、龍気を帯びぬ身では、その手のことはわかりません。殺気や、不吉の予兆ならばまだ感じ取れますが」

詠国《えいこく》では珍しい青い瞳が、ぐるりと室内を見渡す。

赤絨毯の敷かれた床に詰め寄せ、叩頭しながら祈りを唱える男たちを見下ろし、辰宇は冷静に結論づけた。

「少なくともこの場で、殿下に不敬を働こうとする愚か者はいないようです。もっとも、早く祭食を終えて、酒にありつきたいと望む者は多そうですが」

「まあな」

尭明は軽く嘆息しながら、椅子に背を預けた。

彼もまた雛女たちと同じく、祭壇に向かって食事を取っている最中である。

ただし、雛女は食後に芸を奉納するのに対し、皇太子は食後、郷の男たちに、酒と肴を与えることになっている。痩せた郷の男たちが、日頃ろくな食事に恵まれていないことは明らかで、敬虔深く頭をこすりつけながらも、その瞬間を待ちわびる熱気が伝わってくるかのようだった。

「……南領の冷害は深刻のようだな」

「たしかに、民の気は荒立っているようです。豊穣祭の開催地に選定されたから、なんとか一揆もせず持ちこたえているのでしょう。開催地には、施しの粥が、他よりも多く与えられますゆえ」

男たちの祈りにかき消されるとは言え、二人は会話を聞かれぬよう、囁き声で言葉を交わす。

祭壇のしつらえられた室内で、食事を取っているのは尭明と、一段下の卓についた郷長・江《こう》徳勝《とくしょう》だけだ。

一口含むごとに、祭壇に向かってきっちりと頭を下げる江氏を見て、辰宇は付け加えた。

「あるいは、徳が高いと評判の、江氏の治政の賜《たまもの》でしょうか」

白髪と白髭が目立つ江氏は、痩せぎすながらかくしゃくとした男性で、穏やかな佇まいは郷長というより、学を授ける老師のようである。

豊穣祭の開催地――すなわち、それだけ気脈の乱れた土地で、民の統制が取れていることは稀だ。今代の雛女が揃ったのが昨年ゆえ、尭明が儀を執り行うのはこれが初めてだったが、前代が訪れた郷も、多くが飢えで殺伐とし、皇族に不敬を働く例すらあったという。

その点、この郷では、今男たちが深々と叩頭していることからもわかるとおり、皇族への忠誠に、曇りがない。祭壇は、この郷の規模でよくぞというほどに整えられ、尭明への態度やもてなしも、驚くほどに恭しかった。

「殿下の威光に、皆、圧倒されているようですね」

「いや……」

信心深い民の姿を思いだし、そう告げた辰宇だったが、尭明は軽く眉を寄せるだけだった。

「どちらかといえば、腫れ物に触れる態度に思えるがな」

「え？」

聞き返す辰宇に、尭明は答えず酒を呷《あお》る。

彼はひれ伏した男たちを一瞥し、考えを巡らせていた。

たしかに、民は恭しい。だがそれは、尭明と、四家の雛女に対してだけだ。到着からこちら、民がなにかと、朱 慧月に対して冷ややかな視線を向けているようなのが、彼は気になっていた。

日頃の交流はないとはいえ、自領の雛女。多少の親密さはあるはずだ。たとえばこれが黄家の治める直轄領なら、領地のどこであっても、民は玲琳に笑顔で跪いていただろう。

（冷害で天を恨んでいるからか？　いや、それなら民の反感は、天子の息子である俺に向かうはずだ。なぜ俺には丁重で、朱 慧月のことは睨みつける？）

それにもう一つ、このやけに大きな祭壇や広間が、尭明はどうも気になった。

辺境の寂れた郷、つまり数の限られた工員が手がけたにしては、どうも大がかりなのだ。

鼓楼《ころう》も、この規模の郷にしては、立派である。皇族や雛女の滞在に備え、ある程度手を入れたのだろうが、冷害に苦しむ土地のどこに、そんな余裕があったのか。

(気になるな)

特に、朱 慧月への敵意については、注視しなくてはならないだろう。

あの感情的な雛女は、ちょっとした諍いを騒ぎ立て、大事にする恐れがあるから。

つい先ほども、屋外の様子を監視させている小姓から、「朱 慧月様が技芸奉納を前に二胡をなくし、公衆の面前で郷の女を怒鳴りつけ、室に引き返しました」との報告があり、内心で頭を抱えているところだ。

五日後の本祭までは、家族を除く男女はなるべく接触を避けるべきとされるが、場合によっては、尭明が舞台まで様子を見に行った方がよいだろう。

だが、ちょうど今、興奮した面持ちの小姓が、「黄 玲琳様が説得し、朱 慧月様は無事、舞台に戻られました」との続報を寄越してきたので、尭明は胸を撫で下ろした。

「玲琳殿に助けられましたね。もう少しで祭食を終え、民に酒と肴が振る舞われはじめます。その間なら多少は身動きが取れましょうから、……朱 慧月に釘を刺しに行きますか」

気を遣った辰宇が、低い声で囁く。

尭明はふむ、と顎を撫で、頷いた。

「少し席を外すとしよう。ただし、向かうのは玲琳の下だ。彼女を密かに呼び出してくれ」

「なぜです？」

怪訝そうに眉を寄せた異母弟に、尭明は軽く笑った。

「無事に舞台に立ったということは、朱 慧月のほうはすでに危機を脱したのだろう。拙い芸で恥を掻こうが、べつにそれは大きな問題ではない。民が敵意を向けようが、黄家による守りもあるしな。それよりも、周囲から馬鹿にされる彼女を見て、玲琳が怒ったときの方が厄介だ」

辰宇は咄嗟に言葉を詰まらせた。

奥ゆかしい「殿下の胡蝶《こちょう》」が怒るところなど、ほとんどの雛宮の人間は想像もしないだろうが、先日の入れ替わりを通じ、辰宇も黄 玲琳の真の性質を理解している。

彼女は滅多に感情を揺らさないが、いざ怒るとなると、驚くほどの頑固さと勢いで、大胆な行動に打って出るのだ。

友人の朱 慧月が敵意にさらされたなら、本人以上に、彼女が怒ることは、十分ありえた。

「……たしかに、暴走しそうです」

「だろう？　だから、釘を刺す」

「御意」

素早く踵《きびす》を返した鷲官長を見届け、尭明は小さく息を落とした。

一連の指示は、他者からすれば、過剰にも見えよう。だがこうした牽制が、間違いなく玲琳には必要なのだと、確信している自分もいる。

だって彼女は、あんなに可憐で奥ゆかしいのに、一方では、驚くほど、突飛な少女なのだから。

（特に初めての外遊で、いつになく羽目を外しているようにも見える。玲琳が優秀なのはたしかだが、

実のところ、外界と接することの少ない、世間知らずの箱入り娘だからな）

この道中、馬車越しに見かけるたびに、常にはしゃいでいた従妹の姿を思い出し、苦笑する。

最近彼女は、少し変わった。以前より感情を外に出すことが多くなったように思う。

それはもちろん歓迎すべきことで、彼女の愛らしさに一層輪をかけるものでもあるのだが――一方で、加減というものを知らぬ彼女が、厄介ごとに巻き込まれる恐れも大いにある。

「やれやれ」

彼は再び杯を取ると、優雅な挙措で酒を口に含んだ。

3. 玲琳、やり返す

「はは、『心卑しい者たちなのでございます』だってさ。自分の手違いで二胡《にこ》を壊してたくせに。悪びれもせずに、罪を杏婆《きょうばあ》になすりつけやがる」

朱《しゅ》 慧月《けいげつ》が走り去った後も、床に跪《ひざまず》いていた郷の女が、ほかの女たちに慰められ、四阿《あずまや》を出て行く。取り残された老女・杏が立ち上がり、よろよろとその後に続く——その一連の光景を、雲嵐《うんらん》は高い場所から見下ろし、独りごちた。

高い場所。そう。この日のために設《しつら》えられた舞台の、梁《はり》からである。

梁は切り倒した老木を一本渡しただけのもので、さほどの強靭さはない。高所が苦手な者なら、上るだけで気を失いそうであったが、雲嵐はまるでそこが大地であるとでも言うように、器用にあぐらを掻き、膝に頬杖をついていた。

人目を引く野性味ある美貌は、今は目から下を黒布で覆って隠してある。そうしてみると、まるで盗賊のような出で立ちであった。

「その『心卑しい者』たる俺たち賎民の力を借りずには、舞台の竣工も間に合わなかったくせになあ。手柄は全部横取りして、汚れ仕事と責任だけ押しつける。郷民の皆様ときたら、いいご身分だよ」

同じく梁に腰掛け、だみ声で告げるのは、目つきが鋭く、いかにも柄の悪そうな壮年の男——豪龍《ごうりゅう》だ。同じく、黒布を着けている。

賤民。

それが、彼らのこの郷での身分だ。

罪人や流民、その子孫からなる邑《むら》の民で、ほかの領とは違って「浄化」されることはなかったけれど、就ける職や着るもの、髪の長さに至るまで、郷民とは厳格に区別されている。

保護の名のもと、郷の中でも特別痩せた土地に追いやられ、それでもその環境に感謝せねばならぬ弱き者。それが彼らだ。

日頃は郷都に立ち入るだけで、石を投げられることもある彼らが、なぜこんな場所にいるのかと言えば、それはもちろん、郷長から与えられた密命を果たすためだった。

今日この日、前夜祭の場で、朱 慧月を邑へと連れ去るのである。

「いーや、叔父貴。本当に『いいご身分』なのは、楽器ごときで大騒ぎした朱 慧月のほうだよ。見たか？　あの豪華な衣に、髪飾り。あれだけで、俺らの収めた税の何年分するんだか」

吐き捨てるように雲嵐が告げた言葉に、豪龍が頷き返す。

「たしかに。雛女《ひめ》が一番胸くそ悪いってのは間違いねえな。冴えねえ顔に、人を人とも思わぬ高慢な性格。噂通りだ。あの女のせいで南領に禍《わざわい》が満ちたというのは、さもありなんと思うぜ」

「だな」

「俺たちの税が、あんな女を着飾らせるために使われてたのかと思うと、泣けてくるね」

二人の声には、憎悪と呼んで差し支えない色が滲んでいた。

「朱 慧月に天罰を与えれば……俺たちは助かる」

豪龍が小さく呟くその言葉は、何度も繰り返したものだからなのだろう、どろりと煮凝《にこご》って、まるで呪文のようだ。

「気を引き締めろよ、雲嵐。広間には腕利きの護衛がうじゃうじゃいる。朱慧月を攫《さら》うには、一瞬の隙を突かにゃ」

「いや、それ、俺が言ってきたことだし。叔父貴こそ大丈夫？　さっきから手ェ震えてるけど」

「……うっせえな。高いところが苦手なんだよ」

雲嵐がしらけた顔で返すと、豪龍は言葉を詰まらせる。

彼は恥ずかしさをごまかすように、毛深い腕を何度も撫で、仲間のことを罵った。

「まったくあいつら、指揮を買って出た雲嵐はともかく、俺にまで誘拐役を押しつけるなんて。一番大変な役回りじゃねえか。俺ァ、とても生きて邑に帰れる気がしねえよ」

「大丈夫でしょ。この場には、礼武官とやらを除いて、女子どもしかいないんだから。郷の女どものところに通ってたおかげで、男たちの知らない逃走経路も俺は知ってる。郷長にも、攫いやすいように警護を緩めるよう伝えた。どんと構えてりゃいいのさ」

気だるげに、けれど滑らかな口調で答える甥のことを、豪龍は驚いて眺める。

それから、自嘲するように呟いた。

「ふ……、頼りになるな。畑仕事も全然せずに山や郷で遊びほうけて、兄貴にさんざん反抗してたおまえが、今じゃ邑の希望とはよ。わかんねえもんだ」

叔父の独白には、雲嵐は一瞥だけ向け、応えない。

すでに用意しておいた火口《ほくち》から、短く切った蝋燭《ろうそく》に炎を移し、彼は素っ気なく言い放った。

「油壺を落とすなよ、叔父貴。朱　慧月が芸を始めたら、油を撒いて、火を放つ。この場を混乱させるには、火は派手に上がれば上がるほどいいから」

「わかってるよ。まったく、農耕神の祭壇に火を放つだなんて恐れ知らずの策を考えつくのは、おまえくらいのもんだ。祟《たた》りが怖くねえのか？」

「やれやれ、叔父貴はすぐそれだ。俺たちは、天に害なす女に罰を与えるだけだぜ。祟られるもんか。農耕神とて、拙い芸を捧げられずに済んで、喜んでくれるさ」

渋面になった叔父の言葉を、雲嵐はばっさりと否定する。

見ろ、と、彼は顎で広場を指し示してみせた。

「ほら。婆を怒鳴りつけて、無様に逃げ去った朱　慧月のことを、この場で案じている人間なんかいる？　郷の女たちはもちろん、仲間のはずの雛女たちも知らん顔。女官が一人追いかけたきり、護衛もその場を動きやしねえ。朱　慧月は、とことん嫌われ者なんだよ」

「たしかに、追いかけたのは、あのとびきりきれいな黄家《こうけ》の雛女さんだけだったなあ。朱家の雛女も、ああいう美女だったらよかったのに」

豪龍が溜息を落とすと、雲嵐はふと背筋を伸ばし、蝋燭の明かりが漏れぬよう手で覆った。

「来た」

視界の端、舞台へと続く控えの四阿に、朱　慧月が戻ってきたのだ。

もう声を荒らげていないところを見るに、落ち着きは取り戻したのだろう。先ほど追いかけた黄家の雛女が、優しく慰めでもしたのだろうか。

（舞台に戻ってきた根性だけは、褒めてやるよ）

しずしずと歩く朱 慧月のことを、冷ややかに見下ろす。

ここで彼女が室《へや》に閉じこもりでもしたら、計画が総崩れになるところだったので、無事に意識を切り替えてくれた点はよかった。

――だが、彼女に好意的な感想を抱くのは、これきりだ。

今から雲嵐たちは朱 慧月を攫い、天に代わって彼女に罰を与えるのだから。

ゆっくりと舞台に近づいてくる、朱家の雛女。側仕え女官は控えの四阿に留まり、護衛も、黄家から借りた礼武官二人だけ。彼らは舞台の両脇に散った。篝火の守をするようだ。

雲嵐たちはそのまま、獲物を前にした獣そのものの静かさで、舞台に上がる女を観察していたが、やがて揃って、眉を寄せた。

「あの女……ずいぶん、様子が変わってねえ?」

「ああ」

二人して梁に手をつき、まじまじと舞台を見下ろす。

視線の先で、朱 慧月は、舞台奥の祭壇に向かって深々と叩頭すると、それ自体が舞のような、美しい挙措で中央に移動した。

先ほどまでとはあまりに異なる、堂々とした姿。

だがそれ以上に、彼女が身につけている衣が、奇妙だったのだ。

「なんだ、あれ」

なぜなら、彼女はせっかくの祭典用の衣を、きっちりと着込むのではなく、ただ肩に引っかけているだけなのだから。

しかも、篝火に照らされてようやくわかったが、美しいはずの衣は、その大部分に泥がかけられている。とても、奉納には向かない装いだ。

「あの女……なにするつもりだ？」

雲嵐が呟くのと同時に、舞台の片側に立つ礼武官に向かって、朱 慧月が合図を送る。

すると男は、困惑した様子で篝火を鉄の箱で覆った。

明かりがひとつ減り、舞台がぐっと暗く、神秘的になる。

女の雰囲気に呑まれたか、口さがない女たちも囁くのをやめ、舞台に見入りはじめた。

ぱちぱち、と、残された炎の燃える音だけが響く。

「それでは、迫る秋の日に、農耕神が豊穣の女神を迎えられることを祈って」

女が朗々たる口調で告げた次の瞬間、梁の上の二人は息を呑んだ。

＊＊＊

さて、少し時を遡り、広場に設えられた雛女たちの席である。

妹の玲琳《れいりん》が、朱 慧月を慰めるべく、この場を去ってしまったことにやきもきしていた景行《けいこう》たちは、二人が連れ立って戻ってきたのを見て、ほっと胸を撫で下ろした。

「おお、玲琳、戻ったか！」

どうやら妹は、無事に朱 慧月を宥《なだ》め、この場に連れ出したようである。

先ほどまで金切り声を上げていたはずの朱 慧月は、落ち着いた様子で近づき、景行たちに深々と礼を執った。

「先ほどは取り乱してしまい、申し訳ございません。妹君をお返しいたしますわ」

「……ああ」

この短時間で、ずいぶん印象が変わった気がして、驚きについ目を見張る。

だが、かすかな違和感を自覚するよりも早く、妹の玲琳が青ざめていることに気付き、景行は声を上げた。

「どうした、玲琳。顔色が悪くはないか」

「え……？　ええ。あの……少し、疲れてしまったようで」

朱 慧月とは打って変わって、こちらは短時間で、ずいぶんくたびれた様子である。

「その、慧月様を追いかけるにあたり、走ったりしたものですから……」

弱々しい姿を見て、景行たちはぐっと眉を寄せた。

玲琳は黄家の至宝。たとえわずかな疲労でも、妹に負担をかける者は許せなかったのである。

「朱 慧月殿におかれては、我が妹に甚大な迷惑を掛けて、ようやくこの場に戻ってこられたご様子。まったく、雛宮《すうぐう》一の厄介者という評判は、まことのようだな」

鋭く目を細め、朱 慧月を威嚇する。

筋骨隆々たる景行が凄めば、並みの女なら泣き出すほどで、感情的と噂の朱 慧月ならば、ひとたまりもないはずだった。

しかし、実際に「ひぃ」と悲鳴を上げたのはなぜか妹の玲琳のほうで、彼女は愛らしい顔を歪ませながら、慌てた様子でこちらに縋《すが》り付いてきた。

「景――大兄様！　そ、そのような口を叩くのはやめましょう。彼女を挑発してはなりません。平和に。穏便に。ねっ」

「おまえの優しさは美点だが、しかし玲琳。事実を告げて、なにが悪い。彼女が無芸無才の『雛宮のどぶネズミ』と噂されていることは、俺とて知っている。……だいたい、なんだ、その汚れた衣は。泥臭いな。これでネズミの大道芸でもするのか？」

「大兄様！」

妹がさあっと顔色を失い、叫んでいる。

仲間の悪口など聞いていられないという、いかにも彼女らしい姿に見えた。

「無才な『どぶネズミ』、でございますか」

一方の朱 慧月はといえば、静かに話を聞いていたかと思えば、ぽつりと呟く。

先ほど怒鳴り散らしていた姿とは異なり、その佇まいは、やけに落ち着いていた。

いいや――

「さようで、ございますか」

「…………！」

すう、と薄く浮かべた笑みには、武官の景行を怯ませるほどの、凄みがあった。

「おまえ……」

「泥というのは、罪深うございますね」

無意識に身構えた景行の前で、朱 慧月は、つと視線を逸《そ》らす。

彼女はぐるりと、成り行きを見守っている他家の雛女や、郷の女たちを見渡した。

「その下にどんなに美しい毛皮を持っていても、一度泥をかぶっただけで、汚らわしいと笑われる。真っ白な雪原に足を踏み入れるのは躊躇《ためら》うけれど、すでに泥をかぶった相手には、人々はさらに泥玉を投げつけることも、厭《いと》いませんものね」

言葉は聞かせるようでもあり、独り言のようでもある。

迫力に呑まれ、静まりかえった者たちに、彼女は不意に、にこりと微笑みかけた。

「『どぶネズミ』。大変結構でございます。泥の下に隠してきた美点を穢《けが》わ《わ》もって、きっと農耕神にもご満足のいく芸を、納めさせていただきますわ」

ついで彼女は景行をまっすぐに見据えると、従って当然のような口ぶりで、こう頼んできた。

「二胡がありませんので、舞を披露しとうございます。舞台の両脇に篝火があっては明るすぎますので、片方の篝火を消していただけます？　わたくしの礼武官殿」

朱 慧月の礼武官を兼ねたのは、景行たちの情けであり、彼女は黄家に遠慮を見せるべき立場のはずだ。

それだというのに、朱 慧月は、幾多の武官から忠誠を捧げられる雛女のように、躊躇いもなく景行たちに命じる。

しかもそれが不思議と、今の彼女には似つかわしい態度に見えた。

「……承知した」

景行は、わずかな沈黙の後、頷く。

なぜか、戦場で好敵手にまみえたときのような、緊張と高揚感とがあった。

「じゃあ僕は、反対側の篝火を守るよ。舞う際に、支柱を倒す恐れがあるので、人がついていたほうがいいから。玲琳の守りは、冬雪《とうせつ》、君に頼む」

「はっ」

その場に満ちる緊迫した空気を感じ取って、弟の景彰《けいしょう》が、素早く申し出る。朱 慧月が儀式に乗じて、危険行為を犯すことを警戒したのだろう。

「そう。では、よろしくお願いいたします」

女は平然と頷くと、そのまま舞台へと向かった。

視線をまっすぐ前に向け、顎を引いて歩く姿が、清々しい。

景行たちは、彼女に続いて篝火のもとに移動しながら、さりげなく視線を交わした。

――彼女は、こんな美しい女であったろうか。

舞台につくと、朱 慧月は祭壇に向かって叩頭し、中央に立つ。

景行に篝火のひとつを消させると、ぐっと明度を落としたその場所で、静かに膝を突いた。

「それでは、迫る秋の日に、農耕神が豊穣の女神を迎えられることを祈って」

凛とした口上が、静まりかえった舞台に響く。

景行たちは、いいや、その場にいた者たちは皆、この先の展開が読めぬまま、じっと彼女のことを見つめた。

だって、二胡はないのだ。代わりに舞うと言うが、奏者もおらぬ舞では、きっと盛り上がりに欠けるし、華やぎを確保してくれるはずの衣は、なぜだか泥で汚れている。

「……出たわね」

それまでつまらなそうに円扇を弾いていた金《きん》 清佳《せいか》は、舞台に跪く朱 慧月を視界に入れ、ふと目を見開いた。背筋がぞくりと粟立《あわだ》つのを感じながら、身を乗り出す。

今の朱 慧月は、明らかに「どぶネズミ」と呼ばれる女ではない。

中元節のときと同じ――揺るぎなく気高い舞姫が、そこにいた。

「ようやく本気を出したわね。でも、楽もなしにどうやって舞うと言うの、朱 慧月」

清佳の小さな問いには、すぐに答えがもたらされることとなった。

舞台上で跪いていた朱 慧月が、動き出したのだ。

彼女は肩に掛けていた衣をついと引っ張り、両の身頃で顔を隠した。ちょうど、泥の衣で、全身を覆うような格好だ。

『あたたかな大地に　まどろみて――』

夜闇と半ば溶け合うような、汚れた衣。その内側から、妙なる声が響いたことで、観客は一斉に息を呑んだ。

(歌……!)

朱 慧月がこんな伸びやかな声で歌うのを、雛女たちは初めて聞いた。

彼女は歌を求められたとき、いつも小さくなって、蚊の鳴くような声で、調子外れの音を呟いていたというのに。

『命ひとひら　揺れに揺れ　満ちに満ち　東より射す　光に焦がれ』

壇上の女は、やがてゆっくりと立ち上がる。

ただそれだけの動作であったのに、観衆は、目を釘付けにして彼女を追った。

歌詞は即興なのだろうが、抑揚《よくよう》が美しい。

顔が見えないぶん、人々はなおさら真剣に、歌に耳をそばだてた。

『やがて外へと　腕《かいな》を伸ばす』

すう、と、女の腕が外に向かって開かれていく。

ようやく顔が拝めると、人々が引き込まれるように身を乗り出した、その瞬間。

——バサッ！

大きな音を立てて衣が翻ったので、観衆たちは思わずどよめいた。施された金糸の刺繍が、篝火の明かりを弾きながら、美しい軌跡を描いて離れてゆく。

内から現れたのは、重厚な朱色でも、重苦しい泥の色でもなく、目に鮮やかな緑の衣。

朱 慧月は、新芽を思わせる衣をまとっていたのだった。

『空よ　言祝《ことほ》ぎの風を吹け　雲よ　恵みの雨を降らせ』

女は、それまでと打って変わった激しさで、身を翻し、背をしならせる。くるくると、縦横無尽に舞台を駆ける舞姫を、観客は夢中になって追いかけた。

彼女は官能的な仕草で袂に腕を這わせると、そこに押し込んでいた領巾《ひれ》をすっと抜き取った。

『光よ　注げ』

——ふわ……っ。

領巾は、淡い橙色だった。薄く仕立てられた布が、たっぷりと風を、そして篝火の明かりを孕《はら》んで、まるで陽光そのものに見える。

ぬかるみを破った新芽が、まっすぐに天を目指し、暖かな光に包まれる様を、その場の全員が幻視した。

「なんてこと……」

呼吸も忘れて舞に見入っていた金 清佳は、やがて呆然と呟いた。

いいや、彼女だけではない。

先ほどまで朱 慧月を睨みつけていたはずの郷の女たちが。美姫の舞を見慣れているはずの女官や武官までもが、次々と色調を転じる力強い舞に、圧倒されていた。

「すごい……もしかしてこれって、なにかを、伝えてるのかい……？」

「ああ。きっとこれは種、ううん、芽が、育ってるところなんだ……」

背後で跪いていた女たちが、衝立《ついたて》の隙間から身を乗り出して、そんなことを呟いている。

学もなく、洗練された舞など鑑賞の仕方もわからぬ彼女たちさえ、この舞に、きちんと主題があることを感じ取っているのだ。

『光よ』

注目を一身に集めた女は、舞台の端までたどり着くと、ふと領巾を手放す。

ついでなにを思ったか、端に佇んでいた景彰をすり抜け――その背後にあった篝火から、一本の燃える薪を取り上げた！

――ざわ……っ！

炎に手を突っ込んだように見える雛女に、観衆がどよめく。

しかし彼女は平然と薪を持ち替え、そのままくるり、くるりと旋回してみせた。

きらきらと火の粉が舞い、朱色の残像が、暗い舞台に大きな円を描き出す。

観衆は無意識に、ほうっと溜息を漏らした。

ああ。これは、太陽なのだ。

『光を我が手に』

高らかに炎を掲げる彼女は、まるで日輪を抱く天女のようだ。

女は炎と戯れながら、とうとう舞台のもう片隅、黄 景行が守る篝火のもとまでたどり着く。

そこで、とびきり艶麗に微笑んだかと思うと、

――ザンッ！

彼女は、一直線に薪を、景行の喉元へと突きつけた！

「…………！」

炎の残像が見えぬほどの、素早さ。

極められた舞は、芸というより、武技に近い。

景行は無意識に刀を抜き、薪を切り落とそうとする。

だが、ちろちろと舌を伸ばす炎は、景行の首と、髪一筋ぶんの距離を残したところで、ぴたりと止まっていた。

「……ふふ」

ぱちぱち、と薪の爆ぜる音に紛れて、ごく小さな声が響く。

「炎に怯える、アブラムシ」

「…………！」

女の視線を追って初めて、景行は、己の片足を後ろに引いてしまっていることに気付いた。

まるで強敵にまみえたときのように――この女に、威圧されたのだ。

視線が絡み合ったのは、ごく一瞬。

だが、笑みに苛烈な怒りを宿した彼女が言わんとしていることは、明らかだった。

無才の雛女をどぶネズミと言うならば。

女の持つ薪に怯えた武官など、虫に等しい存在なのではないか——。

「な……っ」

息を呑んだ景行をよそに、女はさも舞の延長であるかのような動きで、薪をひょいと、消されていた篝火へと投げ入れる。

とうとう舞台の両脇から照らされるようになった舞姫は、絶句した男を置いて、もう用はないとばかりに身を翻した。

ゆっくりと中央に戻ると、そこで両腕を宙に差し出したまま、天に向かって大きく胸を反らす。

『実りあれ』

溶けるような声で紡がれた、最後の一節。舞い終えた姿がなにを象徴するかは、明白だ。

明るくなった舞台。炎に照らされ、黄金色に見えるようになった薄緑の衣。

背をしならせ、重く頭を垂れる姿は、ずっしりと穂を垂らす実りそのものだった。

しん、と、広間が静まりかえることしばし。

やがて、我に返った金 清佳が手を打ったのを皮切りに、他家の雛女が、女官が、女たちが、次々と拍手を始めた。方々で歓声が上がり、耳を聾《ろう》するほどの騒動である。

「これが、彼女の舞なの……」

息を詰めて腰掛けていた黄 玲琳——いいや、その中に収まった慧月も、震える声を漏らした。

黄家の雛女が舞の名手であるとは、知っていた。けれどそれは、繊細優美を極めた、ただ目に快いだけのものだったはずだ。

こんなに力強く、心の臓を直接揺さぶってくるような舞を、慧月は初めて見た。

「あなた様は、『彼女』の舞を見るのは初めてでございましたね」

すぐ横に控えた冬雪が、静かに相槌を打つ。言葉に含みを感じた慧月が、はっと顔を振り向けると、彼女は酒を注ぎ足す態《てい》で身を屈《かが》め、そっと耳打ちした。

「――入れ替わられましたね」

もちろん、見抜かれていたのだ。

慧月は顔を強ばらせたが、冬雪はそれ以上なにも言わなかった。公衆の面前で慧月を非難するわけにもいかなかったからだろう。

慧月は最初、言い訳をしようとし、次に詫びようとし、けれどそのどちらも冬雪には拒絶されてしまうだろうと理解すると、代わりに、心が欲するままの行動を取った。

すなわち、舞台上の「朱 慧月」に、力一杯拍手を送った。

ひらりと舞っては心を奪う、眩《まばゆ》いばかりの胡蝶《こちょう》に向かって。

「……わたくしにも」

万雷の拍手に紛れて、ぽつりと呟く。

「いつか、あのような舞が、できるようになるのかしら」

声には切望と、淡い絶望が滲んでしまった。

「嘲笑われてばかりの……泥まみれの、わたくしにも」

冬雪はちらりと一瞥をくれると、意外にも鼻で笑うことはせず、淡々と告げた。

「泥にまみれているからこそ、できるのではないですか」

「え……?」

「だって、まさにそうした趣旨の舞でしたでしょう。冒頭に泥をかぶっていたからこそ、現れ出た新緑の衣は、眩しかったのではございませんか。舞い手の意図が、あなた様にはわかりませんか」

――そんな悲しいお顔をなさらないで。

不意に、脳裏にあの、穏やかな声がよみがえった。

――慧月様は最善を尽くされていますわ。

いつだって優しい口調で、遠くの灯火を示してくれる彼女。慧月が音を上げて、努力を投げ出そうとするたびに、根気強く諭してくれる、黄 玲琳。

大丈夫。落ち着いて。そうした言葉を、自分は何度かけられただろうか。

慧月はようやく理解した。

黄 玲琳が、泥まみれの衣で舞い、炎を兄に突きつけたのは、単なる意趣返しのためではない。

そうではなく、本当は、慧月を励ますためだったのだ。

泥をかぶっても、撥《は》ねのけられると。心に炎さえ抱いていれば、どんな敵でも圧倒できると。

「あの方にそんなにも大切にされて、まこと、うらやましい限りでございます」

心なしか、冬雪が拗《す》ねたように呟くのを聞き、慧月はじわりと涙を滲ませた。

(農耕神に奉納すべき舞で、なにをやっているのよ、黄 玲琳)

本当に、彼女はどうしようもない悪女だ。品行方正のふりをして、しれっと神さえ無視して、自分の思うことをする。大胆で、自由で、好き勝手に人の心を掻き回す。

涙をこぼすまいと、慌てて瞬きをしたそのときだ。

「失礼」

背後から抑えた声がかかって、慧月たちはびくりと背筋を伸ばした。

振り返ってみれば、鷲官長《しゅうかんちょう》・辰宇《しんう》である。

彼は、異様な熱気に包まれた広場を怪訝そうに見渡していたが——幸いにも、舞台上の玲琳は背を向けて祭壇に叩頭していた——、慧月の視線に気付くと、素早く身を屈め、囁いた。

「屋内の回廊で、殿下がお待ちだ」

「…………！」

かろうじて悲鳴を飲み込んだ自分を、誰か褒めるべきだと慧月は思った。

どっと冷や汗が滲む。なぜ、今なのか。

（まさか、もう、ばれた……？）

ぎこちなく辰宇を見上げれば、彼は非難されたとでも思ったのか、事情を補足した。

「儀式のさなか、申し訳ない。だが、感情を乱した朱 慧月を、あなたがかばったと報告があったものので。殿下は、義憤に駆られたあなたがこれ以上の無茶をしないか、心配しておられる」

その口調は、朱 慧月に向けるものより丁寧だ。その事実を不快に思う余裕も、今はない。

どこか愉快そうに、「なにせ破魔の弓の例もあるし」と口元を綻ばせる辰宇に、目を奪われる余裕もだ。

「あ、の……」

「承知いたしました。折しも奉納を終えた今、この場も小休憩に入ります。玲琳様は、酒に酔ったため、夜風を浴びに行ったということにいたしましょう」

硬直した慧月に代わり、冬雪がそつなく応じる。彼女は慧月の手を取って立ち上がらせつつ、さりげなく目配せを寄越した。

――ごまかし通せ。

視線を翻訳するなら、こんなところか。

どうやら主人思いの冬雪は、入れ替わりを、慧月とともに秘匿してくれるようである。

(味方してくれるのはありがたいけど……わたくしにどうしろと!?)

だが慧月としては、この状況で尭明《ぎょうめい》に向き合うのだと思うだけで、震えが止まらなかった。が、まさか逃げ出すわけにもいかぬだろう。

慧月は冬雪を伴い、黙々と足を動かした。

先導する辰宇の後を、絞められにゆく鶏のような気持ちでついて行くと、やがて回廊に佇む人影が見えた。月影を頬に浴びる姿さえ絵画のような、麗しの皇太子――尭明だ。

「やあ、玲琳。呼び出して済まなかったな」

「いいえ、殿下」

柔らかな声から、まだ相手は正体を悟っていないと理解し、慧月はぐっと腹に力を込めた。

こうなればもう、覚悟を決めて黄 玲琳になりきるしかない。

「なにやら殿下にご心配をお掛けしてしまったご様子。申し訳ございませんわ」

初手、しおらしく頬に手を当てる。

あからさますぎるようだが、実際、これが一番印象的な彼女の仕草だ。

尭明が目を瞬かせたので、慧月はぎくりとしたが、彼はすぐに口元を綻ばせた。

「嘘つきめ。本当はまったく、悪びれてなどいないだろう？」

冒頭の「嘘つき」の語に焦ったが、見抜かれているわけではなさそうだ。

尭明は、広場の方角に視線を転じていた。

「先ほど広場から歓声が聞こえた。朱 慧月はうまくやったようだな。玲琳、おまえがなにか、差し向けたのだろう？」

「……なんのことやら」

内心で冷や汗を浮かべつつも、極力ゆったりと返す。

（考えろ、考えるのよ。こんなとき、黄 玲琳なら、どう答える……？）

間違いなく、自らの功績を語るようなことはしないだろう。そうだ、そもそも彼女は、あまり自分自身の話をしない。常に、他人を褒めるのだ。

目を輝かせて、あるいは、誇らしそうに微笑みながら。

「慧月様は、ご自身の力を発揮されただけですわ。わたくしは、ささやかな励ましの言葉を伝えただけでございます」

「ほう」

だいぶ、いい具合ではないだろうか。

尭明が穏やかに頷いたのを見て、ほっと胸を撫で下ろしかけた慧月だったが、彼がぐいと顔を寄せてきたのに、思わず息を呑んだ。

「なら、いい。だが玲琳、ひとつ伝えておこう」

「なんで、ございましょうか」

どれだけ接近を願ってきたか知れない、麗しの皇太子。

だが、その彼から吐息がかかるほどに身を寄せられて、こんなにも恐怖する羽目になるとは、思いもしなかった。

「この外遊の期間、『賭け』はなしだ。入れ替わりは、禁じる」

「…………」

その瞬間、緊張のあまり喉が引《ひ》き攣《つ》れ、声も出ずに終わったのは、実に幸運と言えた。

（もう遅いわよおおお！）

内心をもし表現してしまっていたら、大音量の叫び声を轟かせてしまうところだったからだ。

「想像していた以上に、朱　慧月はこの南領で反感を買っているようだ。おまえは彼女の逆境を見ていられないだろうが、入れ替わって苦難を肩代わりしようなど、絶対に考えてはならぬ。ここは雛宮内ではない。俺や辰宇とて、十分におまえを守れぬかもしれないからだ」

さすがは慧眼を誇る皇太子にして従兄弟。玲琳の行動予測が精密すぎる。

だが遅い。

もう、遅いのだ。

「朱　慧月については、危害が及ばぬようこちらでも手を打つ。彼女を守るのは俺や武官であって、雛女のおまえの役割ではない。わかるな」

憧れの尭明からはっきり「朱　慧月を守る」と言ってもらえたのに、むしろ追い詰められているよ

うに感じるのはなぜなのだろう。

顔を強ばらせた慧月になにを思ったか、尭明は一層表情を引き締め、囁いた。

「不服そうだな？　権力を振りかざすのは気が進まないが、玲琳。もしおまえがこれに背いたなら、そのときは、皇太子の令を破ったと見なす。賭けは強制的に終了とし――」

どこか色気を孕んだ低い声が、ぞくりと耳朶をくすぐる。

「おまえは即座に俺の后としよう。だが、おまえにはこちらのほうが効くかな？　命令違反に手を貸した朱 慧月に、罰を与える」

慧月は、道術を使ってもいないのに、魂が体を脱けていくような心地を覚えた。

「……罰とは、どのような？」

「さて。おまえが入れ替わるような無茶さえ働かなければ、気にせずともよいことだ」

かろうじて絞り出した問いは、あっさりと躱《かわ》される。

しかし、これ以上追及しても怪しまれるだけのように思われ、慧月はこう答えるほかなかった。

「……承知いたしました」

「無粋ですまんな。だが、安全のためだと理解してくれ」

彼は穏やかに告げると、再び広間に一瞥を向けた。

「朱 慧月にも告げておきたいところだが、あまり時間がないな……」

「か、彼女には、わたくしからお伝えしておきますので、殿下はどうぞお戻りくださいませ」

「そうか？　だが、これだけの歓声を浴びる芸を奉納したなら、一言なり褒めてやったほうがよいだろう。彼女はその手の言葉を、求める性質だからな――では、玲琳。くれぐれも身を慎むよう」

「殿下！」

慧月の制止にもかかわらず、尭明は辰宇に合図すると、さっさと踵《きびす》を返してしまう。

皇太子の歩みを止められる人間など、この場にいるはずもない。

慧月は涙目になって、これまでの自分を罵った。

(憎い！　物欲しげな女と思われている自分が、そして我ながらその通りの自分が、憎い！)

だが、ここで過去を悔やんでいても仕方ないのだ。

「どうしましょう。舞台での姿を殿下に見られては、さすがにごまかすことも……」

動揺を滲ませた冬雪を前に、慧月も焦りを募らせた。

有能なわりに、自分のこととなると呆れるほど無防備な黄 玲琳。彼女が、無事に尭明の追及を逃れられるとは思えない。顔を合わせたら最後、すぐにぼろを出して、正体を見抜かれるだろう。

そうすれば、慧月を待つのは、身の破滅である。

「燭台は――あそこね」

尭明が広場にたどり着くよりも先に、早くその場から逃げ出すよう、玲琳に知らせるしかない。

それも、尭明たちに気取られない方法でだ。

慧月は、広場とは反対の方向に駆け出すと、回廊の燭台に縋り付いた。ゆらりと揺れる蝋燭だけを強く見据え、気を練る。

幸か不幸か、先ほど大きく気を使ったせいで、繊細な術でも、暴走せず行使できそうだった。

「黄 玲琳」

炎の向こう側に、話したい相手を思い浮かべる。

今頃彼女は、広場に背を向け、祭壇の蝋燭に香を捧げているはずだ。炎術で映る影は、よほど炎に近づかない限りは見えない。炎を膨らませすぎなければ、周囲に気取られず、玲琳にだけ注意を呼びかけられるだろう。

「声を出さないで、聞きなさい――黄 玲琳！」

慧月は掠れた声で、玲琳の名を叫んだ。

＊＊＊

芸を奉納した後、雛女は祭壇に向かって叩頭し、さらに香を捧げることとなっている。

(農耕神様、このたびは奉納舞に、ほかの目的をいろいろと重ねてしまって大変申し訳ございませんでした。ですがお陰様で、友人を見る皆様の目が和らいだ様子。心より御礼申し上げます)

玲琳は深々と床に頭をこすりつけ、真顔で農耕神の機嫌を取っていた。

背後ではまだ拍手が続いていることから、舞は無事、観客の心を掴んだらしい。

不可抗力とはいえ、慧月の活躍の場を奪ってしまった以上、失態を犯しては目も当てられないので、評価してもらえて本当によかった。

慧月もこの舞を見て、少しでも元気になってくれたらよいのだが。

(そしてまた、南領の豊穣を願う気持ちに嘘偽りはございません。どうぞその点、深き懐をもってご容赦くださいますよう。……ご容赦くださいます？　さすがでございます)

残念ながら、神からの返事は聞こえぬものの、許してくれるだろうと当たりを付ける。

神とは人智を超えて寛容な存在であるはずだから、きっと大丈夫だ。

立ち上がり、今度は祭壇に香を捧げようとすると、両側に景行たちがやってきて、篝火から取った薪で手元を照らした。先ほどとは一転、かいがいしい態度だ。

「まあ。ありがとうございます」

「いいや。虫程度の我が身でも、役立てることがあれば全力を尽くすべきなので」

にこりと微笑めば、景行もまた、にこっと笑って言い返す。含みどころではない棘を感じたが、玲琳はあくまで笑顔で受け流した。兄が我が身を省みてくれたなら、結構なことだ。

景彰まで含めた三人は、そのままにこやかに祭壇に向き合っていたが、玲琳が蝋燭の火に香を差し向けたとき、不意に景行が告げた。

「おっと、もっと下の方を持たないと危ないぞ、玲琳」

「まあ、大丈夫で――」

ございますわ、と続けそうになったところを、飲み込む。

棒状の香がじりじりと焼けていくのを見ながら、玲琳は冷や汗を浮かべた。

(今……なんて?)

もしや兄は、動揺のあまり名を間違えてしまったのだろうか。

「失礼ながら、わたくしの名は、朱 慧月と申しますのよ」

「実に不思議なことだ。おまえの顔はたしかに朱 慧月に見える。だが、動きがまったく違う。あんな、獰猛《どうもう》さを内に秘めた、鬼気迫った舞を披露できるのは、詠国《えいこく》広しといえど、我が妹しかいない」

「獰猛」

兄の評価が引っかかった玲琳だったが、そんな場合ではない。

（いけません。見抜かれかけています！）

今こそ慧月の物真似鍛錬が発揮されるべきと悟り、慌てて口調を、彼女らしいものに改めた。

「あらあら。ずいぶん見くびってくださったものね。わたくしだって、あの程度は嗜みますわ」

玲琳は片方の眉を跳ね上げると、練習通りの角度で首を傾げ、景行を睨みつけた。

「特に、女の衣に泥を掛けるような、卑劣な相手をやり込めるときにはね」

「衣に泥だと？」

だが、そこで景行が怪訝そうに眉を寄せたので、意表を突かれた。

「その泥は、君が演出のために、自らなすりつけたものじゃなかったのかい？」

隣の景彰までもが、不思議そうに尋ねてくる。

これはどうしたこと、と目を瞬かせていると、突然、目の前の蝋燭がふっと輪郭を膨らませた。

――声を出さないで、聞きなさい、黄 玲琳！

（ああっ）

まさかこの状況下での、慧月からの炎術である。

祭壇を覗き込んでいる人間にしか見えないように配慮したのだろう、炎に映る慧月は、指先ほどの大きさだった。

が、悲しいかな、この場には計算外にも、二人の兄が立っているのである。

ぎょっとする男たちに気付かず、炎の向こうの慧月は、焦った様子で身を乗り出した。

――いいこと。今ね、で、殿……っ、殿、殿……っ。

（ででんでん？）

あまりに切羽詰まった様子の慧月が心配だ。

眉をひそめた玲琳に、慧月は早口で言い募った。

――殿下がっ、わたくしを呼び出して、外遊中の入れ替わりを禁じると仰《おっしゃ》ったわ。違反したら、あなたを即座に抱いて后とし、わ、わたくしには重い罰を与えると！

「…………！」

――今殿下は、鷲官長とともにそちらに向かったわ。あなたじゃ到底、ごまかせない。逃げて。なりふり構わず、とにかく逃げて。殿下たちに気取られては、一巻の終わりよ！

今、この炎術によって、その一巻がちょっぴり終わってしまった感があるのだが。

露見の危機を回避するためか、炎がふっとかき消える。

玲琳は、ゆったりと煙をくゆらせる香を持ったまま、冷や汗を流した。

「ほほう……？」

「へええ……？」

景行と景彰が、意味深に頷く。短い相槌がかえって、彼らの確信ぶりを示すかのようだ。

暑苦しい言動が目立つ黄家の男だが、二人ともけっして、愚かではない。

「どういうことかなあ、玲琳」

ぴたりと低い声を合わせた兄たちを前に、玲琳は覚悟を決めた。

こうなれば、下手にごまかすよりも、素直に白状して、相手を頼ってしまうのが吉だ。

幸いにして、玲琳は、この二人に甘えることにかけては、誰よりうまい。

「すでにおおよそご理解いただけたと思うので、経緯の説明は省くのですが」

短くなってしまった香を炉に安置すると、兄たちを順繰りに見つめる。

しょんぼりと肩を落とし、小声で訴えた。

「困りました。慧月様と入れ替わっていることを知られたら、わたくし、お仕置きされてしまうのですって。至高の座が、罰で与えられることなど、あってはなりませんのに」

あざとさを重々自覚し、内心で「ごめんあそばせ」と誰にともなく呟く。

「それに、わたくし自身、まだお兄様方の妹でいたいのに。助けてください、お兄様方」

一撃必殺の上目遣いを決めると、景行たちは見る間に真顔になった。

一般的に考えて、玲琳の立后は一家の慶事だ。だがそれを、「心が決まらないのに」と訴えれば、即座に「じゃあ止めよう」と言えてしまうのが、黄家の男であり、この兄たちだった。

「ひ、雛女様……っ！」

と、控えの四阿から、莉莉《りーりー》が身を乗り出して呼びかけてくる。

「あちらから、殿下と、鷲官長様が！」

着実に近づいてきている破滅の足音に、玲琳はびくりと背筋を伸ばした。

賭けを始めてから、入れ替わった状態で尭明と顔を合わせるのは、これが初めてだ。

直に接触すれば、あっさり正体を見抜かれてしまう気もする。

しかも、これだけ舞で活躍を見せてしまった後では、なおさらだ。

(とにかく、慧月様が罰される事態だけは、なんとしても避けなくては)

きゅ、と唇を結んだ玲琳の横で、景行がふと口を開いた。

「玲琳よ。おまえは、殿下たちに入れ替わりを知られたくないのだな？　今、殿下に顔を見られるのは、困るのだな？」

「え？　ええ……」

「よし。ならば、この兄たちに任せろ」

思いがけない言葉に、驚いて振り返る。

「た、助けてくださるのですか？」

「むろん、おまえのためならば」

「ですが、どうやって」

「それはこれから考える。善良なおまえと俺たちには、きっと天の助けがあるはずだ」

あまりに兄らしい言葉に、玲琳は思わず天を見上げた。

とその拍子に、目を大きく見開く。

高く設えられた舞台の屋根――その梁の上に、二つの人影があった。

「え……？」

彼らは呆然として、こちらを見下ろしていたようだ。

目が合うと我に返ったのか、さっと腕を振り上げ、甕《かめ》のようなものをひっくり返す。

――ばしゃああ！

液体が飛び散る音に続き、ひゅっとなにかを投げる音。

次の瞬間、油の広がった跡に合わせて、一斉に炎が立ち上った。

「きゃ……！」

「こっちだ！」

ごうっと唸る炎に巻かれかけたのを、景行に抱きかかえられ、なんとか回避する。

だが同時に、梁から素早く下りてきた人影が、油の残りを景行と景彰に浴びせた。

「動くな。火を付けられたくなければ、雛女を離してこっちに寄越しな」

「なあに、殺しはしねえからよ。ちっと、付いてきてもらうだけだ」

顔を黒布で覆った、男二人だ。手に松明を持っている。玲琳に油を浴びせなかったところを見るに、殺意がないというのは本当なのだろう。護衛を引き離し、「朱 慧月」を、攫うつもりなのだ。

なんという危機的状況。

だが、兄たちは喜色を浮かべ、素早く玲琳に囁いた。

「聞いたか！　早速天の助けだぞ！」

「この賊に、ここから逃がして……もとい、攫ってもらおう！」

「えっ」

まさか、賊による拉致に便乗するというのか。

「え、そ、それはあの、どうなんでしょうか、その、さすがに危険なのでは……見知らぬ方々に連れ去られるというのは」

肝の据わった玲琳も、兄たちの突き抜けた大胆さには動揺を隠せない。

「大丈夫、大丈夫。この程度の賊、俺もともに付いいて行けば、どうとでもあしらえるから」

景行が、賊に対して無礼千万な耳打ちをする横で、景彰がぼそっと呟いた。

「あ、まずい。殿下たち、もうこっち来てる」

なんと、広場の入り口あたりまで、尭明と辰宇がやってきていたのである。

「鷲官長！　ただちに朱 慧月の保護を！　各家の礼武官は雛女と民の避難に当たれ！」

「は！」

突然の事態にも怯まず、即座に指揮を執ってみせる尭明の指導力は、さすがである。

そしてまた、辰宇が鷲の名に恥じぬ俊足でこちらに駆けてくるのを見て、玲琳も覚悟を決めた。

（慧月様には、なりふり構わずとにかく逃げろと、言われたわけですし……！）

なにしろ、一気に肉薄してくる尭明たちの迫力というのが、凄まじい。

玲琳も、賊に攫われるより、彼らの怒りを買うほうがはるかに厄介に思えてきたのだ。

「そ――そうしましょう！」

ぎゅっと拳を握って頷くと、兄たちは、一斉にそれぞれの役割に打って出た。

「なにィ!?　不敵な賊め、炎に紛れて朱 慧月殿を攫おうとするなんて！」

まずは景行が、大げさに声を張り上げて、賊の目的を強調する。

「くっ、これは強敵！　炎に巻かれては、さすがの我らも太刀打ちできない！　とても熱い！」

即座に景彰も、嘆かわしい口調で、苦境であることを訴えた。

「ああ、礼武官の命を人質に取るなんて！　恐ろしいわ、攫われたくなどない！　けれど二人になにかがあっては、黄家に申し訳が立たないので、ここは大人しく連れ去られるしかない！」

最後に玲琳も甲高い声で叫び、「いやいや賊に攫われる雛女」を精一杯演出する。

多少説明的な感は否めないが、切迫感や説得力は、燃えさかる炎が担保してくれるだろう。同時に炎のおかげで、多少変な行動を取ったとしても、広場からはよく見えないはずだ。

「はっ、物わかりがよくて結構。朱 慧月、あんたはこっちに来な」

二人組のうち、年若いと見える青年が、くいと顎を上げて玲琳を呼び寄せる。

玲琳は大げさに愁嘆場を演じつつ、内心では「お邪魔します」と律儀に呟いて、ありがたく彼らの目的に便乗させてもらうことにした。

「おおお！　雛女を攫うと言うのなら、この俺も連れて行け！」

と、景行がまるで役者のような仕草で、賊のもう一人、中年と見える男にしがみつく。

「おい、離せよ！　護衛に用はねえんだよ。燃やすぞ！」

「絶対に離さんぞ！　燃やすというなら、こうだ！」

男はだみ声で叫びながらもがいたが、景行がひしと抱きついて油をなすりつけると、舌打ちして動きを止めた。この状態で火を放てば、男もろとも焼け死んでしまう。

「おい雲嵐！　こいつ、蛭《ひる》みてえに引っついて離れねえ！」

「叔父貴、時間がない。もういい、その男ごと連れて逃げようぜ」

雲嵐と呼ばれた青年は、舞台のすぐそこまで武官――鷲官長・辰宇だ――が迫ってくるのを見て取ると、脅威を感じたか、素早く踵を返した。

「待て、逃がさん！　うっ、だが煙を吸って身動きが取れない！　ごほっ、ごほっ！」

「景彰、おまえはこの場に残り、殿下たちに賊の人相を伝えてくれ！」

「おお、兄上、面目ない！　この命に代えても！」

そうして賊二人と、玲琳たち二人は、景彰の小芝居を背後に聞きながら、炎に巻かれるようにして、舞台を去っていったのである――。

4・玲琳、新天地を拓く

人を呪わば穴二つ。

そんなの嘘だと、慧月《けいげつ》は思った。

「というわけで、すでに入れ替わり済みだという事実は、けっして殿下たちに悟られてはならない。筆頭女官冬雪《とうせつ》、並びに、朱家《しゅけ》女官の莉莉《りーりー》。君たちはこの事態を看過した、いわば共犯であるとの自覚を胸に刻み、露見を避けるためのあらゆる努力を重ねるように。命が惜しいならね」

すっかり夜も更けた、郷長の家。「黄《こう》 玲琳《れいりん》」に割り振られた室《へや》の、片隅でのことである。

蝋燭《ろうそく》一本の灯りを残しただけの暗い室内では、神妙な面持ちの冬雪と莉莉が、景彰《けいしょう》に向かって頭を下げていた。

「は。もとよりこの命、玲琳様のために役立てるならば本望でございます」

「はい……。慧月様がやらかしたことの責任は、私も取ります……」

賊が舞台に火を放って、はや半刻。

皇太子・尭明《ぎょうめい》は前夜祭の打ち切りを指示し、鷲官《しゅうかん》たちを消火に当たらせるとともに、この場に踏みとどまった景彰の証言を基に、「朱 慧月」の捜索隊を編制した。まさに未来の名君との評判にふさわしい、よどみのない指示であった。

多少落ち着きを取り戻した雛女《ひめ》たちは、今は各家の礼武官とともに、それぞれの室で大人しくしている。

慧月もまた、「黄 玲琳」として、筆頭女官の冬雪、黄家礼武官の景彰、そして、取り残されてしまった朱家の側仕え女官・莉莉を引き取る形で、先ほど室に戻ってきた。

そうして、扉をぴたりと閉じるや、それまでの悄然とした態度から一転、「さて朱 慧月殿。秘密の話をしようか」とにこやかに告げる景彰に、ことの経緯を洗いざらい白状させられ、今に至るのである。

「まったく――朱 慧月。この事態の責任を、どう取ってくれるんだい？ 君が炎術なんて使って、玲琳を焦らせるものだから、僕たちは賊の急襲に便乗するしかなかった。おかげで大騒ぎだ」

景彰はやれやれといった様子で、頭を下げたままの慧月のことを見下ろしている。

だが慧月としてはこう反論したかった。

いくら尭明と鉢合わせしないためとはいえ、賊に攫《さら》われにゆく必要はあったろうか。

ほんの少し、先に舞台を降りてもらうだけでよかったのに。

「炎術の会話が聞こえちゃって、入れ替わりの事情は把握したよ。殿下と鉢合わせしないように、玲琳と兄上は賊に付いていって、僕は事態をごまかす要員として、こちらに残ることにしたから」

と景彰に耳打ちされて、気絶しそうになったのは、なにも慧月の心が弱いからではないはずだ。

（どうしてこうなるのよ。そりゃ、なりふり構わず逃げろとは言ったわよ。でも、それでどうして「じゃあ攫われます」ってなるのよ。一瞬とはいえ心配したわたくしはなんなの？）

突然舞台が炎に包まれて、賊と思しき者たちが現れた瞬間、慧月は心臓が潰れるかと思うほど驚いたのだ。

木で設《しつら》えられた舞台にはみるみる炎が広がり、煙が立ちこめて、自分を含めた女たちはすっかり硬直してしまった。

ちょうどこちらに向かっていた尭明や辰宇《しんう》が、即座に動き出してはくれたけれど、目の前で玲琳は攫われてしまい、ああ、いったいなんという事態になってしまったのか、自分の代わりに彼女は殺されるのかと、膝が震えるほどの衝撃を受けたのに。

なのに、自分から付いていっただけなんて。

(考えてみれば、獣と同じ檻《おり》に入れられても平然としていたあの女だもの。景行《けいこう》殿もいるし、賊に襲われようがへっちゃらなわけよね……！)

途端に込み上げる脱力感に、慧月は先ほどとは違う意味で崩れ落ちそうになったのだった。

やはり人を――というか、黄 玲琳に道術など向けるべきではなかったのだ。

彼女を害すると、墓穴は二つではなく、必ず自分のほうにだけ、それも相当な深さで出現するのだから。

「玲琳には兄上がついている以上、滅多なことはないはずだ。それよりも、入れ替わりが殿下に知られて、無理に立后させられてしまうほうが、僕たちとしては被害が大きい。というわけで、君の『気』とやらが溜まる四、五日後まで、とにかく事態の隠蔽を優先して臨むようにね」

景彰は慧月に向かってにこりと微笑む。

長兄である景行に比べれば、細身だし、穏やかな印象の彼だが、どうも笑みの端々に、油断ならぬ鋭さが滲む。敵意も露《あらわ》に睨みつけてくる景行より、表面上は笑顔を取り繕ってくるこの景彰のほうが、慧月は苦手だった。

衣に泥を掛けるような、陰湿な男であるならば、なおさらに。

「とにかく、やたらと聡い殿下自らが捜索隊に加わらなかったのは、不幸中の幸いだね。彼が身動きの取れない皇太子で本当によかった。いや、彼が皇太子だから、こんなに難儀しているんだけどさ」

気まずい沈黙の落ちる中、景彰はすっかり主導権を握り、ぺらぺらと話を進める。

あとは鷲官長の動向が心配だ、とか、どうやって殿下の関心を逸《そ》らすかも問題だ、とか、次々と並べ立てる景彰を、慧月はおずおずと遮った。

「……あの。その前に伺いたいのだけど」

「なんだい？」

「なぜ、入れ替わりの隠蔽に、協力してくださるの？」

景彰はきょとんとしているが、これは重要な点である。

慧月は腹に力を込め、怖じ気づきそうになる自分を叱咤した。

「黄家としては、むしろ入れ替わりが露見したほうが、家の利になる話ではないの。妹には后の座を、そして憎いわたくしには罰を。言うことなしの展開のはずよ。それとも、衣に泥を掛けたから、すっかり満足したとでも言うの？」

彼女にはずっと、それが引っかかっていたのだ。

景彰からは「玲琳はまだ立后の覚悟が決まっていないから、逃がしてやることにした」などと説明されたが、そんなわがままのような理由で、一家を担う男たちが動くだろうか。

いくら玲琳に舞で諭されたからとはいえ、大切な妹を突き飛ばした相手に協力するだろうか。

もしや、これもなにかの罠ではないか。

そう思い尋ねたのだったが、景彰は「ああ」と不思議そうに目を瞬かせた。

「それ、さっき玲琳も言っていたよ。衣に泥を掛けたのは、君たち自身じゃなかったの？」

「なんですって？」

「まさか君、僕たちが玲琳の仇討ちで、そんな卑劣なことをしたとでも？　冗談。兄上は嫌いな男は殴り、嫌いな女は睨む御仁だし、僕だって同じさ。もっとも、兄上に比べれば少しだけ頭脳派だから、殿下に言いつけることで報復とさせてもらったけどね」

「え……？」

愕然とする慧月に、景彰はにやりと口の端をつり上げた。

「君、前回入れ替わっていた間、玲琳のふりをして手紙を寄越したろう。字まで真似てさ。でもしょせん、真似は真似。兄上はともかく、この僕を騙せるはずもない。あの乱れた筆運びと、教養のない言葉選びじゃあね」

「な……っ」

「ちなみに兄上も、匂いを嗅いで『なにか違う』と首を傾げていたけど」

「…………!?」

無礼な男に怒ればよいのか、本能で真相に迫る男に慄《おのの》けばよいのか、慧月は咄嗟の反応に悩んでしまった。

とにかく、黄家の男たちを敵に回してはならないということだけは、よくわかる。

景彰は、悠然と肩を竦めた。

「手紙の中の玲琳は、どうも『朱 慧月』を目の敵にしていた。僕が遠方からなりに噂を集めてみれば、ちょうど同じ期間、『朱 慧月』はやたら穏やかで、人が変わったようだという。まあ、なんとなく察するよね。でも、さすがに確信は持てなかった」

先帝時代の迫害で道士が激減したことから、道術はすっかり伝説上の存在に成り下がってしまっていた。それがまさか妹に向けられるなど、とても現実的には思えなかったのだ。

「兄上は単純に、高楼から妹を突き飛ばしたという『朱 慧月』に怒っていたけど、僕はそのへんの違和感が拭えなかった。そこで帰京してすぐ、後宮に様子を見に行ったのさ。でも、玲琳はもう、いつもの玲琳だった」

ならば手紙の様子だけが、偶然おかしかったのか。

しかし、後宮でより詳細に噂を集めて回れば、乞巧節《たなばた》からの十日間ほど、「朱 慧月」は彼女らしからぬ行動を取っていた。追放されていたという蔵をこっそり覗いてみれば、そこにはきっちり整えられた畑が残っている。鍛錬や、薬草栽培をしていた痕跡もだ。

玲琳のことならなんでも得意げに報告したがるはずの冬雪も、妙によそよそしい。

景彰はそれらを繋ぎ合わせ、今度は尭明に探りを入れたのだった。

「殿下に……？」

「そつなく躱《かわ》されたけどね。でもその隙のなさがかえって、僕に入れ替わりを確信させた」

黄家最大の頭脳派を自認する景彰は、得意そうに唇の端を引き上げた。

「そこで、僕はあえて乞巧節の件に触れて、そのときの『玲琳』からの手紙がひどく醜悪で、不思議だったと報告したんだ。殿下から疎《うと》んじられるというのが、雛女にとっては最大の危機でしょ。だから、これが僕の『報復』」

あっさりと告げられ、慧月は黙り込んだ。

出立前の、尭明の様子を思い出す。

すっかり呆れきった表情。あれは、手紙の一件を知っていたからなのだ。

(でも……殿下はわたくしをさらには、責めなかった)

ついで慧月はその事実に思い至り、息を呑んだ。

彼は、黄家とのやりとりを、その胸ひとつに収めていてくれた。さらには、彼付きの鷲官を融通するとまで申し出た。

突き放されたように見えて、実はすでに、自分はこれだけ守られていたのだ。

——真心は皆に伝わっているはず。

柔らかな声が脳裏によみがえり、無意識に拳を握る。

胸が、熱かった。

「さて、話が逸れてしまったね。なぜ玲琳の立后を、妨げるような真似をするか、だっけ。本気で『玲琳が立后したら一家で栄華が誇れるぞわーい!』みたいな図式だと思っているの? だとしたら、君はとても単純なんだね」

ところが、景彰にそう続けられ、心臓に冷水を浴びせられたような心地を覚える。

顔を上げてみれば、彼はこれまでより数段冷ややかな顔つきで、こちらを見ていた。

「立后は最上の誉れだよ。それはたしかだ。だが、だからこそ、五家は躍起になってその座を競うんじゃないか。二代も黄家の后が続いたら、五家の均衡はどれだけ危うくなるか。玲琳に向けられる重圧と暗殺の危険性は、これまでの比ではなくなるだろう。内乱の危険性もね」

言っておくけど、と、彼は表情を苦いものにした。

「病弱な玲琳を皇后陛下が雛女に推したのは、おそらく五家の均衡に配慮したからだよ。五家だって、よその雛女を『無才な女』と罵るより、『世継ぎを産めるか心配』と眉を寄せる方が、体裁がいいじゃないか。その口実を、陛下は他家に用意してやったんだ」

「そんな……」

「なにを隠そう、玲琳が雛女候補となったとき、心配する黄家をよそに、諸手を挙げて賛成したのは他家当主たちだよ。彼らは玲琳の病弱さを歓迎したんだ。口では、才能を讃えていたけどね」

慧月は困惑して口を噤《つぐ》む。

（そんな……。誰も彼も、皇后筆頭候補と、持《も》て囃《はや》していたじゃない）

他家の当主たちからさえ愛され、讃えられているように見えた黄 玲琳。

しかしそれが、病弱さで侮られていたからだったとは。

「だいたい、黄家は辺境地でのんびり農業でも営んでいる方が、よほど性に合っている。伯母上のご立后も突然降って湧いたようなもので、直系であればあるほど、黄家の者は、玲琳の立后に固執などしていないよ。それどころか、玲琳は――」

景彰はなにかを続けようとしたが、ふと視線を落とすと、「まあ、いいや」と首を振った。

「とにかく、玲琳がまだ立后の覚悟が決まらないと言うなら、それは十分、僕たちが入れ替わりの秘匿に協力する理由になるというわけ」

強引に話をまとめられたが、内容は腑に落ちる。

彼らは本当に、権力に興味がないのだ。天から与えられる恩寵《おんちょう》よりも、自ら土を掘って得る糧を誇り、多くを従えることより、身内を慈しむことを好む。土の気がもたらす性質でもあるのだろう。

（この兄弟のことは、信じていい）

慧月は胸の内で呟いた。

（そして……わたくしを陥れようとした人間が、ほかにいる）

それは果たして他家の雛女か、朱家の人間か、はたまた南領の民か。

正体はまだわからないが、何者かが、「朱　慧月」に牙を剥こうとしているのだ。この場に残った自分は、その正体を、一刻も早く見定めなければならない。

「今のわたくしにできるのは、殿下の怒りを買わぬよう、入れ替わりを秘匿することと……『朱　慧月』を害そうとしている輩を特定することの、二つに尽きるというわけね」

「その通り。なかなか飲み込みが早いじゃない」

慧月が確認すると、景彰は大きく頷いた。

「僕も協力するから、よろしく頼むよ」

「……玲琳様は、大丈夫なのでしょうか」

と、それまで大人しく話を聞いていた莉莉が、ぽつりと漏らす。

「いくら自主的に付いていったとはいえ、相手は賤民、のわけでしょう？　賤民たちの考え方や暮らしぶりは、深窓の雛女様には想像もつかないはずです」

「実はわたくしも、強いお心を持つ玲琳様なら、とは思いつつも、心配せずにはおられません」

莉莉だけでなく、冬雪までもが、沈鬱な面持ちで申し添えるのを聞き、慧月は唇を歪めた。

たしかに、それはそうだ。

蔵に追放されてもへこたれなかった彼女だが、それは安全で、清潔な後宮内の話だ。暴力は景行が防いでくれても、飢えや不潔さはどうしようもない。雨露を凌《しの》ぐ場所もなく、害虫や悪臭にまみれて。ろくな食事もなく、着るものもなく、始終、荒くれ者に囲まれて過ごさねばならないとしたら。それはどんなにつらい時間だろうか。

「うーん」

だが、押し黙った女たちとは裏腹に、景彰はのんびりと首を傾げた。

「まあ、大丈夫じゃないかなあ」

とても、過保護さで知られる男とは思えぬ発言だ。

「そっか。君たち皆、後宮に上がってからの玲琳しか知らないんだもんね」

「え……？」

なんとなく、発言に不穏さを感じて、顔を上げる。

後宮で見せる言動も、すでに十分ぶっ飛んでいると思ったが、まさか、実家ではそれ以上であったというのか。

「でも……黄 玲琳は、深窓のお雛女様よね……？」

「うん。病弱だし、家から滅多に出なかったし、人との関わりも少なくて、そこは本当に箱入りなんだけれど」

「なんだけれど……？」

慧月が恐る恐る尋ねると、景彰はへらっと笑った。

「相手が問題っていうか。兄上と玲琳って、すごく馬が合うみたいで、一緒にいると、常時の三倍くらい暴走するんだよね。大胆不敵になるっていうか、伸び伸びするっていうか」

「…………」

室に、なんとも言えない沈黙が落ちる。

やがて、莉莉が震える声で呟いた。

「……あれ以上に？」

もしかしたらそれは、女たち全員の、心の声だったのかもしれない。

慧月たちは一斉に目を逸らし、今度は賊たちの今後に思いを馳せた。

＊＊＊

賤民と呼ばれる者たちの朝は早い。

雲嵐《うんらん》は、あばら家に敷いた粗末な寝床で目を覚ますと、ぼんやりとくりぬき窓を見上げた。

日の出が近い刻限、すでに空気はうっすらと蒸しはじめていたが、空に重々しく垂れ込めた雲を見る限り、今日も日差しは期待できそうにない。

気だるげな溜息を落としながら起き上がると、隣の筵《むしろ》に寝ていた男が伸びをする。

「ふあ……、朝か。くそ、体中強ばってやがる」

はだけた胸をぼりぼりと掻きながら起き上がったのは、雲嵐と同じくここで寝泊まりしている、叔父の豪龍《ごうりゅう》であった。

「おーや、豪龍。おはようさん」

二人が、衝立《ついたて》ひとつを挟んだだけの居間に移動すると、炊事場とも呼べない、床板を抜いただけの土間から声が掛かる。竈《かまど》で煮炊きをしているのは、年老いた女だ。

彼女は雲嵐には目もくれず、豪龍の姿を認めると、欠けた歯を見せてにっと笑った。

「今日は祝いだよ。いつもの粥に、昨日、郷からぶんどってきたつみれをたっぷり入れた。どうだい、いい匂いだろう。郷の女どもに蹴飛ばされた甲斐があるってもんだ」

得意げに胸を張る彼女は、昨夜、郷の女に楽器破損の罪をなすりつけられていた女――杏婆《きょうばあ》だ。

彼女は日頃、この頭領の小屋に住み着く代わりに、煮炊きをしてくれている。

昨日の哀れめいた様子はどこへやら、にたにたとご満悦の様子であった。

「まったく、あんたら、よくやってくれたよ。朱 慧月が攫われたせいで、郷は上を下への大騒ぎ。厨《くりや》に忍び込んでもばれやしない。おかげで、昨日は思うさまくすねてやれたよ」

この老女は、郷の民に攻撃されたら、小さくなるだけでは済まさない。息を殺してやり過ごし、その後しっかり、何食わぬ顔でやり返すのだ。

杏婆は、「あたしゃ、祖母さんの代からこの邑《むら》の民。生まれついてのこそ泥さ」というのが口癖で、物を掏《す》るのが大の得意なのだった。

「つみれだろ、菜だろ、酒だろ。あと、祭典用の衣も、ついでに帯まで、こっそり回収しちまった。泥だらけだが、金糸の刺繍が見事でねえ。きれいにすすいで、さっきまで羽織って遊んでいたところだよ。あんな上物が室にあるって教えてくれた、藍家《らんけ》のお雛女さんには、感謝しなきゃ。ひひ」

「よせよ、婆《ばばあ》が色気付いて着せ替えごっこなんて。気持ち悪ィ」

豪龍は顔を顰《しか》めて卓につき、甥に「なあ？」と水を向けるが、雲嵐は緩く笑うだけだ。

「さあ。いいんじゃない、べつに。杏婆は盗みのためとはいえ、俺たちと一緒に郷に潜入してくれたんだ。衣をまとっただけでご機嫌になってくれるなんて、かわいいもんじゃん」

「かーっ、こんな婆に、かわいいだって？　色男様はさすがだぜ」

「色男かどうかはわかんないけど、少なくとも、叔父貴よりはもてるかな」

雲嵐がからかうように答えると、女にもてた例のない豪龍は大げさに舌打ちをしてみせた。

「この優男が。朱 慧月への制裁を、手加減すんじゃねえぞ」

「おや、なんにもわかってないんだねえ、豪龍」

だがそこに、鍋を掻き回していた杏婆が、鼻を鳴らしながら告げた。

「こういう男の方が、女には冷たいんだよ。この前だって、雲嵐に入れあげてた郷の女が、不貞がばれて旦那に吊るされてたとき、この子ったら、目もくれなかったんだから。あたしゃ見てたよ」

「賤民の間男なんかが手を差し伸べても、かえって彼女を困らせるだけかなって思って」

邪魔な髪を紐でくくりながら、雲嵐はいけしゃあしゃあと答える。

「あっちだって、遊びでしょ。なのに名乗り出たら、俺だけが殺される。そんな理不尽、ないよね。まあ、あのおばさん、遊びに行くたびに食い物くれたから、助かったけど」

その声のあまりの冷ややかさに、豪龍はたじろいだように押し黙った。

賤民と言えば、郷都に立ち入っただけで石を投げられるのが常だが、この雲嵐だけは別だ。美貌と、野良猫のような隙のなさ、そして計算された人なつっこさを発揮して、女に身分差さえ忘れさせ、夢中にさせてしまう。

だが雲嵐のほうはといえば、すり寄ってくる女たちに、まるで心を開いていないようだった。

人好きのする容姿とは裏腹に、冷酷さをも感じさせる甥のことを、豪龍は複雑そうに眺めていたが、やがて表情を改め、杏婆に向き直った。

「とにかくよ、衣と帯は祠に捧げてくれよ。舞台は燃やしちまったんだ。せめて衣くらいは農耕神に奉納しないと、祟られるぞ」

「ふん、最後にはちゃんと奉納したとも。衣は山の祠に、帯は池の祠にね。あんたらと違って、あたしは夜明け前に起き出して、盗品を清めて、田畑を見て、今こうして、怠け者の男たちに飯を作ってやってるんだからね」

ケチを付けられた杏婆が、鼻に皺を寄せると、雲嵐と豪龍は顔を見合わせ、揃って肩を竦めた。

「怠け者ってなんだよ。俺たちは寅の刻近くまで、諸々の後始末に追われてたんだからな」

そう。昨夜、朱家の雛女に加えて、黄家の護衛まで連れてきてしまった二人は、大忙しだったのだ。

まず道中、男――景行というらしい――が始終騒ぎ倒すものだから、目隠しと手縄、さらに猿ぐつわまで噛ませ、雲嵐が担いで運んだ。途中で捨てるか、殺すべきだったのかもしれないが、追跡の手がかりになってしまうことを思うと、それも躊躇《ためら》われたのだ。

今回の襲撃が、雲嵐たち賎民の仕業だと気取られぬよう、舞台にはあえて玄家《げんけ》の祖綬を残してある。他家の犯行と思わせ、捜査を攪乱させるのだ。玄家の北領へと続く道に、馬だけを走らせる工作までした。

また、本当なら賎邑《せんゆう》は、郷から吊り橋一本を渡っただけの場所にあるのだが、あえて遠回りして山沿いの道を進んだ。

さらには細工をして、郷と邑とを繋ぐその吊り橋も落としておいた。王都の武官たちが万が一押し寄せてきたとき、時間稼ぎをするためだ。

仕上げに、夜更けに邑にたどり着いた後、備蓄庫をもう一軒確保し、朱 慧月と景行が逃亡しないよう、別々に縛って閉じ込めた。

ここまでの作業を済ませてようやく、二人は眠りについたのである。

「まさかこんなに、すんなり行くなんてね」

「ああ。黄家の護衛は手練《てだれ》と聞いてたから、攫うのに手こずるかと思ったが、なんのことはねえ」

雲嵐が伸びをしながら呟けば、ずんぐりとした腕をまくった豪龍は、誇らしげにそれを曲げてみせた。

「やっぱり俺たちには、天のご加護がついてる。天は朱 慧月を罰したがってるんだ。南領に禍《わざわい》をもたらす、どぶネズミをよお」

雲嵐はちらりと叔父を見やり、それから欠けた湯飲みを啜った。

豪龍は大柄で、柄も悪いが、根は小心者だ。そんな彼が、まるで己に言い聞かせるように朱 慧月をこき下ろす理由が、雲嵐には理解できてしまったのだ。

(昨日の、舞)

舞台に立った彼女は、美しかった。梁《はり》から舞台はずいぶんと距離があったのに、紡がれる歌声は朗々と耳をくすぐり、ひらひらと翻る領巾《ひれ》は二人の目を釘付けにして離さなかった。

ただでさえ辺境の郷の、それも下層の民だ。こんな激しく魂を揺さぶる舞は、見たことがない。それで二人は、彼女が舞を終えるまで、火を放つことも忘れてうっかり見入ってしまった。

無才無芸のどぶネズミ。

それが「朱 慧月」であったはずなのに、印象を根底から覆されそうになり、困惑しているのだ。

（俺に言わせりゃ、だからどうしたって話だけど）

頬杖をつき、もう片方の湯飲みを持った手で、戯れに水面を揺らす。

この古びた湯飲みは、このあばら家の主であった頭領――雲嵐の父が愛用していた物だった。

（多少芸ができようと、朱 慧月は、禍の元だ）

ゆらゆらと定まらぬ水面を見つめながら、雲嵐はここまでのことを思い返した。

もともと、賤民と呼ばれる雲嵐たちの生活は苦しかった。郷の中でも日当たりの悪い場所に追いやられ、痩せた土地を必死に耕すのに、税は郷民と同じだけ課せられる。仲間の中には、病や負傷を理由に追いやられてきた者もおり、そもそも健康な働き手も少ない。

農作業で忙しい時期も、容赦なく汚れ仕事に駆り出され、そのために郷に赴いてみれば、向けられるのは蔑みの視線や、唾や石。

これが宿命だと己に言い聞かせ、拳を握って耐えてきたが、ひと月ほど前、寝耳に水の知らせが郷長からもたらされた。この秋からさらに、税を重くするというのだ。

なんとか雲嵐の父が郷長との面会にこぎ着け、事情を尋ねてみれば、南領全体に重税が課せられているとのこと。朱家が皇族への重大な不敬を働いたために、貴妃が後宮を追放され、さらに罰として南領の税を向こう三年、倍にするというのだ。

貴妃の罪状はわからない。ただ不敬があったという曖昧な理由だけが伝えられた。

雲嵐たちの小さな邑は、当然大いに動揺した。今の取り立てでも厳しいのに、倍など、到底無理な話である。

冷害は当然米だけでなく、野菜の収穫をも圧迫しており、賤邑の民はその時点ですでに、飢えていた。飢饉の際には、王都から施しの粥があるものだったが、朱 慧月が皇族の怒りを買ったため、南領に許された粥は例年の半分だという。

危機感を抱いた頭領は、せめて当面の糧を得ようと、「禍森《かしん》」へ踏み入った。郷と賤民地区を分ける山、その中腹にある森であり、その不気味さから、呪われた悪鬼が棲み着くと信じられている場所である。

そうしてなんとか鹿を狩ったものの、その数日後に命を落としてしまったのだ。賤邑の民は「やはり呪いだ」と青ざめ、禍がうつることを恐れて、死んだ頭領をさんざんに非難した。

頭領の骸《むくろ》を前にして、邑人たちが叫んだのは、「なぜ」という言葉だった。

なぜ、俺たちばかりがこんな目に遭わなくてはならない。

なぜ、朱家はそんな愚行を働いた。

王都に住まう朱家の詳細を、賤民の彼らでは詳しく知れるはずもなかったが、少なくともこれまで、朱家の失策や腐敗を嘆く声は、領内になかった。すぐ隣の東領のように、豊作に恵まれつづけるわけでもなかったが、朱家は、可もなく不可もない領主だったのである。

唯一例外――失望をもって囁かれたことがあるとしたら、それは、今代の雛女に、不才と評判の末席の娘を当てたことくらい。

元貴妃の朱 雅媚《がび》は、芙蓉とあだ名されるほどの美女であったぶん、朱 慧月の噂を聞いた民の落胆は大きかった。

せっかく貴妃が南領の地位を押し上げてくれたのに、これでは、その存続が危うい。

だから、行商人が王都の噂を届けるたびに、郷は朱 慧月への反感を募らせた。彼女の入内《じゅだい》と時を同じくして不作に襲われると、当然それらを紐付けた。

もともと南領の人間は、火の気が強く、感情的である。愛情深い代わりに、恐怖心や敵愾心も人一倍強く、迷信深かった。

昨年は日照りが酷かった。今年も冷害だ。寵愛深き貴妃が追放された。

次々と起こる不幸について、郷長が「これは天罰である」と説明したとき、だから民は、すんなりとそれを信じたのである。いいや、それどころか、不安の捌《は》け口《ぐち》を求めるように、強く朱 慧月のことを憎みはじめた。

朱 慧月が、南領に禍をもたらした。

朱 慧月が、俺たちをこんなに追い詰めた。

朱 慧月さえ、いなければ――。

「『朱 慧月を苦しめれば、南領の禍は和らぐ』」

湯飲みを見下ろしたまま、雲嵐がぼそりと呟く。

それは、郷長・江氏《こうし》の言葉であった。

亡き頭領に代わり、雲嵐と豪龍が改めて税の軽減を求めると、江氏はこう告げたのだ。

この地にやってくる朱 慧月を痛めつければ、天の怒りは和らぐ。警備の手薄な賎邑に連れ込み、数日折檻《せっかん》してくれたなら、賎邑に対し税は半分で済ませようと。

議論は紛糾したものの、結局、邑はその話に乗ることにした。

誰だって、禍からは逃れたい。税が半分になるなんて、この上ない条件だ。

そしてまた、手付金代わりに、と差し出された米や菜は、あまりに魅力的だったのだ。

「……俺たちがちゃんと農耕神を祀っておけば、朱 慧月をいたぶっても、天罰は下らねえよな？」

気の小さい豪龍は、先ほどの強気な発言から一転、もう、不安に駆られはじめている。

荒々しく怒鳴ってみせたり、かと思えばおどおどと神に縋《すが》ってみたり。感情の起伏が激しいのは、南領の民の特徴だ。

「郷長は、賎民の仕業じゃないって、ちゃんと隠してくれるよな？」

「しっかりしなよ、叔父貴」

雲嵐はきっぱりと、弱気な発言を遮った。

「さっき自分で言ってたじゃん。雛女をいたぶるのが『悪いこと』なら、こんなにうまく攫えやしねえよ。舞台には、郷長の指示通り、玄家の飾りも落としたし、これから罪は全部玄家になすりつける。それに、万が一にも俺たちを足切りしないように、郷長に証文まで書かせたんでしょ」

「あ……ああ、そうだ」

豪龍がほっとしたように頷く。

「証文。証文だよ。まったく兄貴は、賎民のくせに、ガキにまで字を教え込む変人だったが、今思えば、そのガリ勉ぶりが、俺たちを救ったんだ。なあ、雲嵐？　俺たちの頭領は大したやつだ」

調子よく、兄である頭領を持ち上げたが、粥をよそっていた杏婆の反応は芳しくなかった。

「ふん。どうだかね。どれだけ頭がよかろうが、邑に禍を持ち込んだなら、全部台なしさ」

「そりゃねえよ、杏婆。あんた、兄貴が生きてた頃は、『こんな立派なお方はいない』って拝んでただろ。杏婆だけじゃねえ、この邑の民はみんな、兄貴を敬ってたじゃねえか」

「忘れちまったねえ」

杏婆は、鼻に皺を寄せて答える。

「少なくとも今、禍森に入って禍を引き起こした輩を、敬うやつはいないだろうよ」

ぼそりと付け足された言葉が、邑の総意を表していた。

それを聞いた豪龍は、やるせなさそうに太い眉を寄せる。

「そりゃ、禍森なんかに入ったのは、信じられねえ愚行だが……そんな言い方ってよお――」

だが、息子のはずの雲嵐が、豪龍に同調することもなく、そっぽを向いて頬杖をついているのを見て取り、彼は表情を怒りのそれへと転じた。

「おい、雲嵐。おまえもなんとか言ったらどうなんだよ。おまえの父親だろ？」

「……血は繋がってないけどね」

「そこを育ててもらったんだから、なおさら恩があるだろうが。この薄情者め」

豪龍が苛立ちのままに卓を叩くと、粗末な天板が鈍い音を立てる。

張り詰めた空気に、杏婆は取りなすように粥の椀を置いた。

「まあまあ。もう死んだ人の話はよそうよ。それより、捕らえた朱 慧月をどういたぶるか、考えようじゃないか。あたしゃ、ああいう権力を笠に着た高慢女が大嫌いなんだ」

朱 慧月の話題を持ち出すことで、彼女なりに場の雰囲気を変えようとしたのだった。

豪龍もすぐに意図を悟り、椀を掲げながら応じた。

「まあ、そうだな。禍をもたらす悪女を、こらしめてやらにゃ」

「髪を切ろうよ。それとも虫だらけの場所に閉じ込めようか。肥だめに落とすのもいいねえ」

「おお、女は怖えなあ。俺ぁ、有効活用ってのもいいと思うんだがな。一晩中、田畑の世話をさせてよ、ちっとでもしくじったら石を投げるんだ――お、うめえ！」

がつがつと数口を含み、嬉しそうに口を綻ばせる。

「そうだねえ。そうすりゃ、少しはあたしらの苦労もわかるってもんだろうよ」

「それで、とことん飢えさせてやろうぜ」

「いいね、いいねえ」

二人は粥を食《は》みながら、大いに盛り上がっていたが、

「それで最後に、粥一杯と引き換えに、邑の男どもに犯させてやるんだ」

杏婆が続けた言葉に、豪龍は思わず口を噤み、隣の甥っ子を盗み見た。

「粥一杯のために、至高の女が純潔を失うんだよ。こりゃ傑作だ！」

「おい、杏婆」

げらげら腹を抱える杏婆を、肘でつんつんと突く。

雲嵐は先ほどから、匙《さじ》を持ったまま、一口も粥に手を付けていなかった。

「な、なあ、雲嵐。杏婆の案は、さすがにちょっと、あれだよな？」

「なんで？」

取りなすように豪龍が言うと、雲嵐は薄く笑い、とうとう、からんと匙を投げ出した。

「俺の母親が、粥と引き換えに、郷の男に犯されたのは事実でしょ」

雲嵐は、邑の女が郷の男に手籠《てご》めにされ、生まれた子どもであった。

しん、と卓が静まりかえる。

やがて、沈黙に堪えかねた様子で、豪龍が杏婆を窘《たしな》めた。

「杏婆よお。さすがに度が過ぎるだろうよ。そりゃ、頭領はどうしようもない愚か者だし、雲嵐だってはぐれ者だが、二人とも、邑を救おうと手を尽くしたんじゃねえか。あんまりそう、罵ってくれるなよ。俺の気分まで悪くならあ」

「…………」

頭領亡き今、豪龍は邑のまとめ役だ。そんな彼に刃向かうのは得策でないと踏んだのか、杏婆ばつが悪そうに肩を竦める。

それから、おもねるように付け足した。

「誤解してほしくないいんだけど、あたしたちだって、今じゃ雲嵐には感謝してるんだよ。祭壇に火を放って雛女を攫うなんて大役は、あんたじゃなきゃできなかったもの」

「そりゃ、どーも」

対する雲嵐は、皮肉っぽく笑い、椀を遠ざける。

粥を食む気は、完全に失せていた。

そのときだ。

「おーい！」

ぎくしゃくとした空間に、開け放した扉から飛び込んでくる者があった。

朱 慧月を閉じ込めた備蓄庫、その見張りに付けていた若者である。

「ちょっと来てくれないか」

彼は弱り切った様子で豪龍を、そして雲嵐を見つめた。

「閉じ込めた雛女さんだがよ。小窓から見てみたら、どうも様子がおかしいんだ」

「虫の湧いた備蓄庫に閉じ込められて、気がおかしくなった？　それとも舌でも噛んだ？」

「いや、そういうんじゃなくて……」

歯切れの悪い答えに、雲嵐は首を傾げる。

どうせ、すぐに金切り声を上げるあの雛女のことだ、夜明けとともに目を覚まして、負傷した犬のようにきゃんきゃん吠えているのだろう。それとも、扉を叩いて泣き叫んでいるのか。

「とにかく、来てくれよ豪龍。それに……雲嵐も。女のあしらいは、おまえが一番うまいだろ」

邑の男たちは、日頃あまり、雲嵐に頼るようなことはしない。

そこをあえて頼んできたのを見て、雲嵐たちは怪訝さに顔を合わせながら、備蓄庫に向かった。

（やれやれ。捕虜にした女ひとりに、なにをそこまで困惑してるんだか）

歩きながら、雲嵐は、粥を食いはぐれてしまったことに気付く。

後で食べようとしても、戻ってくる頃には、きっと鍋は空だろう。あのあばら家には杏婆だけでなく、豪龍と仲のよい邑人たちが、ひっきりなしにやってくるのだから。

（あーあ、腹減った。これも全部、朱　慧月のせい）

空腹を自覚すると、いっそう苛立ちが募る。

雲嵐はそれを全部まとめて、朱　慧月になすりつけることにした。

ただ朱家の娘に産まれたというだけで、栄華に身を浸してきた朱　慧月。賤民として蔑まれ、さらには邑の中でまで「まざり者」と呼ばれる自分とは、いったいなんという差か。

雲嵐たちが、郷民の沓《くつ》を舐めて生き延びてきた一方で、彼女はひれ伏す下働きに罵声を浴びせて生きてきたのだ。飢えと戦っている間、美食に飽かせてきたのだろう。

（こんな不条理、あって堪《たま》るかよ、ってね）

傾きすぎた天秤を、元に戻すことのなにが悪い。

雲嵐たちは理不尽に苦しんだ。だから朱 慧月にも、これまで楽をしたのと同じぶん、苦しんでもらう。ただそれだけのこと。

そうして、二人は備蓄庫の扉を開けたのだったが――。


「あっ、おはようございます」

扉の軋む音に気付いた女が、朗らかにこちらを振り返ったので、雲嵐たちはぎょっとした。

夜明けの弱々しい光が差し込む、粗末な小屋である。

貯め込む米もない今、補修の手が回らなかったその場所は、あちこちに穴が開き、そこから入り込んだ雨水が腐り、異臭を放っている。淀んだ泥だまりには汚らわしい虫が湧き、間違ってそこに閉じ込められようものなら、大の男だって不快さに身の毛をよだたせただろうが、一晩柱にくくりつけられていたはずの女は、至って穏やかに挨拶を寄越してくるのであった。

いいやそれどころか、いつの間にか縄を脱け、小屋の中を自由に動き回っている。

雲嵐は素直に驚いた。

「なにこれ。どうやって縄を外したわけ？」

「え？　それはあの、一度関節を外しまして、縄抜けを。なにしろ縄が食い込んで痛かったものですから」

「は？」

なぜ深窓のお雛女様が、縄抜けなどできるのか。

咄嗟に言葉を詰まらせてしまっていると、彼女は誇らしげに胸に手を当てた。

「縄抜けは、病弱の身でも鍛えられる数少ない技術でございますゆえ」

「いや……意味わかんないんだけど」

「もしや縄抜けは御法度でしたでしょうか。なにぶん攫われた経験がなく、勝手がわからず……」

雲嵐が顔を引《ひ》き攣《つ》らせると、女は頬に手を当て、ついで、ばつが悪そうに肩を落とす。

と、彼女のもう片方の手が、カサカサと動くヤスデを握り締めているのを見て、豪龍がぎょっと息を呑んだ。

「っていうかあんた、なに、虫掴んでんだ！」

「え？　あの、お邪魔したというのに、なにもせずにいるのも申し訳ないので、わたくしなりにできることをしようと思いまして。ひとまず、虫さんたちの区画整理に着手したのですが……」

女は、小屋の四隅を指し示しながら、「ここがネズミさん、ここはヤスデさんなど多足類。こちらはミミズさんなど環形動物で、蛆虫さんを含む幼虫さんは、思い切ってひとまとめに――」と説明していたが、途中で言葉を切ると、申し訳なさそうに表情を曇らせた。

「無許可で住人を移動させるのは、厚かましかったでしょうか。申し訳ございません、他人様のお家で勝手をしてしまい……」

「や、叔父貴はそういうことを言ってんじゃねえだろ。こんなに虫を集めて、あんた、呪いでも作るつもりかよ」

「まあ」

雲嵐が思わず突っ込むと、なぜだか女は、ぱっと表情を輝かせた。

「なんだか、懐かしいやりとりです。もう一度仰《おっしゃ》って？」

「いや人の話聞けよ」

「あらあら、うふふ」

それから一層笑みを深めると、まじまじと雲嵐のことを見つめた。

「勝ち気な表情に、遠慮のない話しぶり。お顔立ちも性別も違うけれど、なんとまあ、莉莉とそっくりですこと。火の気性の方というのは、どうしてこうも皆様愛らしいのでしょう」

なにを言っているのか、まるで理解できない。

「あんた……わかってんの？　俺たちは、あんたを攫ったんだけど。怯えるだとか泣き叫ぶだとか、もっとこう、ふさわしい態度があるだろ」

「ええと……」

女はことりと小首を傾げる。彼女が内心で、「死鬼《しき》に魂を攫われかけたときに比べればこの程度」などと思っているとはつゆ知らぬ雲嵐は、こう思った。

(この女……頭のネジが抜けてんだ)

元からそうなのか、攫われた衝撃でそうなったのかは、わからないが。

雲嵐は、短く息を吐き出すと、相手にぐっと顔を近づけた。

郷の女であれば、こうして少し顔を寄せさえすれば、口ではなんと言っても頬を赤らめたりするものだったが、女は不思議そうにこちらを見返すだけだ。

雲嵐は意識的に、ネズミをいたぶる猫のような、酷薄な笑みを浮かべた。

「状況がよくわかってないようだから、教えてあげようか、朱 慧月」

「はあ……」

「あんたはこれから、罰を受ける。芸のできないどぶネズミの分際で雛女になって、贅沢三昧したあげく、天の怒りを買った、その罰をね。その腐った性根にふさわしく、いたぶられるんだ。この、玄家ゆかりの俺たちに――」

ついでに、これが玄家の犯行であると刷り込んでおこうとしたが、偽りの言葉は最後まで紡がれることはなかった。

「まあ、ご冗談を。皆様はこの南領の民でいらっしゃいますよね？」

朱 慧月が目を瞬かせて、さらりと真実を指摘したからである。

「……なんだって？」

「仮に朱家の雛女が天の怒りを買ったなら、禍は南領で起こるはず。南領の禍の原因を、北領の玄家が追及する筋合いはございますまい。天に代わって誅を与える、そんな発想に至るのは、禍を被った南領の方々だけでしょう？」

ごく論理的に続けられ、雲嵐は目を見開いた。

「つまり、南領が直面しているなんらかの困難を、慧――わたくしと結びつけ、それを和らげるためにわたくしをいたぶると、あなた方は仰っている」

控えの四阿《あずまや》で見せた感情的な態度が嘘のように、女はどこまでも冷静だった。

「たとえ南領全体が朱 慧月憎しの念に燃えていたとしても、皇太子殿下のおわす場所では、おいそれと手を出すことも敵いません。そこで、郷の民が足を向けぬ奥地――いわゆる、『賎邑』と呼ばれる地区に攫って、ことをなそうとした。そうしたお話ではございませんか？」

女は、穏やかに微笑んでいるだけだ。なのに、たおやかな佇まいとは裏腹の、凄みのようなものが滲み出ている。

（なんだ、この女？）

雲嵐は眉を顰《ひそ》めた。

ついで、己の特徴とも言える、飄々とした笑みを手放していたことに気付き、舌打ちしたいような気持ちに駆られた。

「ただ、郷には手練の武官たちもいらっしゃる以上、計画がうまく運ぶとも思えません。もしよければ、あなた方がこの無謀を働いた経緯を、詳しくお聞かせ願えませんか。あなた方のお困りごとを解決する、糸口にはなれるやもしれません」

女は、真剣な顔で、こちらに近づきすらする。

咄嗟に顎を引きかけたが、雲嵐は逆に相手を睨みつけた。

こんな世間知らずの貴族の女に、会話の主導権を握られてどうするのだ。

「へえ？」

ぐいと腕を取り、力を込める。

あかぎれもシミもない、ほっそりと滑らかな腕だった。

「ずいぶんな大口を叩くじゃん。俺たちを助けたいって？　じゃあよろしく頼むよ。あんたが思うさま苦しんでくれりゃ、俺たちは救われるんだから」

湿った、薄暗い空間だ。虫の足音だってそこかしこに聞こえる。

見知らぬ土地で、敵意を露《あらわ》にした男たちに囲まれ、腕まで取られているというのに、朱慧月は瞳を揺らすこともなく、じっとこちらを見返していた。

「な、なあ、雲嵐。なんかさ、思ったより大人しくて冷静な雛女さんだし、ちょっとこう、俺たちのほうもやり方をな、考えて――」

「まず、この髪を切ってやろっか」

雛女の威厳ある姿に動揺した豪龍が制止してくるが、無視する。

雲嵐は反対の手で乱暴に髪を掴み、ぐいとそれを引っ張った。

「貴族の女は、髪が命だもんな？　俺たちみたいにざんばらの髪にしてやるよ。顔回りが寂しくなるだろうから、そしたら、ちょっと化粧をしてあげる。力一杯殴ったら、あんたの顔は何色になるかな。赤？　紫？」

髪が数本、音を立てて切れた。

自分より大柄な男に拘束され、これから受ける暴力をじっくりと語られる――。

どれだけ肝の据わった女でも、青ざめるくらいはするだろうに、厳重に守られてきたはずの雛女は、表情を変えもしない。

雲嵐は苛立ちを深め、髪を掴む手に一層力を込めた。

「助けは来ない。舞台や道中に、北領に繋がる証拠を残してきたからさ。あんたは孤立無援で、邑中の人間からいたぶられるんだ。俺たちみたいに。唾を吐きかけられ、蹴られ、飢えさせられて、しまいには、邑中の男どもに――」

「やあ、おはよう諸君！」

だが、雲嵐が力のままに女を引き倒そうとした瞬間、備蓄庫の扉が豪快に開き、闖入者《ちんにゅうしゃ》が現れた。

「皆ここに集まっていたのか。俺のほうには全然来てくれないので、寂しかったぞ」

少し離れた別の備蓄庫に閉じ込めていたはずの、黄 景行である。

「………!?」

これには雲嵐も絶句する。

「な、なんだよおまえ！　どうやって縄を解《ほど》きやがった!?」

「うん？　それはこう、気合いで」

豪龍がだみ声で叫ぶと、景行は首を傾げながら、両腕で軽く力こぶを作った。

「ふんっと気張ったら縄が千切れてな。ああ、返却しておこう。君が代表者かな」

そうして、ぼろぼろになった縄の残骸を、気さくな笑みとともに雲嵐に押しつけるではないか。

「いや、いらねえし――」

「そうか」

雲嵐が突っぱねようとした瞬間、景行はふっと身を屈《かが》める。

「な……!?」

どっと腹に衝撃が走り、次の瞬間には、雲嵐は景行の腕に担ぎ上げられていた。

「ぎゃあっ」

同時に、豪龍も足を払われたのか、景行の足下に転がされている。

――ドスッ！

一拍遅れて、這いつくばった豪龍のすぐ横の床に落下したのは、いったいどこから奪ったのか、鍬《くわ》であった。ぎらりと光る厚い刃が、豪龍の首元すれすれに食い込んでいる。

「ひ……ひぃっ！」

豪龍や、周りを囲んでいた男たちが一斉に悲鳴を上げた。

雲嵐も息を呑む。景行は今、まるで米俵のように雲嵐を担ぎ上げているが――頭から叩きつけられたら、ひとたまりもない。

「これでも、戦地は多く経験しているのでなあ。この邑を根絶やしにすることなど、朝飯前だ」

脅しつけるようでもない、淡々とした口調なのに、かえって声には凄みが宿る。

この男の言うことはこけおどしではなく、真実なのだろうと、誰もが理解した。

「そのうえで聞こう。俺の大切な雛女に、今、なにをしようと言っていた？」

「…………っ」

その場の空気が、張り詰める。

絶対的強者を前に、邑の男たちは一斉に、担がれたままの雲嵐を見上げた。

――真実を言えば、殺されてしまう。

「それ、は……」

「まあ！」

だが、その緊迫した空間に、場違いに明るい声が響いた。

開け放された戸口に、いつの間にか近寄っていた、朱 慧月である。

「なんと素晴らしい光景でしょう。大兄……いいえ、景行殿。どうぞよくご覧になって！」

どうやら、備蓄小屋の外の光景に見惚れているようだ。

「おお？　どれどれ」

呼びかけを聞いた途端、景行は、硬直していた雲嵐をぽいと投げ捨てる。恐怖に凍り付いていた豪龍たちも放置し、いそいそと戸口に寄ると、「ああ」と納得したように声を上げた。

「一面の稲田だな」

「これが、稲田……！」

なぜだか女は、奇跡を前にした民のように、胸の前で両手を握り合わせ、打ち震えた。

「稲田。あらゆる民の糧を生み出す、始まりの土地……。移り変わる空を映し出す水面は、まさに天界を写し取る鏡。後宮内に設けたささやかな耕田とは比べものにならない、この圧倒的な壮大さ！」

目の前には、ただ夜明けの薄日を受けた水田が広がっているだけのはずだ。

だというのに、なにが琴線に触れたのか、女は涙ぐまんばかりの勢いで、何度も頷いている。

「刈っても刈っても雑草の繁る畦《あぜ》。今はまだ頼りなげな青い稲。意気揚々と襲いかかる多様な虫さん。このお世話は、さぞ骨が折れることでしょうね……っ」

「ああ。実に手のかかりそうな場所だ」

横に立つ景行も、なぜだか熱心に水田を見つめはじめている。

心なしか、二人の声は、恍惚としているようだった。

「終わりなき草むしり……」

「弱き稲を害虫から守り、育て上げる醍醐味……」

じいっと田畝《でんぼ》を見つめる二人の、顔は見えない。

だが、男のほうが突然振り返ると、朗々と声を張り上げた。

「おい、諸君！」

その場にいた男たちが、びくりと姿勢を正す。

「諸君は、雛女に苦境を味わわせたい、いたぶりたいとの思いを抱いているようだな。違うか？」

爽やかに問われたところで、この状況下、いったい誰が「はいそうですが」と答えられるだろう。

「い、いやあの、い、いたぶりたいというか、ですね……」

豪龍が冷や汗を浮かべ、おどおどと言い訳しようとしたが、今度は女がそれを遮った。

「そうですよね！　そこで、いたぶり方について提案なのですが――」

なぜだか、朱 慧月も武官も前のめりになって、きらきらと目を輝かせている。

二人はぴったりと、まるで血の繋がった兄妹のように声を揃えた。

「稲田での強制労働ということで、ここはひとつ！」

＊＊＊

雲嵐は、辺境の田舎ではそうお目にかかれぬほど美しい男だ。

皮肉げな微笑みは、まるで鋭い牙を持つ肉食獣のよう。それでいて、時折小首を傾げ、甘さを含んだ声ですするりと近寄ってくる様は、気まぐれな猫のようだった。

常に緩い笑みを浮かべ、誰にも心は許さず、邑で唯一親身だった養父が死んだときすら涙を流さなかった、飄々とした男。それが彼だった。

だがこの日、雲嵐は珍しく地にしゃがみ込み、片手で額を覆ってうなだれていた。

（ありえねえ。なんなんだ、これ）

掌の陰になった目元には、疲労の色が滲んでいる。

そう。疲労。

今朝方、捕虜にしたはずの男女に「稲田で働きたい！」と申し出られてからこちら、次々と起こる事態に、雲嵐はげっそりとしていた。

まず、稲の世話をしたいと宣言した朱 慧月たちは、裾をからげ、勢いよく小屋を飛び出したと思うや、「お邪魔します！」と一礼して田に踏み入ったのだ。

「まあ。たしかに、もう立秋というのに、ゆっくりな成長ぶりでございますね」

「茎を爪で裂けば、出穂までの日数がわかるぞ。ふむ……やはり未熟だな」

「日照不足ですね。病も心配です。見れば、稲が密集しすぎている。ここは心を鬼にして、稲病を広げぬためにも、少し間引かねば」

泥に足を取られることもなく稲を見て回っては、どこの本職ですか、と聞きたくなるような言葉を交わしていた。

「畝《うね》の作り方や灌漑《かんがい》の仕方は、理想的と言えるな。実に丁寧な仕事だ」

「ええ。ですが、畦には改善の余地があるようです。米作りとはすなわち雑草、そして虫さんとの戦い。虫さんが畦から飛来せぬよう、ヒエの類は畦からも一掃すべしと、農書にはありました」

「畦の雑草を抜き、ぜひ紫蘇を植えたいところだな。カメムシが激減するはずだ」

「畑も見てまいりましょう。邑全体を俯瞰した、戦略的な植え替えが必要です」

熟練の匠のような二人が素早く頷き合い、ざ……っ、と勇ましく田から出ようとしたところで、雲嵐たちはようやく我に返った。

「いや待てよ。なに当然のように邑中回ろうとしてんの」

「ごめんなさい雲嵐。稲田での労働を、とは申しましたが、あれは嘘です。稲田だけでなく、畑まで含めてお世話したい。なぜなら、大地はみな繋がっているからです」

「いや、そこじゃなくて」

きりっとした顔で詫びられるが、もちろん論点はそこではない。

しかも、いつの間に名を把握したのか、呼び捨てにされている。

「雲嵐よ、落ち着いてくれ。もちろん君たちの、『雛女をいたぶりたい』という意向は、こちらとしても最大限汲むつもりだ。いつでも気軽に殴りかかったり、凶器を向けたりしてくれて構わない」

景行と名乗る男も、やたら真摯な表情で告げるが、先ほどあれだけ圧倒的な武技を見せられて、気軽に殴りかかれる邑人などいるだろうか。

「え……」

「あの……」

視線を向ければ、案の定、豪龍たち邑の男は景行の迫力に呑まれている。

なにせ相手は、気合いで縄を引きちぎり、造作もなく鍬を盗み出し、一呼吸で男二人を制圧する人物だ。

少なくとも、十人がかりで囲まないことには、手出しのしようもない——。

荒事に慣れぬ農家の男たちは、戦意を喪失して縋るように雲嵐を見ていたのだった。

(や、そこは諦めちゃだめじゃん?)

雲嵐は顔を引き攣らせる。

こちらには、邑全体の生死がかかっているのだ。

それに、いくら手練といえど、武官一人と、細腰の女ひとりだ。

(隙を見りゃ、やれるさ)

卑怯は百も承知。

ちょうど、黄 景行がこちらに背を向け、足の泥を落とそうと軽く屈んだそのとき、雲嵐は小屋に投げ出されていた鍬を掴み、その背中に向かって勢いよく投げつけた。

が。

——ぱしっ。

鋭い軌跡を描いた鍬は、軽く身をよじって腕を伸ばした景行に、「おお、すまんな」と難なく受け止められてしまう。

景行は、こちらを振り向くと、にかっと笑った。

「これは、俺用に使わせてもらおう。ありがとう」

「…………!?」

およそ人間離れした反射神経である。

「あ、わたくしにもひとつ、頂けますか」

ついでに、その陰からひょこっと身を乗り出した女が、人間離れした動じなさで、愛らしくおねだりをしてきた。それが、朝日の昇りきらぬうちのことだった。

そこからも、二人の異様な行動はひたすら続いた。

畑を見て回り、一目で生育の課題を言い当てたり、残像が見えるような手の動きで雑草をむしったり。食事も休憩も取らずに農地と向き合い、果てには、ぺろりと土を舐め、「魚粉を混ぜたものとお見受けします」「こちらは米ぬかを使ったようだな」などと、堆肥利き対決までしている。

のみならず、男のほうは時折、空飛ぶ鳥を呼び寄せ、のんきに「おお、かわいいなあ」などと懐かせる余裕ぶりだった。

もちろん、雲嵐たちとて、指をくわえて見ていたわけではない。

黄 景行の武力、そして朱 慧月の胆力は異様だが、相手はたった二人だ。邑中の人間で囲めば、害せないはずがない。しかも「意向を汲む」の言葉を守っているのか、彼ら自身から攻撃を仕掛けてくることはないのだから。

まず、豪龍が仲間十人ほどに声を掛け、二人を取り囲んだ。

しかし景行は、先ほど雲嵐が投げつけた鍬を持っていたため、戦闘力が飛躍的に向上。攻撃すればするほど、鋤鍬《すきくわ》などの武器が奪われるだけに終わり、豪龍たちは悲鳴を上げて退散した。

雲嵐は、最初に鍬を投げつけた己を呪った。

次に、雲嵐たちは蛇を仕掛けた。雑木林で一刻粘って罠に掛けた、毒を持つ種である。

ところがこれも、二人によって速やかに捕獲、解体。

「はっはっはっ！　肉が降ってきたぞ！　なんという幸運だ！」

「まあ、ずるいですわ。わたくしはお肉を頂くより、お酒に漬けて薬酒にしたかったのですが……あのぅ、もう一匹頂くなんてことは……」

口調だけはおずおずとしつつも、迷いのない手つきで蛇の皮を剥ぎ、注文を付ける女を見て、邑の民は言葉を失った。女さえ人質に取れば、武官は手出しできないのではと考えていた彼らだったが、その女こそが、顔色ひとつ変えず蛇頭を潰し、肉を裂いているのだ。優雅に見えて、その実、彼女が一般的な邑の男以上の手練であることは明らかだった。

ではせめて、薄汚れた格好を嘲笑ってやろうとしても、そもそも雛女自らが進んで泥に飛び込んでいる状況。苦し紛れに虫を差し向ければ「あ、その流れですね、どうぞどうぞ」「アブラムシを駆除したいので、蜘蛛優先で頼む」などと雑に流される始末。

時間を追うごとに、一人、また一人と戦意を喪失して「制裁」から脱落し、今では雲嵐だけが悶々と、朱 慧月をいたぶる策を考えている。

とはいえ雲嵐もさすがに、孤軍奮闘するのが阿呆らしくなって、見張りを周囲と交代し、一人きりになれる場所に移動してきた――そうして、今に至るというわけである。

(いや、おかしくね？　なんで俺、みんながサボってる祠の掃除を一人で頑張ってる子みたいになってんの？)

状況の奇怪さに、雲嵐は大いに混乱した。

(あ、太陽が沈みかけてる。もう夕暮れ……いや、まだ夕暮れ？　は？　あいつらが来てからまだ一日も経ってないわけ？　冗談だろ)

結局現時点で、まったく彼らを追い詰められておらず、得た成果は疲労だけだ。

今となっては、あのなににも動じない彼らを攫ってこられただけで、奇跡なのではないかと思えるほどであった。

荒んだ瞳で空を仰げば、雲越しに淡く滲む夕陽が見える。

もう、一日目が終わる。明日の夜には、彼は郷との境の山に入り、郷長が差し向けた使者に報告をすることになっていた。

必ずや使者に会い、褒美と口止め料を兼ねた米や菜をもらわなくてはならない。そうでなければ、税上げよりも前に、この邑は飢えてしまうのだから。

「……口で適当に報告すりゃ、食い物が手に入るってんだから、楽な仕事だよな」

ひとまず使者には、制裁がうまくいっていると告げておこう。黄 景行が付いてきてしまったことは、向こうも把握しているだろうが、無事に無力化しおおせたと言い張るのだ。今はじっくり、雛女をいたぶっている最中だと。

なに、郷の連中は、雲嵐に証拠の提出を命じもしなかった。ごまかすのは容易だろう。

傲慢な彼らは、「愚鈍な」賤民が平然と嘘をつくなど、思いつきもしないのだ。

(明日は、それで乗り切る。あの武官だって人間なんだから、さすがに寝る瞬間はあるだろ。そこで寝首を掻きゃ、問題ない。武官さえ仕留めれば、女はいつでもいたぶれる。まだ時間はある)

なにしろ、人数で勝っているのだから、交代で寝ずの番をすれば、隙を突くなど造作もない。

女の胆力も異常だと、頭のどこかは警鐘を鳴らしていたが、雲嵐はその現実を無視した。

男さえ倒せば、無力な女はいつでも害せる。そのはずなのだ。

方針が決まったことで、少し肩の力が抜ける。

しゃがんだままだった足が痺れはじめたことに気付き、雲嵐は地面にあぐらを掻いた。

そうして、ぼんやりとあたりを見渡す。

田畑が広がる一帯から、少しだけ離れた夕暮れの丘。

生ぬるい風が吹くそこには、あちこちに大きな岩が組まれている。

ここは、この邑の民、中でも頭領の一族が眠る、墓だった。

今雲嵐が座る目の前の、最も新しい墓は、彼の父——前代頭領・泰龍《たいりゅう》のものである。

泰龍の墓石は、ほかのそれに比べて、ずいぶんと小さい。歴代頭領の墓は、磨いた大岩をいくつも組み合わせているのに、泰龍のものは、わずかひとつ、岩を置いただけだった。

それは、禍森に入った「呪い」で命を落とした泰龍を恐れ、邑の誰も、墓作りに協力しなかったからだった。

始終怯え、墓穴を掘る腕にも力が入らなかった豪龍と、黙りこくっていた雲嵐。たった二人で作る墓としては、これが限界だったのだ。

ほかの頭領たちの墓は綺麗に拭かれているにもかかわらず、泰龍のそれは、雨に吹きさらされ、落ち葉がまとわりついたままになっている。

雲嵐は墓に手を伸ばし、貼り付いた落ち葉を一枚、摘み取った。

「無様な墓」

指にまとわりつく汚らしい葉を、じっと見つめる。

泰龍が生きていたとき、歴代頭領の誰より慕われ、敬われていたことなんて、とても信じられぬ墓の有り様だった。かろうじて墓石を倒されずに済んでいるのは、豪龍が間に入って民を宥《なだ》め、また、雲嵐が汚れ役を引き受けたおかげだ。それほどまでに、邑が禍を恐れる気持ちは強い。

「……笑えるよ。邑を守り、学を授け、飢えを癒やすために禍森に入って——途端に、こうも蔑まれるなんて」

雲嵐はしばらく葉を見下ろしていたが、不意に苛立ったように、それを引きちぎった。

「なあ、頭領。あんた、皆にいいように利用される、そんな人生で満足だったのか？」

それから彼は、叩き落とすようにして、墓石に貼り付いた葉や汚れを払った。

岩のくぼみに溜まっていた雨水が、墓石に不器用な手跡で刻まれた「泰龍」の文字を撫でてゆく。

周りの墓も同様にして、表面に死人の名が刻まれていた。

泰龍、豊龍《ほうりゅう》、若龍《じゃくりゅう》、炎龍《えんりゅう》。

頭領の家系の男たちは、皆「龍」の字を名に持っている。卑しき民と誹《そし》られようと、天子を意味する字を名に宿す――弱き者なりの、精一杯の虚勢だった。

父の泰龍は、己の名について「大それている」と恥じ入るそぶりを見せつつも、歴代頭領の墓に、それぞれの名を彫ってやっていた。

達筆な彼のおかげで、墓はどれもこれも、堂々たる名を見せつけている。

ただ唯一、泰龍の墓の名だけが、不格好だ。

仕方がない。これだけは、雲嵐が彫ったのだから。

「……俺はあんたから、本当になにも、受け継がなかったなあ」

引っ掻き傷のような無様な字をなぞりながら、雲嵐は自嘲した。

学も、字の巧みさも。人望も、「龍」の名前も。

人としての、誠実さも――。

「女を一人いたぶれば、税が下がるんだってさ。禍を呼ぶ悪女を罰すれば、郷全体の冷害が終わるんだと。夜、山にやってくる郷長の使者に、数回報告すりゃそれで完了。簡単だろ？　なあ、頭領」

雲嵐は、泰龍を父とは呼ばない。実際のところ、雲嵐は彼の息子なんかではないからだ。

泰龍だって、郷の男に犯された女を見捨てられず、生まれてくる子どもごと身元を引き受けはしたが、雲嵐を我が子などと思ったことはなかったろう。

龍の文字を許さず、雲嵐などと名付けたのが、その証拠だ。

空を覆い、邑から日差しを奪う雲。

あるいは、どこにも落ち着かず、実りをただなぎ倒してゆく嵐。

それが雲嵐。名の通りだ。

「女をいたぶるのと引き換えに邑を守るなんて、あんたには考えられない方法だろうけど……俺にはできる。すすけた魂に見合った、すすけた方法。お似合いだろ」

薄い唇が、皮肉の形に歪められる。

べつに、現状に不満などなかった。

そうとも、これでいい。

しょせん、自分は「まざり者」。

卑劣で、学も、気を許す相手もなく、邑でも郷でもよそ者――。

「なるほど、そんな事情が」

ところが、突然すぐ隣から女の声が響いて、雲嵐はぎょっと振り返った。

「いたぶるように命じて様子を報告させるというのは、なんというかこう、お決まりなのですね」

「な……っ」

女――朱 慧月は、神妙な表情を浮かべ、墓に向かって手を合わせていた。

「そりゃあ、実績なしに褒美は与えられないものなあ。だが、口頭の報告だけでいいとは親切だ。歯とか指の物証もいらぬのか」

「………!?」

反対側の隣には、黄 景行も屈み込んでいる。

脱いだほっかむりで軽く額を拭い、墓に向かって礼を執る丁寧さであった。

（いつの間に!?）

まるで物音がしなかった。

「あんたら……」

驚きで固まっている雲嵐に向かって、二人は親身な様子で身を乗り出した。

「事情は理解した。なるほど、邑を救うために、朱 慧月を攫う必要があったのか。そんなこととはつゆ知らず、好き勝手してしまってすまないな」

「わたくしたちが言うのもなんですが、できることがあればぜひ協力させてください。『朱 慧月をいたぶって報告』という図式にかけては、それなりに知見がありますので、お力になれるかと」

「は……!?」

貴族流の嫌味なのかと思ったが、二人はあくまで真剣だ。

「俺としては、非人道的な命を下した郷長を倒してしまう方法を勧めるがな」

「まったくでございます。高潔な為政者との評判でしたのに、まさか、自領の雛女を陥れる算段をしていただなんて」

「一見穏やかで善良な人物こそ、腹に一物抱えているものだよなあ」

憂い顔で感想を述べてから、真摯な表情で雲嵐に向き直った。

「まあ、諸君らの立場もあろう。穏便に済ませたいなら、虚偽の報告をして報酬だけせしめるというのも、アリだ。清濁併せ呑んでこそ男だからな」

「もしよければ、虚偽の報告がより過激に聞こえるように、描写の指導などいたしましょうか？　そうしたら、報酬も増えるかもしれませんし」

報告業務の質にまで気遣う捕虜など、聞いたことがない。

どう反応していいのかわからず、顔を引き攣らせる雲嵐に、女はきりっとした顔で胸を叩いた。

「なにしろ、過激な暴力描写に定評のある冬雪……知り合いから、拷問の仕方なども聞いておりますので、遠慮なく頼っていただければと」

「いや、いらねえよ！」

そこでようやく我に返った雲嵐は、ざっと立ち上がって距離を取った。

「なんなんだよ、あんたら！　自分の立場をわかってんのか⁉」

指を突きつけ、声を荒らげる。

囚われの身として、怯え、縮こまっていなければならぬはずの彼らが、こうも堂々としているのが信じられなかった。

「あんたらは、攫われたんだぞ⁉　邑中から憎まれ、嫌われ、攻撃されようとしてるんだ。そのへん、なんだ、こう……弁《わきま》えろよ！」

我ながら迫力に欠けるというか、意味のわからない啖呵だ。

捕虜に慎みを求める誘拐犯とはなんなのだろうか。

「雲嵐。こんなことを申し上げては、驚かせてしまうかもしれませんが」

案の定、女は平然としている。

いいや、そっと頬に手を当て、幸福を噛みしめるように呟いた。

「実はわたくし、人に嫌われると、ちょっとわくわくしてしまいます……」

「いや今本気で驚いたわ」

雲嵐は大いに顎を引いた。

この、雛女の皮をかぶった図太い生き物はなんだ。

「あ……っ、いえ、違うのです。もちろん、嫌われたいわけでは全然なくて。ずっと箱入りだったものですから、生々しい感情に触れると、驚き？　感動？　とにかく、はっと胸を衝かれる心地がすると言いますか、生きているという実感がですね」

さすがに語弊があると思ったのか、女は慌てて両手を突き出して言い訳していたが、雲嵐は舌打ちして「来い！」と女の手を掴むと、勢いよく丘を駆け下りた。

「なあ、なんでこいつら、平然と動き回ってんの？　さすがに見張りを放棄しすぎだろうがよ！」

田畑に戻り、見張りを言いつけたはずの邑人に向かって、叱責を飛ばす。

彼らは怒る雲嵐に対し、鼻を擦《こす》り、あるいは鍬を担ぎなおしながら、気まずそうに答えた。

「いやあ、邑中の畑に水をやってきてくれるって言うからよお」

「うちなんて、軒が壊れてたのも直してもらっちまって」

「俺ぁ、雛女さんから畝づくりの天才って褒められちまって……久々に俺も、畑を耕すかなって」

「おいら、洟《はな》かんでもらった。おひめさま、いい匂いがした」

自分が少し目を離した隙に、本格的に懐柔されている。

「どいつもこいつも、ちょろすぎんだろ……！」

雲嵐は額に青筋を立てた。

「な、なあ、雲嵐。実際のところさ、この二人、全然捕虜らしくしてくれねえんだよ」

とそこに、さすがにばつが悪かったのか、豪龍がこそこそと雲嵐を招き寄せ、耳打ちしてくる。

「武官のほうは、鬼神みたいな強さだしさ。雛女のほうも、おっとりしてるようで全然隙がねえし。でも代わりに、愛嬌があるっていうか……めちゃくちゃ頼りになるっていうか……」

「だからって歓迎すんのかよ、ああ？　税はどうすんだ」

「お、おう、だからよ……日中はどうこうできねえから、夜に寝首を……。いや、寝首を掻くのも難しそうだから、そうだ、油断させるんだよ。明日くらいまでは仲良くしてさ。べつに日数制限はねえんだ。明日の夜はごまかして報告すりゃいいだろ、な」

実利を取るんだ、実利を、と訴える叔父に、雲嵐は半眼になる。

だが結局、自身もほぼ同じ方針に至ったことを思い出し、溜息をついた。

たしかに、このべらぼうに強い武官に雛女が守られた状態では、なにもできない。

あらゆる攻撃が無力化されてしまうのだから、できるとしたら、せいぜい飢えさせることくらいだろうか。

「……とりあえず、絶対なにも食わせないで。水も与えちゃだめ」

「お、おう！　それはもちろん」

「働きたがるって言うなら、徹底的に働かせて、疲れさせるんだ。やつらが眠気を覚えてきてからが勝負だから」

「おう、おう！」

豪龍はだみ声で即座に頷いたが、はたしてこれでうまく行くかどうか。

（……いや、うまく行かせなきゃ）

雲嵐はげんなりとして曇天を見上げる。

郷長の言を信じるなら、朱 慧月を害さない限り、この雲は晴れないのだから。

もっと即物的な話をするなら、税が下がらず、この冬を越せない。

「まあ！　皆様で早速、草むしりを？　ご一緒できて嬉しいですわ」

「べ、べつに、一緒にやるわけじゃねえ。あんたを監視するためだよ」

「それでも、専門家の皆様がいらっしゃるなら、百人力です」

「ふ、ふん。どうだか」

だが、無邪気に女から微笑まれ、まんざらでもなさそうな男たちを見て、雲嵐は遠い目になる。

（……なにこれ）

胸の内でもう一度、彼はぼそりと呟いた。

＊＊＊

「ああ……本当にここはなんと、底なしの魅力を放つ土地なのか……」

爪の中まですっかり泥の詰まった手を頬に当て、玲琳はうっとりと息を落とした。

夜の水田である。

攫われてから、すでに二日目の夜。

ここまで、ほぼ休みなく農作業に勤しんでいた体は、どこもかしこも軋んでいたが、熱を持ったふくらはぎすら、玲琳は愛おしげに見下ろしてみせた。

筋肉痛。世界で一番好きな痛みである。

「幸せ……」

玲琳はしばし恍惚の表情でふくらはぎをさすっていたが、不意に顔を引き締めた。

(はっ。充実した農業体験に笑み崩れていてはいけません。もっと神妙にせねば)

そう、雲嵐たちはあくまで、「朱 慧月」を害そうとして、この邑に攫ってきたのだ。いくらこちらが便乗しただけとはいえ、いいや、便乗してしまったからこそ、雲嵐たちの心情に一層配慮せねばならぬだろう。

(逆の立場になって考えるのです、玲琳。もしいたぶりたい相手を攫ったとして、その相手がのほほんと楽しくやっていたら、いったいどれほど不快な――)

ふと目の前の畦を、ミミズが這っていく。

玲琳はそっとミミズを取り上げ、なでなでした。これは土を豊かにする、愛《う》い生き物。

(……と、ミミズさんを愛でている場合ではありません。雲嵐たちが懸命にこちらを害そうとしているのに、それを無視するなど、努力を尊ぶ黄家の風上にもおけぬ所業で――あら、蛙さん)

再び気合いを入れたが、今後はミミズを追って蛙が跳んできたので、素早く捕獲した。

蛙は食してもいいが、耳腺《じせん》にある毒を抽出しておくと、薬の調合にも使えてなにかと便利だ。

（あ、雌）

きっちり性別まで確認したところで、玲琳はぐっと眉根を寄せた。

「だめ。あまりにも誘惑が多すぎます……！」

先ほどからこんな調子で、捕虜らしく振る舞おうと自省する傍から、広大な自然が次々と魅力を訴えてきて、一向に興奮が止まないのである。

（だって、こんなに広大な、土が、田が、畑が……っ！）

土いじりは、もはや黄家の魂に刻まれた趣味、いいや、本能と言ってよい。

玲琳も黄家の女として、黄麒宮《こうきぐう》の梨園《にわ》にひそかに耕田を設け、稲作のまねごとをしていたものだが、やはり箱庭と本物では迫力が違う。大規模ゆえに管理の行き届かぬ実態や、予想を越えて豊かな水田の生態系、冷害という特殊な環境に触れ、貴重な勉強をさせてもらった。

鍬を振るうほどに発見があり、草をむしるほどに学びがあるものだから、ついつい、こうして作業に没頭してしまったのである。

（本来のわたくしの体でしたら、蒸した空気を吸い続けてふらついてしまっていたでしょうが、慧月様のお体なら疲れ知らず。本当に最高です！）

しかも、初日の朝にはたしかに敵対的だったはずの邑人たちが、徐々に態度を軟化させてきている。というより、出会い頭に唾を飛ばして罵ってきた態度さえ、玲琳からすれば、元気で好ましく映るのだった。

（南領の方々というのは、皆様、なんと生き生きとしていらっしゃるのでしょう）

おそらくは皆、「朱 慧月」をいたぶらないことには、冷害は止まないと信じているのであろう。飢餓で精神も追い詰められていると見え、最初に「朱 慧月」と遭遇したときには、誰も彼もがこちらを罵り、石を投げようとした。

だが、その語彙を尽くして怒りを露にする態度の、なんと一生懸命なことだろう。

石を避けるとぎょっとし、初めて聞く単語の意味を質問すると戸惑い、と、こちらの言動にいちいち反応する様子には、もはや、いじらしささえ感じられてならなかった。

「打ち込みが甘い！　背後を取ればいいというものではない。もっと死角を意識せんか！　いいか、こうして、こうして、こうだ！」

「ひえっ⁉」

男たちは、景行に返り討ちに遭った際、すかさず武技指導が入れば、流れで従ってしまうし。

「先ほど雉《きじ》さんが飛んでいましたので、大……景行殿に石で打ち落としてもらいましたの。油がないので揚げることはできないのですが、焼くのと蒸すのではどちらが美味しいと思います？」

「人生楽しそうだねえあんたら⁉」

女たちは、話しかければ、声を荒らげつつも、きっちり突っ込みを入れてくれるし。

「くたばっちまえ！　この、わざーいをよぶ、あくじょめ！」

「あらあら、わざーい、ではなく、禍ですね。一緒に言ってみましょう、さんはい」

「わざわい」

子どもたちは、大人たちに染まってか口が悪いが、染まりやすいぶんだけ素直だ。

飢饉の予兆に直面している以上、態度は殺伐としているが、こちらが「皆とお揃いの農具を手にして」「気合いを込めて挨拶」すれば、民はじりっと足を引き、それ以上過激な行動を仕掛けてくることはない。

なんて素直な人々なのだろうと、玲琳は彼らの素朴な性質に感じ入った。

(思えば皆様、朱家に連なる方々のわけですから、やはりどこか、慧月様に通じるところがあるのですよね。愛らしいことです。……ああ、早く慧月様に連絡を取らねば)

連想ついでに、いまだ慧月と話せていないことを思い出し、表情を曇らせる。

常に邑の誰かに監視されているせいで、一人きりで火の前に立つことができなかったのだ。

(心配、していらっしゃいますよね)

いくら「逃げろ」と言い出したのが慧月だったとはいえ、打ち合わせもない状態。景彰がいくらか事情を説明してはくれただろうが、きっと、とても気を揉んでいることだろう。

慧月もまた、尭明や他家の雛女のたちを前にした状態で「黄 玲琳」を演じ続けなければならないわけで、その緊張や負担を思うと、玲琳も大いに彼女のことが心配だった。

だが、邑の監視下で炎術を使うのは、避けたほうが賢明だとも考えた。

というのも、あちこちに設けられた祠や、なにくれとなく天に祈る姿から察するに、邑人たちはかなり信心深く――同時に、禍や呪いといったものを、ひどく恐れているようだからである。

未知の道術など見たら、悪女どころか、悪鬼と決めつけられ、焼き殺されかねない。

(たとえば……「禍森」、でしたっけ)

雲嵐が墓前で呟いていた言葉を、玲琳はふと思い出した。

頭領が踏み入った途端、邑の民が一斉に彼を敬遠するようになったという、呪われた場所。

禍森とは、どうやら山の中腹に広がる深い森のことのようだ。玲琳にはただ豊かな森に見えたが、この邑の民にとってはそうではないらしい。

雉を捕る前、空腹だったので山奥に入って山菜でも採ろうか、と何気なく呟いたところ、それまでなんだかんだ賑やかだった彼らが、さっと顔色を変えたのだ。男も女も、子どもたちもである。

「今、なんて？」

「禍森に入るだなんて、絶対させないよ」

そのときばかりは、彼らの顔から一切の親しみが消え、代わりに、強い嫌悪と恐怖とが、くっきりと浮かび上がっていた。

「あのもりには、ぜったい、はいっちゃいけないんだよ。ぜったいに」

子どもたちまでもが、剣呑な顔でそんなことを言う。一方で、理由を聞こうとしても、その名さえ口にしたくないというように、途端に黙り込むのだ。

玲琳たちとしては困惑するばかりだが、ここはあくまで彼らの邑。団結の強い集団には、往々にして独自の規律や掟があるもので、しつこく聞き出すような真似も憚《はばか》られた。

「もりにはいると、みんな、しんじゃうんだ」

子どもたちのうち、気の強そうな少年が、こちらを睨みつけるようにして教えてくれる。

「ほんとなんだからな」

きゅ、と引き留めるように腕を握り締めてきたその子の手を、玲琳はそっと握り返した。

少年は単に、邑に禍を持ち込むなと威嚇したつもりなのだろう。

だが、玲琳にはそれが、こちらを案じるような口調に聞こえたのだ。

ためらいなく伸ばされた手、その小さな感触が、なんとも温かだった。

（今は冷害のせいで雰囲気がぴりぴりしているものの……本来は、もっと親しみ深くて、温かな方々なのでしょうね。慧月様に連絡を取るにしても、彼らを不必要に刺激せぬようにせねば）

今、泥で汚れた手には、まだ少年の手のぬくもりが残っているかのようだ。

玲琳は、淡い月光に手をかざしながら、この邑の民ともっと打ち解けたいものだと切に思った。

（仲良くなりたいと言えば……）

ちらりと、少し離れた畦を振り返る。

そこでは、結局二人だけになってしまった雲嵐と豪龍が、うんざり顔でこちらを見張っていた。

景行たちにすっかり圧倒されたほかの民は、早々に引き上げてしまっていたからである。

玲琳がなんとなく二人に手を振ると、豪龍は戸惑った様子で手を振り返し、雲嵐は苦虫を噛み潰したような表情を浮かべて顔を背けた。

「愛らしいです……」

まるで気難しい猫を見るようで、思わずきゅんとしてしまう。

特に雲嵐は、整った容貌も相まって、出会った頃の莉莉のようだ。

口ではなんと言おうと、父親の墓に参っているようなのも親しみを覚える。雛宮《すうぐう》に上がってからは難しくなってしまったが、玲琳自身、よく母の祠堂《しどう》を訪れたものだったから。

なにより、あの野良猫のような素っ気ない態度、それでいてこちらの言動にいちいち反応してくれる律儀さを見るにつけ、つい愛おしさが込み上げるのである。

「ああ、莉莉は元気でしょうか。雲嵐といると、莉莉が傍にいるような心地よさですね。ここにいる間だけでも、彼とどうにか仲良くなれないものでしょうか……」

「こらこら、玲琳。現地妻を囲おうとする男のような顔になっているぞ」

真剣な顔で唸っていたら、背後から声を掛けられる。

上等な衣の裾をからげ、ためらいなく膝下を泥に浸けている男は、景行であった。

もちろん彼も、玲琳同様、この時間帯になるまでずっと農作業に没頭していたのである。

二人はごく滑らかに、雑草の残っている畦を特定すると、呼吸するような自然さでそこにしゃがみ込み、草をむしりはじめた。

「いやあ、それにしても、実に楽しい時間だ。都勤めなどさっさと引退して、田舎で連日、こうして土に触れられていたなら、どんなに楽しかろうなあ」

「まったく同感でございます。惜しむらくはこの冷夏、稲の生育があまりに遅いことですが」

「むしろそれこそが、俺たちの心を」

「掻き立てるのでございますよねえ」

息の合いすぎた兄妹は、言葉を分けるようにしながら頷き合う。そうしている間にも、指は素早く草の根を掘り起こし、弱々しい月光だけを手がかりに、害虫を華麗に仕留めていた。

「日照が足りぬのは事実なのでしょう。けれど、草刈りも、害虫の駆除も、この邑の皆様は、驚くほどの高水準でこなしておられます」

「畦もしっかり整えられているし、引水を巡る小競り合いもなく、結束が強そうだ。それでこの程度の生育とは、悔しいことよな」

「土そのものが痩せているのでしょうけれど、堆肥はきちんと工面している様子。いったいあと、どこに手を打てば、よりよい稲穂が実るのか」

「いや、こうなればあとは日照を祈りつつ、地道な草むしりと害虫駆除を徹底するしかない」

屈み込んだ二人は、真剣な顔で次々と言葉を交わす。

「人事を尽くすとはそうしたことだ。日差しは農耕神しか決められぬ。人にできるのは、ただ土に張り付いて、向き合うのみ」

「そして、その地道な不屈の日々を可能にするものこそが――」

そこで二人は同時に立ち上がると、がっと二の腕を剥き出しにし、それを交差させた。

「筋肉！」

二人はフッと笑い、ついで感嘆の溜息を漏らして互いの顔を見つめた。

「おいおい……めちゃくちゃ楽しいな、玲琳！」

「はい。とっても、とっても楽しゅうございますね、大兄様！」

二人とも興奮冷めやらぬ顔をしている。

それもそのはず、これまでも仲良し兄妹だったとはいえ、体力の問題で、二人が一日中行動をともにできたことなどなかったからだ。

それが、気心知れた会話を楽しみながら、思う様好きなことに没頭できるのだ。

嬉しくないはずがなかった。

「夢のようですわ。こうしてともに稲を育て、畑のお世話ができるなんて」

玲琳は喜びに目を潤ませながら、何度も頷く。

「邑の皆様の怒りは、間違いなく不作への恐怖に由来するもの。であれば、わたくしも少しなり、その解決のお手伝いがしとうございます。もちろん、一朝一夕にとは参りませんでしょう。ですがそれならば、状況の許される限り、何日でも――」

この邑に留まりたい、と訴えかけて、口をつぐむ。

景行がいつの間にか腕を外し、真剣な眼差しでこちらを見ていたからだった。

「おまえは少しでも長く、その体でいたいのだな、玲琳」

「…………」

静かな、ゆっくりとした声。

つい先ほどまでの豪放な態度とは打って変わった、滲み出るような優しさが、玲琳を怯ませた。

「責めているわけではない。ただ、おまえの気持ちを、きちんと確認しておきたかっただけだ」

夜の稲田を、生ぬるい風が吹き渡ってゆく。

髪が乱れるのにも構わず、景行はじっと玲琳を見つめた。

他人の顔をした、妹のことを。

「一般的に考えて、朱 慧月は嫌われ者だ。そして、彼女の体に収まって、彼女の代わりに敵意を浴びているこの状況は、どう考えても理不尽だ。あえて攫われようなどと提案した俺に、反発したっておかしくない。なのにおまえは、この邑から逃げだそうなどとは、露ほども思わない」

「……それはだって、自分で決めたことですし、もし郷に戻って殿下に姿を見られたら、きっと入れ替わりを悟られてしまうから……。そうすれば、慧月様は、罰を」

「朱 慧月は罰を受ける。同時におまえは后になる。世の中一般の言い方をすれば、后になれるのだ。なのにおまえは、己の栄華と朱 慧月の安全を、天秤に掛けさえしない。それどころか……おまえは朱 慧月の罰よりも、本当は立后のほうを恐れているのではないか？」

低い声での指摘に、玲琳は弾かれたように顔を上げた。

「滅相もございません。立后は、詠国《えいこく》の女子に許された至高の栄誉で――」

「栄誉であることは認めると。なら、殿下に心を許せない？　どうもおまえは、殿下から逃げるための賭けをしているようだしな」

「いいえ！　殿下は……お従兄様《にいさま》は、文武に優れ、お心優しく、頼もしい、わたくしにはもったいないお方で……」

ここ最近避けていた「お従兄様」の呼び方を、口にしてみる。

入れ替わりを見抜けたら、妻《ひめ》として、ゆくゆくは后として添い遂げる。けれど見抜けなかったら、雛宮を去ることも辞さない。そう突きつけて、頑なに「殿下」と呼び続ける玲琳のことを、尭明は「自分をまだ許せていないのだ」と思っているかもしれない。

けれど本当はそうではない。玲琳はとうに、尭明を許してしまっている。というより、怒ってすらいないのだ。

だって、あの状況下、彼が玲琳を獣尋《じゅうじん》の儀に掛けてしまったのも、罵ってしまったのも、致し方のないことだった。そうした行為はすべて、「黄 玲琳」への愛情、そして義憤がなさしめたものなのだから。

「わたくしが……大それた賭けを続けているのは……」

玲琳は一度唇を引き結ぶと、景行に背を向け、引き抜いた雑草の小山に視線を落とした。

この冷夏でも、稲を差し置いて、しぶとく根を張っていた、名もなき草花に。

「……乞巧節に、慧月様と体を入れ替わったその後。元の体に戻ったあと、気付いたのですが」

玲琳は、ぽつりぽつりと、語りはじめた。

「わたくしの体が、驚くほど元気になっていたのです。熱も出ないし、出ても微熱程度。吐き気も、眩暈《めまい》も、体の痛みとも無縁で、全身が軽やかで……。もしかしてこれは、病魔の巣くっていた体を、慧月様の魂が焼き清めてくださったのかしらと、そう思いました」

「焼き畑か」

「そうかもしれません」

黄家の土性と朱家の火性を畑に例えられると、玲琳はくすくす笑う。

しかし、すぐに笑いを収めると、「ただ」と目を伏せた。

「それは、長くは続きませんでした。揺り返しのように、その後は一層強い症状に悩まされ……。ふふ、わたくし、昔から高熱のときにだけ見る夢があったのですが、最近はね、大兄様。それを、数日おきに見ますのよ」

目を閉じると、今も瞼《まぶた》の裏にそれが蘇るようだった。

無数の目玉。真っ暗闇。ひとたび「それ」に捕まってしまうと、黒い炎に全身を灼かれてしまう。払っても払っても全身にまとわりつく、恐ろしい炎。

玲琳は淡い笑みを湛《たた》えたまま、わたくし、と続けた。

「もう、長くはないのかもしれません」

宵闇に溶けてゆくような、ひっそりとした声に、思わず景行が息を呑んだ。

それに気付くと、玲琳は慌てたように「なあんて」と明るい声を出し、景行とは反対側の草むらに屈みこんだ。

「大丈夫です。軍医でもいらっしゃる大兄様のお知恵を借り、より強力な処方を、日々開発しておりますもの。どんな熱が出たって、体が痛んだって、薬で和らげられます」

ぷち、ぷち、と雑草を引き抜く音が響く。

景行は言葉も忘れて、妹の後ろ姿を見つめていた。

「ただ……后妃とは、ただの殿方の妻ではない。国の母です。必ずや、世継ぎを儲けなくてはなりません。それを考えたとき、わたくしが黄家からの女としてその座を掴むことは、あってはならないのではないかと、……思ってしまうのです」

雛女とは、次代の后妃。とはいえそれは、あくまで暗黙の了解にすぎない。脱落があっても、簡単に次の候補が立てられる。

けれど后妃に——正式な「妻」に、もしなってしまったら。

汗ばんでまいりましたね、と、玲琳はこめかみを拭うふりをした。

「だったら早く、自ら、雛女の座を退くべきなのかもしれません。けれど、戦う前に自ら退くことを、皇后陛下は許さないでしょう。わたくしだって嫌です。大丈夫、まだ戦える。……そう思う心と……もう、と思う心とが……、ときどき……。それで、わたくしは、賭けなどという、卑怯な形で」

「いい。わかった、もういい、玲琳」

景行が素早く遮る。玲琳は、一度だけ短く洟を啜ると、くるりと振り返った。

その顔には、いつも通りの、穏やかな笑みが浮かんでいた。

「ねえ、大兄様。わがままな妹のおねだりを聞いてくださいませ。玲琳は、もう少し、この体で遊んでいたいのです」

「玲琳」

「この外遊中、けっして体調を崩さぬよう、この数日は特別強い薬を処方しているのですわ。なので、慧月様に体調面でご迷惑はお掛けしません。その薬は七日も続けると反動が来るので、それまでには、必ず郷に帰り、体を戻すと約束します」

それ以前に、気を回復させた慧月が、遠隔操作で体を戻してくるかもしれないし、と続け、玲琳はいっそう静かな声で、付け足した。

「きっと今回で、最後にしますから」

それは、入れ替わるときいつも、玲琳が慧月に告げている言葉だ。

そのたびに、慧月は「この大嘘つき！」と目を吊り上げて怒るが、毎回、玲琳が心の底からの覚悟を伝えているだけなのだと知ったら、彼女はどんな顔をするのだろうか。

景行は玲琳の隣に腰を下ろすと、心を切り替えるように息を吐き、草むしりを再開した。

「……まあ、俺は、妹馬鹿で評判の黄 景行だからな。妹に『覚悟が決まらないの』とべそを掻かれたら、家の栄華を擲《なげう》ってでも時間稼ぎをしてやろうというのは、当然のことだ」

「ふふ。本当は、わたくしが后とならないほうが、五家の均衡にはよい、くらいのことはお考えのくせに」

「そんなもの、おまけだ、おまけ。おまえが立后を望むなら、時間を掛けて地ならしをすればいいだけだしな」

さらりと躱し、景行は大げさに肩を竦めてみせた。

「それに、雲嵐たちは、行きがけに、邑と郷を繋ぐ吊り橋を落としてしまった。さすがの俺も、橋がなくては郷に帰れぬ。仕方なく、しぶしぶ、助けが来るまで、この邑に数日留まるとしよう」

「……そうですわね。仕方なく、しぶしぶ」

玲琳は笑みを深める。

雲嵐たちが橋縄に切れ目を入れるのを、景行が暴れもせず見守っていたことを、知っていた。

思いつきのままに動いているように見えて、この兄は、本当はとても聡い人物なのだ。

たとえば先ほども、あちこちの田畑に移動して草を刈りつつ、この邑の全容を掴もうとしていたように。

きっと彼はもう、この邑の位置も規模も、抜け道さえも、すっかり把握してしまったことだろう。

「そうとも。景彰は、焦るあまり、捜索隊にうっかり見当違いの方角を案内してしまったかもしれないが、それもまた仕方のないことだ。俺たちはせいぜい大人しく、天が許す限りここで過ごそう」

「はい」

こんなにも、守られている。

玲琳は深々と、景行に頭を下げた。

「ありがとうございます」

「いやいや。礼には及ばんよ」

景行はさらりと返し、泥で汚れた手で顎を撫でた。

「それにしても、殿下が皇太子として身動きが取れない立場にあることは、我々には幸運だったなあ。龍気を持つ彼が本気を出せば、こちらの居所なんてすぐに知られてしまうと思わんか」

「そうですわねえ。殿下は、わたくしどもも知らない機能を、まだいろいろとお持ちの気もいたしますし」

「その点、鷲官や武官なんて、有能とは言えしょせん凡人の集まりだ。獣並みの勘を持った、単独行動も厭《いと》わぬ無謀な人間でもない限り、まさかこの邑を突き止めることなんて――」

できまいよ、と続けようとした景行が、しかしぴたりと動きを止めた。

草の束を握っていた手から、はらり、と土が零れる。

「――やべえ、いたわ」

「大兄様？」

急にある一点を凝視しはじめた兄を見て、玲琳は首を傾げる。

無意識にその視線を追い、いくつもの畦の向こう、灌漑用の川の、両脇に茂った草むらに目をやり――。

「あ」

小さく、声を上げた。

＊＊＊

「なあ、雲嵐よう」

隣に座す豪龍が、鼻の頭を掻きながら溜息をついた。

「あいつら、いつまで働くんだろうな」

「知らない」

雲嵐は、立てた片膝に肘を置きながら、仏頂面で答える。

「俺、ちっと腹の調子が悪くて、厠《かわや》に行きてえんだが……おまえひとりにしちゃ、だめだよな？」

「………」

「なんか、杏婆も疲れちまってるみたいで、寝込んでてよ。昼飯も作ってくれなかったから、俺も腹減ったなあっていうか。もう家に帰りてえなあ、寝てえなあ、みたいな……」

要は、豪龍は見張りに飽きてしまったらしい。

だがそんなの、こちらだって同じことだ。

雲嵐は苛立ちまぎれに、畦の雑草を引き抜いた。

この数刻、朱 慧月たちがずっと稲田にいるので、監視する雲嵐たちも、ずっと畔に座りっぱなしだ。いいや、数刻どころではない。あの雛女と武官はこの二日、ただ農作業に没頭している。

その合間に、嫌がらせを回避し、雉をご機嫌で平らげながらだ。いたぶる側であるはずの雲嵐たちは、ここしばらく、腹いっぱいになったこともないというのに。

しかも、雉を調理するにあたっては、わざわざ泥を塗って蒸し焼きにし、攫われる際に祭壇から拝借していた盛り塩をまぶす、という余裕ぶりである。

雲嵐が「いいや、供え物しれっと拝借してんじゃねえよ!?」と割って入ってしまったのも、無理からぬことであった。そんな調子で、彼らが伸び伸びと作業し、にこにこと邑人たちを懐柔するたびに、雲嵐がずっと声を荒らげてまわっていたのだ。

(なんか、疲れた……。俺、こんなに叫びまくる人間だったっけ……？)

いいや、違う。人を食った笑みを浮かべて飄々としている、それが自分だったはずだ。

慣れない行為は心身を疲弊させる。

ただでさえ、ほかの邑人たちが制裁からどんどん離脱している現状だ。

徒労感も手伝い、雲嵐は頬杖をついたまま遠い目をした。

視線の先で、朱　慧月たちは力こぶを打ち付け合い、かと思えばまた草をむしっている。

「ほんと飽きもせず、よく働くなあ……」

結局、帰宅は諦めたらしい豪龍が、もぞもぞと座り直した。

「見ろよ。この二日で雑草がきれいになくなってるよ。足で泥をこねて、畦の崩れた部分を直して、害虫がいりゃ潰して、稲をひとつひとつ見てまわって。あいつらは何者だ？　本職の農民か？」

「………」

手持ち無沙汰だからだろう、豪龍がぶつぶつ呟くのを、雲嵐は無言で聞いている。

少なくとも、朱　慧月たちが農家並みの、いや、それ以上の働きをしているのは事実だった。

少しでも稲を踏もうものなら難癖をつけてやろうと思っていたが、今のところ、彼らの働きぶりは雲嵐たち以上に丁寧かつ迅速だ。

「あれが本当に……無芸無才、高慢ちきな、どぶネズミなのかよ」

「………」

雲嵐は眉間の皺を深めた。

都からの噂を聞く限り、朱　慧月は他家の雛女をいじめ、女官をいたぶる、人を人とも思わぬ不快な女だ。奉納舞直前の態度を見ても、賤民に縋り付かれて咄嗟に身を引く程度には、民を蔑んでいる。

なのにどうだろう。

この邑に来てからというもの、彼女にはそんな様子が、かけらも見られない。

高貴なる女で、いいや、郷の民だって、これまで雲嵐たちに笑いかけた者がいただろうか。

薄汚い身なりに目を背けるどころか、視線を合わせて話を聞き、ためらいもなく礼を述べる。

賤民のみすぼらしい体つきや、漂う汚臭を嘲笑うのではなく、邑が耕してきた田や、畑の見事さに感じ入ったように頷く。そんな人間が、これまでにいただろうか。

「こんなの、思ってたのと、違えよ。違いすぎるよ。なあ、雲嵐……」

「ほだされやすすぎだよ、叔父貴も、邑のみんなも」

柄は悪くても、結局は人の好い豪龍の言葉を、雲嵐は硬い声で遮った。

「あんなの、演技に決まってんでしょ。いたぶられるって聞いたから、少しでも俺たちの歓心を買おうとしてんだよ」

あの二人に、そんないじらしい捕虜的発想がなさそうなことはわかっている。

だが、きっぱりと告げることで、雲嵐は自説を信じようとした。

「だいたい、あいつらが元気に作業できてるのは、毎日腹いっぱい食って、力が張ってるからじゃん。毎日を粥一杯で生き延びてる俺たちとは違う。あの馬鹿みたいな元気さすら、憎むに足る材料だ。それを感心して、どうすんの」

彼らがああして働いていられるのも、せいぜいあと数刻のことだろう。初日は雉に恵まれたが、そんな幸運が続くわけもない。

明日にはすっかり腹を空かせ、疲れ切って、立ち上がれなくなっているはずだ。ここ最近の賤民たちと同じように。

「……まあ、そうだよなあ」

ややあってから、眉を下げた豪龍が頷く。

「朱 慧月には、憎まれてもらわなきゃ困るもんな。うん。おまえのためにも」

最後の一文に、思わず雲嵐が顔を上げたそのときだ。

ずっと畦に屈み込んで、草をむしっていた朱 慧月と黄 景行が、ぱっと立ち上がったので、二人は驚いた。女のほうは、くるりと踵《きびす》を返し、切羽詰まった形相で畦を駆け去ってゆく。

雲嵐たちは息を呑み、素早く顔を見合わせた。

（逃げた――！）

咄嗟に朱 慧月を追いかけながら、ほらな、と雲嵐は思った。

感心するほどの勤労ぶりも、謙虚で穏やかな態度も、演技に過ぎなかった。

しおらしく笑みを浮かべてみせながら、その下では脱走を目論んでいたのだ。

「おい、待て！」

女の足は、意外に速かった。が、雲嵐から逃げ切れるほどではない。月明かりしかない、湿った畦道であったことも災いしたのか、女はあっさり捕まった。

「どこに逃げようって言うんだよ、ああ⁉」

「ち、違うんです。逃げると言いますか、いえ、逃げるのですけれども、べつに邑から逃げるつもりではなくて！ ただ備蓄庫に、身を潜ませていただければと！ そう、わたくし、帰りたい！ 備蓄庫に帰りたいのです！」

相手はかなり動揺しているようだ。口調は丁寧なままだが、発言は要領を得ない。

雲嵐が細い腕を掴むと、彼女はもがきながら、必死に言い募った。

「お、お願いでございます。差し迫っているのです。どうかわたくしを、帰してくださいまし！」

「んなことできるわけねえだろ、このクソ女」

声を荒らげながら、一方で雲嵐は、少しほっとしてもいた。

嫌がる女と、強いる賎民。

これこそ、自分たちが思い描いていた、「制裁」の正しい構図だからだ。

ようやく理解可能な状況になったことに、雲嵐は安堵しているのだった。

「今頃になって、ようやく自分の身分が理解できた？　でも残念、逃がすかよ。おまえはこれから、この邑の全員から石を投げられ、慰み者にされるんだ」

「いえっ、あのっ、すみません、今はそうしたお話はご遠慮――」

「そっちは遠慮してほしくても、俺は今この話をしたくて仕方ないんでね」

話しながら気付く。もしや、今この瞬間に、彼女に武器を突きつけてやれば、あのおっかない護衛のことも無力化できるのではないだろうか。雛女を人質に取って、護衛に自ら備蓄庫に向かわせるのだ。そして今度こそ、何重もの綱で縛る。

雲嵐は、片手で女の腕を封じながら、もう片方の手で己の懐をまさぐった。

その間、女は何度も後ろを振り返っていたが、雲嵐の手に刀が握られたのに気付くと、夜闇でもわかるほどに顔を青ざめさせた。

「あああっ、あの、申し訳ないのですが、厄介なことになりそうなので、武器はお納めくださいませんか⁉」

「はっ。頼まれて刀を引っ込める馬鹿がいるかよ。試しにちょっと斬ってやろうか？」

「いえ――っ」

取り乱した朱　慧月に溜飲が下がる思いで、雲嵐が一層強く腕を掴み、身を引き寄せようとした、その瞬間だ。

――ドゴ……ッ！

雲嵐は己の脇腹から鈍い音が上がるのを聞き、しばらくしてから、自分が地面に蹴り倒されたのだということを理解した。

「ぐ……っ⁉」

ずざあっ、と土が擦れる音と、くぐもった悲鳴とが重なる。

「――下郎めが」

なんとか肘を突いて、身を起こせば、男の声が降ってきた。

首には、ひやりとした剣の切っ先。

「雛女を攫い、腕を掴んで罵り、刀を向けて脅すとは。よほど死にたいものと見える」

月光を背負ってこちらを見下ろしていたのは、怜悧、と表現したくなる雰囲気の男だった。

なぜか全身がずぶ濡れで、刃先からもぽたりと滴が垂れている。

彼は片手で雲嵐に剣を突きつけ、もう片方の手で、朱　慧月を抱き寄せているのであった。

「鷲官長様！」

一方、救い出されたはずの玲琳は、大いに焦っていた。

（よりにもよって、鷲官長様がおいでになってしまうとは！）

鷲官長・辰宇は、雛宮に配置される以前には、優れた武官であったと聞く。兄たちと属する軍は違っても、当時の彼が挙げた戦果は玲琳の耳にまで届くほど。そんな辰宇がこの場にやってきたなら、一人でこの邑を全滅させてもおかしくない。

「いったいなぜ、ここがわかったのです……！」

「残された手がかりに、わざとらしさを感じたのでな」

玲琳は嘆きの声を上げたが、辰宇は額面通り質問として受け取ったのだろう。淡々と答えた。

「馬の蹄跡が残された道も、舞台に残された玄家の祖綬も、あからさますぎた。もし刺客が、真に我ら玄家の手のものなら、証拠など残さない」

どうも、雲嵐たちの工作が仇となってしまったらしい。

「玄家や、遠方の賊という線はなかろうと思い、分隊で独自に捜索していたら、この邑に続く橋が、落ちているのを見つけてな。来てほしくなさそうだったので、乗り込んでみた」

「橋が落ちていたら、そこで引き返しませんか!?」

「……？　乗り込むだろう？　実際、ほかの皆は途中で脱落したものの、俺は泳ぎ切った」

玲琳は思わず突っ込んだが、辰宇は真顔で首を傾げるだけだった。

とにかく、そんなこんなで、辰宇はただ一人、あっさり邑へたどり着いてしまったらしい。

ほかの鷲官の無事を祈るばかりである。

「さて。殿下の御前で事情を質《ただ》したいので、殺しはしないが、少なくとも雛女に刀を向けた罰は与えておく必要がある。腕の一本も切り落としておこうか」

「な……っ」

雲嵐に向き直った辰宇が、突きつけた剣を握り直す。

玲琳は慌てて辰宇の腕を離れ、雲嵐を後ろ手に庇って跪《ひざまず》いた。

「いいえ、鷲官長様。その剣をお収めください。この者は骨を痛めたかもしれません。治療せねば」

「治療？　異なことを」

辰宇が、その整った眉を顰めた。

「朱 慧月。おまえはこの賊に攫われ、今も襲われかけていたはずだ。なぜ、賊を庇う」

視界の端に映る兄が、困ったように両手を挙げているのが見える。景行では、この鷲官長の行動を止められないのだろう。それはそうだ、「護衛」であるところの礼武官が、駆けつけた「味方」の邪魔などしては、話の筋が通らないのだから。

朱 慧月のふりを続けるなら、この場は自分で切り抜けなくてはならない。

玲琳はきゅっと唇を引き結んでから、切り出した。

「彼らは賊ではありません。無辜《むこ》の民ですわ」

「ほう。己を攫った者を、無辜の民とは」

「攫ったのではありません。彼らは……この冷害で、飢えに苦しんでいる。その窮状を南領の雛女に直訴しようと、わたくしを視察に連れ出しただけなのでございます」

強引な主張に、辰宇が片方の眉を引き上げた。

雲嵐に突きつけた刃先から、ぽたりと、また滴が落ちる。

「舞台に火と油を撒いてまで？」

「連れ出し方が強引だったのは否定しませんが、それだけ切羽詰まっていたのでしょう。少なくとも、わたくしは今、自分自身の意志でここにいます」

玲琳はまっすぐに辰宇の目を見つめ、言い放った。

「この者がどんな目的を抱いていたのであれ、わたくしは己の意志でこの場に至り、また実際、怪我ひとつ負っておりません。なぜ、この者の腕を落とす道理がございましょう」

辰宇はわずかに目を見開いた。

女の発言は、以前、入れ替わった黄 玲琳が女官を庇う際に告げたものと、そっくりだったからだ。

驚きの通りすぎた瞳に、今度は抑えきれぬ愉悦のような色が滲み出す。

「…………」

辰宇は、喉を鳴らして笑った。

「雲嵐、大丈夫ですか。吐き気は？　頭は打ちませんでしたか？」

だが、切っ先が離れたのを見て、急いで雲嵐を振り返った玲琳は、それに気付かなかった。

「ずいぶんと親身なことだ。おまえにまさか、そんな慈悲の心があったとはな、朱 慧月」

鷲のように目を輝かせた辰宇は、あえて、とびきり侮蔑的な声を出してみせる。

「性根の卑しい賤民どもなど、触れるのも嫌がるかと思ったのに」

「――お言葉を撤回してくださいませ」

露悪的に強調されたその言葉に、玲琳はつい、反応してしまった。

ここで彼に噛みつくのは、不自然だろうか。

いいや、朱 慧月は南領の雛女なのだから、自領の民を貶《おとし》められたら、怒って当然のはずだ。

玲琳は、公正な人物と思っていた辰宇が、雲嵐たちにひどく差別的であることに衝撃を隠せなかった。莉莉によく似た雲嵐が、痛々しく背を丸めていることにもだ。

朱 慧月は「悪女」なのだから、感情のままに相手を罵ってもなんらおかしくない。

そう自分に言い訳を与え、きっと辰宇を睨みすえた。

「そうした呼称で彼らを呼ぶのは、おやめいただけますか？　彼らのどこが卑しいというのです。この、丁寧に手入れされた田畑が見えませんか？」

「さて、なにぶん夜だからな。卑しい男が無様に這いつくばっている姿以外、さっぱり見えん」

「まあ。鷲官長様の目は節穴でいらっしゃいますのね。この空心菜！」

「く」

悪女らしさを意識し、歯切れよく罵ると、辰宇は言葉を詰まらせて口元を覆った。

動揺しているのだろうか、顔を背け、俯いている。

玲琳は辰宇に詰め寄り、指を突きつけた。

「理不尽にも痩せた土地に追いやられ、にもかかわらず、腐らずそれを耕して。仲間と深く結束し、郷のどこよりも真摯に田畑に向き合う彼らを、卑しいと呼ぶ道理は、どこにございますか」

辰宇がいつまでもそっぽを向いているので、玲琳はますます眉を吊り上げた。

「田をご覧ください。美しく整えられていますでしょう。実に丁寧な灌漑ぶりです。奥の畑をご覧ください。作物の背の順になっていますでしょう。菜が育った際の大きさまで勘案し、日照を妨げないためです。この邑には、そうした工夫が溢れていますわ。彼らはこの郷で、最も優れた農匠たちです」

背に庇った雲嵐は、虚を突かれたような顔でこちらを見上げている。

だがそれも視界に入れず、玲琳はまくし立てた。

「こんなに研究熱心で、経験と知識に溢れた彼らのことを、卑しいなどとは……あの、聞いていらっしゃいます？」

「すまない。聞いていなかった」

「まあ――」

悪びれもせず答える辰宇に、玲琳はむっとして身を乗り出したが、思わず言葉を飲み込んだ。

振り向いた彼が、大きくその顔を綻ばせていたからだ。

「すまん、撤回しよう。彼らは卑しくなどない」

辰宇は剣を収め、代わりにその骨張った手を、玲琳に向かって差し伸べた。

初めて見る、彼の少年のような笑みに、驚きでつい見入ってしまう。

「そして呼び方をもうひとつ、訂正しようか――」

「あー、さすがは将来有望な鷲官長。実に柔軟な姿勢だ！」

彼が耳元で、玲琳の名を告げようとしたとき、背後から声を張り上げる者があった。

景行だ。

彼は気さくな仕草で辰宇の肩に手を置くと、自然かつ強引に、玲琳からその身を引き離した。

「実は俺も、様々な角度から比較検討した結果、助けが来るまで、数日この邑に留まっていたほうがよいと結論していたところなのだ。なにせほら、強引に担いで川を渡ろうものなら、この朱 慧月殿は大暴れして、溺れてしまいそうだからな」

さりげなく、目の前の女が朱 慧月であると強調してくる景行に、辰宇は眉を寄せる。

景行が本当に女の正体を知らないのか、それとも知っていてあえて隠そうとしているのか。

どちらの可能性もありえたためだ。

「……景行殿」

「そして実際、この地を視察することは農耕神のご意志に適うことだと思うのだ。どうだ、鷲官長殿。橋が直って救助隊がやってくるまでの数日、ともにこの地に留まろうではないか」

景行は辰宇の肩を抱き寄せる。

そして低く、こう囁いた。

「それとも、入れ替わったままの彼女をいそいそ殿下に差し出して、さっさと妻問えとけしかけるのか。異母兄想いの男だな」

「…………」

無言で振り返った辰宇に、景行は食えない笑みを浮かべてみせた。

「朱 慧月が気を回復させれば、あと一日ほどで入れ替わりは解消されるそうだ。郷に帰るのは、それからでもよくはないか？　なにせ橋が落ちたのだ。雛女を連れて川は渡れない。不可抗力だとも」

他人の心の機微に疎いのが、大らかな黄家の特徴だ。だが、戦場でとなれば話は違う。景行は、野生の獣のような勘の良さで、相手の弱点を見抜くのが得意だった。

この、世の中に飽ききってしまったような美丈夫は、間違いなく玲琳に執着を抱いている。中身が玲琳だと確信するや、死んだ魚のようだった目を輝かせ、唇を綻ばせて名を呼ぼうとする程度には。

おそらく本人も自覚していない、感情。

不敬にもなりうる危ういそれを、しかし妹のためなら刺激することも躊躇わぬのが、景行という男だった。

「この邑の民程度に、遅れを取る我らではない。それとも、安全な郷に逃げ込まねば女ひとり守れないというほど、今代の鷲官長は軟弱なのか？」

「……残留を望む理由は？」

「言った通りだ。今殿下と対面しては、玲琳はきっと正体を見破られてしまう。賭けのことは知っているな？　玲琳はまだ、后となる覚悟が決まっていないのだ。兄として妹に無体を強いたくない」

妹馬鹿を丸出しで、堂々と述べると、辰宇は少し、考え込んだようだった。

空のような青い瞳を、ごくわずかに伏せる。

「……たしかに」

やがて彼は、背を向けることで、景行の腕を振り払った。

雲嵐のそばに屈み込んでいる玲琳に、聞かせるようにして告げる。

「短気な朱慧月を抱えて川を渡るのは、かえって危険そうだ。ほかの鷲官が郷に戻って報告し、部隊を整え、橋を直すか山を上ってこちらに移動してくるなら、おそらく二日ほど。待っていたほうが利口だな」

それが、辰宇の選択だった。

「満点だ」

景行は上機嫌に頷き、雲嵐や、集まりはじめていた豪龍たちを振り返る。

「というわけで、皆の者。今日からこの鷲官長・辰宇も、ともに世話になる。なあに、高貴な男だが、雑魚寝で構わない。ただし、彼はこう見えて短気な御仁のようだから、気軽に殴りかかったら殺されちまうぞ。気を付けてくれ」

「な……っ」

こうして、虜囚であるはずの彼らは、一方的に増員を決め込んだのであった。

＊＊＊

「んもう……！　なんだってあの女は、一向に炎術に応じないのよ！」

郷長の屋敷のひと隅――「黄 玲琳」に割り当てられた室《へや》で、慧月は燭台を前に、いらいらと爪を噛んだ。

「朱 慧月」が攫われてから、二日目の夜。

どうやって入れ替わりを解消するかを相談できないどころか、相手の安否さえ把握できないことに、焦りばかりが募っていた。

「炎に接する時間が合わないだけですよ。景行様がいますし、滅多なことにはならないはずです」

横から燭台を覗き込んだ莉莉が、自らに言い聞かせるように告げる。

だが慧月は、軽く舌打ちすると、莉莉を睨みつけた。

「景彰殿の発言を信じるなら、彼といると三倍厄介なことになるらしいじゃないの。二人で二倍、ではないのよ。三倍なのよ？」

「…………」

押し黙った莉莉に、いよいよ慧月の不安が増してゆく。

一昨夜、前夜祭が中断されたことで、郷には言いようのない緊張が漂っていた。

本当なら雛女たちには、本祭の日まで自由な時間が許され、郷の名所を観光したり、茶会を開いて郷と交流したりするのだが、とてもそんな空気ではない。

結果、雛女たちはそれぞれの室に閉じこもり、息を潜めるように時を過ごしていた。

そしてその不穏な雰囲気は、慧月の心をも重く塞いでいるのであった。

いくら便乗して付いていったとは言え、玲琳は本当に無事なのか。

いいや、景行がいる以上無事なのだろうが、二人で賊を引っ掻き回してはいないだろうか。

(どちらかといえば、心配の方向性はそっちよね……!)

黄 玲琳は、逆境に追いやられても、その逆境に「もう勘弁してください」と言わしめるほど図太い女だ。自分の体が他人様《ぞく》を打ちのめしていないか心配だったし、ついでに言えば、調子に乗った彼女がやりすぎた結果、思わぬ危機に陥りはしないかというのも、気がかりであった。

ただでさえ、あの女は初めての外遊に、ずいぶん浮かれていたようなのだから。

(……なんでわたくし、結婚もしていないのに、はしゃぎすぎる我が子を心配する母親みたいになっているのかしら?)

ふと自身の現状に思い至り、慧月は無言でこめかみを押さえた。

黄 玲琳と付き合いを深めてから、痛感したことがある。

あの女はひらりと舞って心を奪う胡蝶《こちょう》などではない。いや、そうした要素もあるにはあるが、本性はどちらかといえば、暴走する猪だ。

力強くて、大胆で、止まらなくて。好意を告げるときも、逃げ出すときさえ、まっすぐ一途。

「『逃げろ』と言われたから賊に攫われて逃げます、なんて、馬鹿にも程があるでしょう……っ」

痛みはじめてきた頭を揉みながら毒づくが、一方では、そんな彼女を憎めない自分がいた。

黄 玲琳の突拍子もない行動の裏には、慧月への配慮――つまり、慧月を賢妃にさせないだとか、罰を与えさせないだとか――が多分に含まれているということを、知ってしまっているからだ。

「馬鹿女。本当に馬鹿。危なっかしすぎるわ。見ていられない」

ぶつぶつと呟きながらも、慧月はどこか冷静な頭で「それは違うな」と考えた。

見ていられないのではない。ハラハラして、目が離せないのだ。

それもこれも、あの女が無鉄砲なばっかりに！

「案じたところで、それが玲琳様のご無事に繋がるわけではございません。雛女様。あなたの役目は、『黄 玲琳』として、心身と、周囲からの評判を維持することです」

とそこに、冬雪が煎じ薬を持ってくる。

「ひとまず、こちらの薬をお召し上がりくださいませ」

「そんなことをしている場合じゃないのよ……！」

苛立ちに任せて吐き捨てると、冬雪は淡々とした口調のまま言い返した。

「そんなことなど、とんでもない。お体の健康に関わる、重大事でございます」

感情の読みにくい顔だが、人形のような黒い瞳で見つめられると、妙な凄みがある。結局慧月は今日もまた、顔をしかめて薬を流し込むのだった。

(相変わらず、ひどい味。これを自ら調合したと言うのだから、あの女は味覚がいかれているに違いないわ。それか、このいけすかない女官の嫌がらせ)

飲み下した傍から吐きそうになる臭気に、慧月はつい口元を覆ってしまう。

この忠誠心の強い女官が差し出してくる以上、この薬が体を害することはないはずだ。

だが、慧月からすれば、薬を飲んだほうが、よほど体が重くなる心地がした。

「この薬を飲むと、かえって気分が悪くなるのよ。べつに具合が悪いわけではないし、病の予防薬だというなら、せめて量を減らせないの？」

「具合が、悪くない……？」

口を水でゆすぎながら不平を漏らすと、冬雪は軽く目を見張る。

だが彼女はすぐに、いつもの無表情を取り戻すと、「御身に万が一のことがあってはなりませんので」と強引に話を打ち切った。

おそらく玲琳に投薬を指示されているからだろう。

中身が変わっても、頑なに服用を続けさせるつもりのようだ。

「玲琳、少しいいかな」

とそこに、扉の向こうから声がかかる。礼武官として、舞台の現場検証に駆り出されていたはずの景彰だ。今日も食えない笑みを浮かべている。

さっさと入ればいいじゃない、と首を傾げかけたが、続く言葉に飛び上がりそうになった。

「殿下がお見えだ」

「！」

冬雪と莉莉が、素早く視線を交わし、慧月を寝台へと押し込む。

「黄 玲琳」が体調を崩すのはいつものことだ。そして、具合の悪そうな女相手なら、尭明も長居はせぬだろうという読みである。

慧月は、玲琳らしい物静かな佇まいを演じながら、尭明の入室を待った。

「やあ、玲琳。疲れて伏せっているところだったか。すまないな」

ややあって、尭明が優雅な挙措で室に踏み入ってくる。

かすかに漂う薬湯の残り香も手伝って、無事、彼は慧月を休憩中と見なしたようだった。

「長居はせぬから、少しだけ話をさせてくれ。おまえはそのまま、横たわっていていい」

疑う様子もなく卓につき、冬雪から茶器を受け取る。

一方、景彰は扉近くに控え、慧月に「うまくやれよ」とばかりの視線を送ってきた。

「早速、本題だけで悪いが――」

切り出した尭明の穏やかさに胸を撫で下ろしつつ、慧月はさりげなく、彼の姿を観察した。

見た限り、今の慧月に敵意は抱いてなさそうだ。焦っている風でもなく、冷静である。

そういえば今回、己の雛女が攫われたというのに、彼が取り乱したそぶりを見せたことは一度もなかった。白皙《はくせき》の美貌に憔悴《しょうすい》を滲ませることもなく、自ら捜索に走ろうとして周囲を困惑させることもない。政務を持ち込んだのだろうか、屋敷で書類をめくる姿は捜査に無関心にすら見えた。

むしろ郷長である江氏のほうが「朱 慧月」拉致に取り乱しているようだ。

彼は、自身の治める領内でこのような事故があったことに責任を感じているらしく、老体に鞭打って、慧月の無事を祈る断食を行っている。尭明にもしきりと、屋敷に留まって指揮を執るだけでなく、どうか皇太子自ら捜索に当たってくれと懇願しているようだ。

つい先ほど、舞台から玄家の祖綬が発見されたらしいが、それもひとえに、四つん這いになって焼け跡を検《あらた》めた郷長のおかげである。

だというのに、尭明はそれに強い反応を示すこともなく、あくまで捜索指示を飛ばすだけで、玄家に調査を差し向けることもしていない。

慧月とて、黄家の祖綬の例があるため、安易に玄家の仕業と断定したくはないが、それにしたって、もう少し積極的に誘拐事件の調査に当たってくれればよいのにと恨むほどだ。

当初冷淡に見えた江氏のほうが、よほど人道的な御仁に思われた。

(ふん、攫われたのが「朱 慧月」だから、気にも留めていないのね。乞巧節で「黄 玲琳」が突き飛ばされたときは、激怒して即座に獣尋の儀を執り行っていたというのに、ずいぶんな差だこと)

思わず自嘲が漏れそうになる。この美貌の皇太子が胸の内に入れているのは、本当に玲琳だけなのだ。いつも悠然とし、怒りのままに声を荒らげることがあるとすれば、それは大切な従妹が傷つけられたときだけ。

玲琳はさぞ幸せだろうが、「それ以外」と括られた女としては、ときどき憎しみさえ覚える。

(もっとも、入れ替わりに気づけていないなんて、その程度の情という気もするけれど)

皮肉な思いを胸の内でなぞっていたところに、

「――聞いているか」

と声を掛けられ、慧月ははっとした。

「も、申し訳ございません」

「いいや。本当に具合が悪いのだな、すまない」

尭明は短く詫びながらも、その後に、驚くべき要求を寄越した。

「それで、話の続きなのだが、できれば明日にでも、雛女たちと茶でも飲み、不安を和らげてやってほしいのだ」

「え」

かちんと固まった慧月をどう解釈したか、尭明は物憂げに、茶器に視線を落とした。

「心労のひどい折りに、こうしたことを頼むのは忍びなく思っている。だが、俺は本祭の手配や現場の検証、なにより朱 慧月捜索の指揮で、雛女たちを構ってやることができない」

「…………」

「不慣れな土地で同胞が攫われたのでは、雛女たちも心細かろう。これまでも、天候不順やちょっとした事件で雛宮の空気が殺伐としたとき、おまえはよく、さりげなく茶を振る舞っては雛女たちの心を解《ほぐ》してくれていたな。それを、この場でも頼みたいのだ」

慧月は冷や汗を浮かべた。

話としては理解できる。玲琳なら、むしろ自ら申し出ていただろう。

だが、

(このわたくしが、しかも正体を見抜かれぬよう、他家の雛女たちをもてなすですって……!?)

今の慧月からすれば、そんなものは拷問でしかなかった。

「お、お言葉はごもっともでございます。ただ……そう、今回に限っては、本当に朱 慧月様のことが心配で。わたくし、お茶を振る舞うどころではないのでございます」

内心で半泣きになりながら、慧月は必死に言い訳をひねり出した。

「大切な友人が今まさに苦しんでいるかもしれないのに、なぜお茶など呑気に啜れましょう。ああ、叶うなら、雛女としての役目を全て擲ち、自ら捜索に加わりたいくらいですわ！」

これはある意味で本音だ。許されるなら、正体の露見に戦々恐々とすることなく、どこか遠くへ逃げ出してしまいたかった。

（とはいえ、さすがに大げさだったかしら）

言ってから後悔したが、図らずも、感情を抑えた震え声での訴えは、「玲琳」の言動と一致していたらしい。

「まったく、おまえは本当に、そればかりだな」

尭明は苦笑を浮かべた。

「え……？」

「口を開けば、『慧月様』『慧月様』。彼女が失態を演じても、すぐ、事情があったはずとかばい、他の誰が軽んじても、自身を後回しにしてまで、その身を案じる。まったく、彼女にぞっこんだ」

この俺を差し置いて、と悪戯っぽく付け足した尭明に、慧月は絶句した。

そんなの、知らない。

黄 玲琳が、まさかここまで臆面もなく、自分のことを気に掛けていたなんて。

「才気ある金《きん》 清佳《せいか》や、奥ゆかしい藍 芳春《ほうしゅん》、穏やかな玄 歌吹《かすい》。そうした、友人としてよほどふさわしい雛女たちよりも、おまえは朱 慧月に親しみを抱いているのだな」

「え……ええ」

呼吸が乱れそうになるのを、慧月はぐっと拳を握ることで押さえ込んだ。

耳が熱い。目が潤む。ああでも、「黄 玲琳」を演じるなら、ここは平然と頷いてみせなくては。

「慧月様は……わたくしの、大切な……自慢の親友ですから」

きっと彼女は、照れもせずに、こう言い切るに違いない。そう、確信できてしまうから。

(これってどんな、辱めなのよ……っ)

心臓がばくばくと高鳴り、飛び出していってしまうのではないかと思った。

羞恥心で爆発しそうだ。

「そうか。――だがもしそうなら、玲琳。おまえは、朱 慧月を信じるべきだ」

だが、尭明の声で、慧月はふと我に返った。

顔を上げると、彼は淡々とした様子で、こちらを見つめていた。

「自慢の親友なのだろう? ならば、彼女の無事を信じ、おまえはおまえの役目を果たすべきだ」

「……はい」

この流れで、話を断るわけにもいかない。慧月はぎこちなく頷いた。

「他家の雛女様方がご不安を和らげられるよう、最善を尽くそうと思います」

「ふ、顔が赤いな。照れているのか」

宣言通り、早々に立ち去るつもりなのだろう。茶を飲み干した尭明が意地悪くからかってきたので、
慧月は思わず言い返してしまった。

「殿下は、冷静でいらっしゃるのですね」

「なに?」

「いえ。……雛女の一人が攫われたというのに、動じずに、ご自身のお役目をしっかりと果たされているので、ご立派だなと」

極力、非難の色を打ち消したつもりだったが、少し嫌味っぽくなってしまったかもしれない。

尭明はふと顔を上げると、首を傾げた。

「そう見えるか？」

「ええ。揺るぎないお心をお持ちのご様子、さすがでございます」

「そうか、光栄だな」

果たして、その返事は、皮肉なのか否か。

尭明は穏やかに茶器を置くと、室を去って行った。

（ふん。本当に、「黄 玲琳」に関すること以外には、ちっとも動揺しない、心の冷えたお方）

足音が遠ざかるまで待ってから、慧月は唇を尖らせた。

こうした姿を見ると、やはり彼は、玄家の血が濃いのだなと思わされる。基本的に冷淡で、ただ一人にのみ心を揺らす、苛立たしいほど一途な男。

（でも、前回はその性質のせいで真実を見落として、黄 玲琳を追い詰めたのじゃない。あは、そう考えれば、殿下も進歩がないことね。一途すぎて周りが見えない、そして己の感情を制御できない、忍耐のないお方！）

ひねくれた気持ちのまま、慧月は胸の内で盛大に尭明をこき下ろしてやった。

だが、そんなことをしている場合ではない。一刻も早く炎術を繋げなくてはならないし、さらに、雛女たちとの茶会に向けて対策を講じなくてはならないのだから。

社交が大の苦手な慧月は、頭を抱えはじめた。

——だから、気付かなかった。

「やだ、殿下にお出しした茶器、ひびが入ってる」

茶器を下げていた莉莉が、困惑顔でそう呟いたことに。

「後宮のと違って安物だからかな……お目こぼしいただけてよかった」

ひびは茶器の外側から。ちょうど指が、強く茶器を握り締めた場所に走っていたことに。

＊＊＊

痛む腹をさすりながら、雲嵐は山道を急いでいた。

「ちくしょう、くそ痛え……」

鷲官長だとかいう男に蹴られたせいで、もしかしたら内臓を痛めたかもしれない。

だが、雲嵐にはどうしてもこの晩中に、山に踏み入らねばならぬ事情があった。

郷長が寄越した使者への報告である。

火種と、燃え芯代わりの枯れ枝は懐にしまって、月明かりだけを頼りに、険しい山を進む。

一歩間違えば崖から落ち、また方向を間違えれば禍森へと踏み込んでしまう、恐ろしい夜の山。

けれど、幼い頃からしょっちゅう邑を抜け出し、山で遊んでいた雲嵐は、目を瞑っても目的の場所に向かうことができた。

郷と邑を分かつ川は、山を下りながら徐々に幅を広げ、麓では橋を渡らねば越えられない。

だが逆に言えば、山の中腹まで分け入れば、郷と邑は簡単に境を越えられるのだ。

鬱蒼と茂った木々の奥、夜闇に紛れて、先方の使者はすでにこちらを待っていた。

「ああ、やっと来てくれましたかあ、雲嵐くん」

岩場から立ち上がり、ほっとしたような声を上げるのは、細身の年若い男だ。

いや、その顔は、雲嵐に顔を覚えられぬよう黒布に覆われ、声しかわからない。ただ、なよなよとした話し方と、自信なげな佇まいから、彼がそれなりのお坊ちゃんで、かつ臆病な性格であることはわかった。

「どうも、林《りん》殿」

雲嵐は素っ気なく応じた。彼が「林殿」と呼ぶこの男は、郷長・江氏からの遣いである。

朱 慧月をいたぶることによってもたらされる報酬のひとつ、当座の食料は、この男を通じてもたらされることになっていた。

「なかなか来ないから、どこかで獣にでも襲われたのかと心配しましたよぉ。無事でよかったです」

賤民相手にまで媚《こ》びた口調で話す林のことを、雲嵐は呆れる思いで見つめた。

雲嵐は、郷で江氏がどのような政治を敷いているのか、よくは知らない。林が郷の中で、どんな役職に就いているのかということもだ。ただ、江氏と取引を持った際、彼が使者に指名したのが彼であったので、江氏の子飼いのひとりなのだろうとは踏んでいた。

林は品がよく、博識で、以前菜を携えてきたときには、日持ちする管理の仕方を教えてくれたり、肥料や薬草をわけてくれたこともあった。

郷長の側近という高貴な身分にしては珍しく、土いじりが好きなのだという。その素朴な性格が禍してか、仕事をいろいろ押しつけられているようで、こうして山の奥深くまで、ひいふう言いながら食料を運ぶ羽目になっているのだった。

「ええと、それで、早速本題で悪いんですが……その後どうです？　朱 慧月への制裁はうまく行っていますか？」

身分としては、林のほうがよほど上だろうに、不機嫌そうな雲嵐が怖いのだろうか、おずおずと尋ねてくる。

「まさか、黄 景行殿が付いて行ってしまうとは予想もしませんでしたよお。彼は手練の武官と噂です。郷長も、計画に支障がないか、案じています」

「全然問題ないね」

実際、支障どころの騒ぎではなかったが、雲嵐はしれっとはったりを利かせた。

先ほど鷲官長まで合流し、計画はすでに完全に破綻しているが、先方がそれに触れてこない以上、自分たちから弱みを見せる必要もないと考えたのだ。

「たしかに強いけど、俺たちには数の利がある。男たちで始終取り囲んで、動きを封じてるさ」

べつに、嘘ではない。たしかに始終邑の男が監視をしているし、邑を害するような行動は一切許していないのだから。ただ、邑中の田畑が手入れされてしまっただけで。

力強く応じると、林は感心した様子で頷いた。

「さすがです。とすると、朱 慧月のほうも、見事……？」

「ああ。全身の毛穴から蛆虫が入り込み肌を内側から食い破ったかのような恐怖を味わわせるべく脅してるし、爪の間に刺した針をねじり回して悶絶させるくらいの激しさで睨みつけてる」

「ひええぇっ」

林は口元を両手で覆い、ぶるりと身を震わせたが、一拍おいて首を傾げた。

「……それって、要は脅して睨みつけただけってことですか？」

雲嵐は舌打ちをしそうになった。

（全然だめじゃん、「報告指導」）

一応、朱 慧月たちが提案してきた拷問例を取り入れてみたのに、まるで効いていないではないか。

「文句ある？　やり方は俺たちに任せるって話だったろ。こっちには証文もあるんだけど」

結局、証文の存在をちらつかせ、無理矢理反論を抑えこむ。

「あんたらが俺たちを信用ならねえって言うなら、すぐにでも、保管してある証文を、郷にいる皇太子のもとに届けたっていいんだけどね。そうすりゃ江氏は身の破滅だ」

気弱な林は、慌てたそぶりをみせた。

「いやそんなあ！　すみません、べつにあなたたちを疑うつもりじゃ……。もちろん、あなたたちの好きな方法で取り組んでもらって構いませんので」

「や、それも任せすぎじゃね？」

証文で脅しておいてなんだが、まがりなりにも郷長の使者が、こんなに弱腰で大丈夫なのだろうか。

雲嵐は呆れたが、林は意外な説明をした。

「というのも、正味な話、賊に攫われた時点で、朱 慧月は社会的に死んだも同然なんですよ。だってほら、雛女っていうのは、なにより貞節が大事なわけですから、荒くれ者の男に攫われたというだけで、必然的に……ねえ？」

つまり、あとは噂のひとつも流せば、朱 慧月は「穢《けが》れた女」として、雛女の座から追放されるということだ。

「正直、指とか歯とか証拠に提出されちゃったら、困っちゃうんですよお。だってそんなことしたら、彼女が同情されちゃうじゃないですか。やるなら、暴力よりも、女の名節を汚す。これです」

「…………」

間伸びした口調のわりに、大それた提案を寄越す林に、雲嵐は不快感を覚えた。

自分とて、邑中の男で汚してやると朱 慧月を脅しはした。だがそれは、純潔を失うことが女にとってどれだけおぞましいことかを理解し、重大な悪事だと自覚したうえでのことだ。

だがこの男は、そうした認識もなしに、へらへらと朱 慧月を汚せと言う。

きっと、かつて雲嵐の母を犯した郷の男も、この程度の軽やかさでことに及んだのだろうと、不意に思った。

「その点、君は適任じゃないですかあ。女と見れば取っかえ引っかえなんでしょう？　えへへ、役得ですね。閨《ねや》での癖とか、ほくろの数とか教えてもらうだけで、もう十分なので。楽でしょう？」

「……やり方は」

思った以上に、低い声が出てしまった。

「俺たちに一任してもらう」

「え？　ええ、はい、それは、そうなんですけど……」

急に冷ややかな空気をまとったことに、困惑したのだろう。

林はおもねるように首を傾げた。

「ただあの、朱 慧月のこと、ちゃんといたぶってもらわなきゃ困りますよ」

「ああ」

「でないと、証文で交わした約定通り、こちらだって税は下げられないんですから。禍を振りまく女を罰しないことには、冷害だって止みません。わかってます？」

雲嵐の素っ気ない返事に焦ったのだろう。林は困りきった声を上げた。

「頼みますよお。今、君は、邑の命運を背負っているわけじゃないですか。税が下がらなきゃ、きっと邑の皆さん、君を恨んじゃいますよ」

――朱　慧月には、憎まれてもらわなきゃ困るもんな。うん。おまえのためにも。

そのとき、脳裏に豪龍の言葉が蘇った。

「………」

叔父の言葉の意味は、わかっている。

南領の民は、感情的で身勝手だ。容易に怯え、安易に縋る。頼って甘えて、いざ自分の望みが叶えられないと知るや、すぐに掌を翻し、なぜ自分を守ってくれなかったのかと、相手を罵るのだ。

朱　慧月を禍の元凶に仕立て上げ、彼女に敵意を集めないことには――民の憎悪の矛先は、きっと「よそ者」である雲嵐に向かうのに違いなかった。

いいや、それだけではない。

「それに、君がこの役を引き受けたことで、ようやくお父さんの立場も回復しつつあるんでしょう？　ここで君が失敗して、二代続けて駄目頭領の烙印を押されちゃったら、お父さんも可哀想で――」

「べつに」

身を乗り出す林のことを、雲嵐は素っ気なく遮った。

「犬じゃあるまいし、そんなにキャンキャン吠えなくても、わかってるよ。報告は済んだから、もういい？　食料、どうも。じゃあ、また二日後に」

さっさと踵を返し、近くに投げ出されていた米の俵に縄を巻き付け、背負う。

「あ、あのっ」

背後で、林がまくし立てた。

「本当に、頼みますよお！　邑の方向に鷲官長が向かったという情報もあって、こちらとしても心配してるんです。二日に一度の報告では心許ない、明日も来てください！　子《ね》の刻《こく》に！」

火も灯さずに歩く雲嵐を、追いかけるほどの度胸はないのだろう。

背中が消える前に、と言わんばかりに、早口で付け足した。

「そうだ、そのときには菜も肉も用意しますし、郷長に直接会えるよう、段取りを付けておきます！　手に余る状況になったら、なんでも相談してくれていいので！」

証文の存在がよほど効いたのか、やけに低姿勢な申し出を、雲嵐は黙殺した。

そのまま、夜の山道を歩く。完全に林の気配が消えたあたりで、彼はようやく立ち止まった。

「『頭領が可哀想』？」

ぽつりと呟き、空を見上げる。

幾重もの木々、そして厚い雲に覆われ、月も星も、光を届けることはなかった。

泰然とした空は、いつも邑を見守っているはずなのに、垂れ込める雲のせいで、人々は不安に喘《あえ》ぐことしかできない。

邑に立ちこめる不吉な雲――雲嵐。

「……とっくの昔に、知ってるよ」

どこかの木から、鳥の羽ばたきが聞こえる。

唇を自嘲の形に歪めると、雲嵐は再び、麓に向かって歩き出した。

＊＊＊

ばさばさ、という力強い羽ばたきは、夜の空を滑り、やがてある男の肩で止まった。

「よーし、よし。いい子だ」

男が撫でるのは、一見、何の変哲もない鳩だ。

黒っぽい羽に、孔雀のように艶やかな胸元が美しい。

鳩は、男の指に甘えるように頭を擦りつけ、鳴き声を上げる。足には、細く折りたたまれた紙が結びつけられていた。

「ほら、餌を取っておいたぞ。この邑の畦で集めておいたのだ」

男は、鳩の嘴《くちばし》にミミズを近づけてやる。

手塩に掛けて育てた鳩が、上機嫌に餌を平らげるのを見守って、男は満足げに笑った。

「腹は満ちたか？　……では、もう一仕事してもらおうか」

そうして、再び鳩を撫でてから、男――黄景行は、夜空に向かって目を細めた。

5.　玲琳、獣に挑む

ぴちち……という鳥の鳴き声で、玲琳《れいりん》は目を覚ました。

くりぬき窓から差し込む光は、弱々しいながらも、夜明けの近いことを教えてくれる。

玲琳はすっかり目を覚ますと、そうっと寝床から起き出した。

「おはようございます……」

挨拶を呟いてみせたのは、ここが備蓄庫ではないからだ。

昨日、景行《けいこう》に加え辰宇《しんう》までが登場し、邑《むら》の人々に圧力をかけた結果、玲琳は備蓄庫ではなく、雲嵐《うんらん》たちの住まう家で寝泊まりすることを許された。いいや、許させたというほうが、実態には近いが。

おかげで、せっかく虫たちと親睦を深めた備蓄庫ともお別れである。

今この家には、元の住人である雲嵐と豪龍《ごうりゅう》、住み込みで煮炊きをする杏婆《きょうばあ》、そして玲琳たち三人と、六人もの人間がひしめいているのであった。

（皆様、ぐっすりですね）

ぐるりと周囲を見回し、玲琳はそんなことを思う。土間に筵《むしろ》を敷いただけの粗末な寝床には、豪龍と杏婆が横になっていた。その端で、雲嵐も猫のように身を丸めている。

（寝首を掻きに来るのかなとも思ったのですが……そんなこともありませんでしたね）

玲琳は、傷ひとつない首を押さえながら、困惑に眉を寄せた。

が、己の両脇に視線を転じ、「ああ、これは」と神妙に頷く。

玲琳の右側には景行が、左側には辰宇がそれぞれ座り込み、目を閉じていた。

（この布陣で、一般の農家の方々が、おいそれと手出しできるはずもありませんでしたね）

目こそ瞑っているが、辰宇は長剣を、景行は鍬《くわ》を抱えて支えにし、背を丸めすらしていない。

一歩でも間合いに踏み込めば、即座に目を覚まし逆襲されるのではないか――そんな気迫の漂う寝姿であった。

二人の放つ圧にやられたのか、豪龍と杏婆はやたら魘《うな》されている。

雲嵐も、夜中に帰宅してから、何度かこちらの様子を窺っていたようだが、その都度、舌打ちして諦めているのが聞こえた。結局、睡眠を優先することにしたらしい。

（報告業務とやらに出かけてきたのでしょうか。ご迷惑をお掛けしております……）

眠っている最中も、整った顔を顰《しか》めている雲嵐を見て、玲琳は肩を縮こめた。

玲琳が思うに、この邑の状況は、そこまでひどいものではない。稲は未熟だが、なにせ豊かな山に接しているのだ。山に分け入って獣を狩り、果実をもげば、飢饉は回避できるだろう。なのに、「禍《か》森《しん》」への恐怖が、それを許さない。

しかも、彼らは郷からの庇護が望めない身分。

曇天はいつ終わるとも知れず、稲はいっこうに膨らまず、けれど先には厳しい徴税が待ち受けている。慢性的に食事不足に悩まされ、重労働で十分に体を休めることもできず、周囲からは絶えず敵意を向けられて。そんな状況で、どうしたら、希望を抱いて過ごせるものか。

そして、不安と緊張の渦巻く邑をまとめるのは、どんなに大変なことだろう。

父親の墓を前にした、なんともいえない雲嵐の眼差しを思い出し、玲琳は胸を押さえた。

（なにか、わたくしにできることはないでしょうか。せめて、皆様のお腹を満たして、少しの間でも、不安を和らげるようなことは）

昨日までの玲琳は、久々に農作業に没頭できる嬉しさのあまり、とうとう、邑の窮状に考えを巡らせることができなかった。

が、二日を掛けてしっかりと農耕欲を発散させた今、さすがに浮かれすぎだったと自省する。

（いえ。反省と言えば、もうひとつ重大な問題がございました）

玲琳は顔を引き締めると、そろりと炊事場に一瞥を向けた。

（慧月《けいげつ》様に、早く事態のご報告をせねば）

そう。ずっと雲嵐たちに見張られ、途中からは辰宇の監視も加わった玲琳は、やはり、炎の前で一人きりになることができなかったのだ。特に辰宇は、気付けば背後を取っていたりするので、撒くのが非常に難しかった。もちろん彼にも、入れ替わりや道術を気取られるわけにはいかない。

（今ならば……）

試しに辰宇の顔の前で手を振ってみたが、反応しないところを見るに、深く眠っているようだ。

玲琳は意を決し、土間へと下りた。

幸い、気配を殺して歩く術は、冬雪《とうせつ》や兄たちから仕込まれている。こっそり家を抜け出て火を熾《おこ》し、外で会話すれば、なんとか周囲に気取られずに済むだろう。

竈《かまど》の横に投げ出されていた道具を拝借し、静かに戸をすり抜けると、夜明け前の暗がりの中、玲琳はまじまじと手元に目を凝らした。

「ええと、火打ち金はこれで、石はこれですね。火口《ほくち》は……まあ、茸ですか」

散った火花を炎にするには、燃えやすい火口がいるが、雲嵐たちは、乾燥させた茸を使用しているようだ。土地柄を活かした暮らしぶりが、実に興味深かった。

「えいっ、えいっ」

昨日雉《きじ》を蒸したときは、景行に火の守りを任せてしまったので、自力で火を熾すのは、以前蔵に追いやられて以来だ。手間はかかるが、火遊びの楽しさがあって、わくわくしてしまう。

自力で生き抜いているという感じがするのも、とてもいい。もし一人きりで無人島に流されてしまったら、というのは、黄家《こうけ》直系の人間が大好きな空想のひとつだった。

玲琳はしゃがみ込んで、石を火打ち金に打ち付けた。

が、なかなか火花が散ってくれない。

「火打ち金のほうの硬度が足りないのでしょうね。これは手強い……」

後宮で支給される火打ち金は、よく鍛えられているために、簡単に火が付くのだが、ここではそうはいかないらしい。難易度の高さにうずうずした。

(もっと鍛えられた金属がほしいですね。なにがいいでしょうか。固い金属……)

そんなことを考えていたとき、ふと目の前に、剣の切っ先が飛び込んできて驚く。

「あらっ？　鋼」

「なにをしている」

思わず指を伸ばしかけたが、剣を構えている人物までを視界に入れて、ぴたりと動きを止めた。

「鷲官長様《しゅうかんちょう》……」

腕を組んで立っていたのは、鷲官長・辰宇だった。

あれだけ物音と気配を殺したのに、もう玲琳の不在に気付いてしまったらしい。

「お、おはようございます。お早いお目覚めで……」

「勝手に出歩くな。……火を熾そうとしていたのか？」

一応刺客を警戒していたらしい辰宇は、呆れたように剣をしまう。

そして、玲琳からひょいと火打ち石を取り上げた。

「その力では、火を熾すまでに日が暮れそうだな」

「あ……っ」

強い力で、さっさと火花創出に成功してしまった辰宇に――筋力の問題であったらしい――、玲琳は思わず、骨を奪われた犬のような表情を浮かべてしまった。

（わたくしがしたかった……）

だが、ここで未練を見せては、慧月らしくないということは、理解している。

だって慧月は、他人に世話を焼いてもらうと、とても嬉しそうな顔をするのだ。きっと、辰宇に甲斐甲斐しく火を熾してもらったら、彼女は頬を染めることだろう。愛らしい女性なのだ。

「わあ……。ありがとうございます……」

玲琳が本音を押し殺して礼を述べると、なぜだか辰宇は口元を押さえ、視線を逸《そ》らした。あくびを噛み殺したのかもしれない。

「もう少し休まれてきてはいかがですか、鷲官長様？」

「いいや、必要ない。それより、雛宮《すうぐう》では『辰《たつ》の刻《こく》まで起きぬ』と評判だった朱《しゅ》 慧月殿におかれては、夜明けから火を熾して、なにをするつもりだったんだ」

「えっ？　あ」

顔を覗き込まれて、玲琳は咄嗟に、一歩後ろに退いた。

まさかここで、「炎術で慧月様に連絡を取るつもりでおりました」とは言えない。

「に、煮炊きを……」

「ほう、煮炊きを？　人遣いの荒さで定評のある朱 慧月殿が、まさか自ら。それも外で」

「煮炊きを、この家の者たちにさせるつもりでおりました！　はい皆様、起きてくださいまし！」

玲琳は冷や汗を浮かべながら踵《きびす》を返し、がらりと家の戸を開け放った。

(し、鷲官長様が、なにやら追い詰めてきます……！)

もしやすでに、正体を見破られてしまっているのだろうか。

いいや、彼が入れ替わりを黙認する理由などないはずだ。

尭明《ぎょうめい》が玲琳に過保護だと知っている以上、もし入れ替わりを察知したなら、職務に忠実な彼は即座に玲琳を連れ帰ることだろう。

つまり、見破られていない。または、少し怪しまれている程度で留まっている。

(今こそ想定問題集の成果を発揮し、逃げ切らねば！)

玲琳は土間に踏み込みながら、くわっと目に力を込めた。

「なにをのんびり寝ているの？　わたくしはもう起きているのよ。さっさと起きて、朝餉《あさげ》の支度をしなさいよ。早起きは三文の得なのよ！　嬉しいわね！　ほら、起きなさい！」

努力家の玲琳は、なかなか見事に慧月の口調を真似ていたが、残念ながら彼女には、他人を嘲る精神というものが根本的に欠如していた。

脅しているのだか、励ましているのだかわからぬ叫びを聞き、辰宇はとうとう、無表情を維持したまま肩を震わせはじめた。

「んだよ、うるせえな……」

と、大声で目を覚ましたらしい豪龍が、寝ぼけ半分で身を起こす。

「なんだよ、まだ夜も明けきってねえじゃねえか……ぶっ殺すぞ――」

彼は、ふにゃふにゃとした口調のまま、炊事場に佇む玲琳に向かって悪態をついたが、

「口の利き方が改まっていないようだな」

「ひっ」

その背後に佇む辰宇を見ると、びくりと背筋を伸ばした。

「こ、これは、お早いお目覚めで」

「俺に対してはいい。雛女《ひめ》は、腹が減ったと言っている」

「いや……でも、食料に乏しいのは事実で……」

昨夜、雲嵐をあっさり封じてみせた鷲官長には、太刀打ちできないと判断したのだろう。表情のない碧眼の美貌も恐ろしいのか、びくびくしている。

「なあ、雲嵐。そうだよな」

「……んだよ」

豪龍が縋《すが》るように裾を引っ張ると、隣の雲嵐も不機嫌そうに身を起こした。

寝不足なのか、気だるげに目を細め、玲琳たちを睨みつける。

「あの稲の調子じゃ、税を納めたら、俺たちで食える米なんてほとんどねえよ。去年までの米を、粥で何倍にも膨らませて啜るしかない。だいたい、朝餉をねだれる立場だとでも思ってんの？」

「立場を弁《わきま》えぬのはどちらだ。刀の錆にされたいか？」

「落ち着いてくださいませ、鷲官長様。わたくしたちは、捕虜なのですよ」

反射的に雲嵐を威圧しはじめた辰宇のことを、玲琳は神妙な表情で窘《たしな》めた。

「あまり伸び伸びと過ごすわけにもまいりません。もっとしおらしく、捕虜として分を弁えた行動を取らねば。ね？」

「いや、あんたが言うなよ」

昨日までの反省を込めた、心からの発言だったのだが、雲嵐は顔を引《ひ》き攣《つ》らせるだけだった。

「ならば、我々でまた、獣を仕留めればよいのではないか？」

とそこに、寝床のほうから声が上がる。

豪龍と同時に目を覚ましたらしい、景行であった。

彼はうーんと伸びをし、強ばった体をほぐしながら、土間へと下りてきた。

「そうだ、この邑は、山に接しているだろう。そこで果実を採ったり、獣を狩ったりすればいい。そうすれば、邑の食料は圧迫せずに済むし、強制労働感もある。逃走が心配なら、皆で行けばいい」

戸の外に広がる山を親指で示し、にかっと笑う。

「俺は猪鍋が食いたいぞ」

「まあ。猪鍋というのは浪漫がございますね」

玲琳は顔を輝かせたが、豪龍はぞっとしたように肩をそびやかした。

「冗談じゃねえ！　猪が住むあたりは、禍森だぞ」

「禍森……」

またただ。玲琳と景行は顔を見合わせる。

「皆様の仰《おっしゃ》る禍森とは、どのような場所なのですか？」

おずおずと尋ねると、豪龍は苦虫を噛み潰したような顔になり、景行や辰宇が眼光で促すと、渋々といった様子で語りはじめた。

「字のごとく、呪いの森だ。踏み込んだ者には、禍《わざわい》が降りかかる。これまでに、空腹に耐えかねて森に入った阿呆がいるが、皆、獣に噛まれたり、変な病にかかったりして死んだ。前代の頭領もな」

豪龍によれば、禍森とは年中霧が立ち込める陰気な場所で、足を踏み込むと、幽鬼の泣き声のような不気味な音が響き渡るのだという。果樹や清水には恵まれているようで、肉付きのいい獣が棲み着いているが、それを狩るべく踏み入ろうものなら、必ず獣に囲まれ、噛み殺されるのだそうだ。

運良く獣に襲われずに済んだ者も、霧には瘴気でも籠もっているのか、道中に気を失ってしまう。激痛に目覚めたとき、体中が腫れ上がり、肌が溶かされていたこともあったそうだ。しかもその者たちは、自分たちがいったいどんな目に遭ったのか、さっぱりわからないのだという。

数十年前から、そうしたことが数回続いた結果、人々はすっかり森を恐れ、近寄らなくなった。だというのに、雲嵐の父親にあたる頭領は、無謀にも禍森に踏み入り、鹿を狩ってきたのだそうだ。いっとき、邑は喜びに沸いたが、その数日後に、鹿を食った頭領と邑の数人が、苦しみ抜いて死んだ。それを見て、禍森のものを持ち帰ると、森に入った人間だけでなく邑全体に災厄が降りかかることを理解したのだと、豪龍は語った。

「禍森に入れば、そりゃ獣も狩れるだろ。だが俺たちは、しねえ。呪われちゃおっかねえからな」

心底怯えている様子の豪龍に、迷信をあまり気にしない性格の玲琳は、わずかに首を傾げた。

(朱家に連なる方々は、感情豊かで……少々怖がりさんなのですね)

黄家の人間は、自分の目や体で確かめたことしか信じない向きがある。

瘴気だ、悲鳴だ、浮腫だ、呪肉だと聞いても、「本当かな」とつい首を傾げてしまうのである。

目の前まで飢饉が迫っているのなら、禁忌の場所でも踏み入って、食料を得ようとする頭領の行動は、実にまっとうに思えるのだが、南領の民はそれよりも、天罰や呪いといったものをひどく恐れるらしい。

「だが、俺は猪鍋が食いたい。もう決めたのだ。行くぞ。男手がほしい」

「だから、行かねえっつってんだろうが！」

「ええ。そんなつれないことを言うなら、俺たちだけで山に入って、そのまま逃げてしまうぞ。もちろん雛女も連れていくからな」

景行が大人げなく、そして捕虜らしくなく、駄々をこねている。

だが、長年の付き合いがある玲琳にはわかってしまった。軽口のようだが、こうなった景行は絶対に譲らない。彼もまた、頑固な黄家の男なのだ。

「なんだって⁉　あんたらよお、調子に乗るのも大概にしろよ！」

「そちらこそ、大口を叩くのはそろそろやめにしたらどうだ。俺一人にさえ手出しできなかったのに、今は鷲官長までいるんだぞ。もはや俺たちの猪鍋への道は誰にも止められない。大人しく我々に強制労働をさせるんだ。制裁っぽい感じを確保してやっているんだろうが」

「待て、俺も猪を狩ることは決定済みなのか」

「禍森には踏み入るなっつってんだろ！　あんたたちが死ぬだけじゃねえ、荒らされた森が怒って、邑にまで祟《たた》りが広がったらどうしてくれんだ！」

豪龍、景行、そして辰宇がそれぞれ好き勝手に話していると、うるさかったのか、いまだ寝床に伏せったままの杏婆が「うぅ」と唸る。雲嵐も腕を組んで黙り込んでいた。

（ふつつかな捕虜で、面目次第もございません）

玲琳はいたたまれない気持ちになったが、

（でも猪鍋……）

霜降りの肉が脳裏を占拠しだして、きゅっと胸元を押さえた。

本当なら捕虜の分を弁えて、禍森行きを望む景行を止めるべきなのだろう。

だが、猪鍋。健康でないとできない、登山という行為そのものにも、ひどくそそられる。

理性と欲望のはざまで激しく心が揺れ、千切れてしまいそうだ。

玲琳が態度を決めかねていると、雲嵐が思いも寄らぬ発言をした。

「……いいんじゃない？」

なんと、景行の禍森行きを認めたのである。玲琳はぱっと顔を上げた。

「どうせあんたら、止めても禍森に行くし、この女から目を離すつもりもないんだろ？　逃亡を許すつもりはないから、俺も一緒に山に行くよ」

「な……っ！」

これに声を荒らげたのは豪龍だ。

彼は乱暴に甥の肩を掴んで揺さぶった。

「冗談じゃねえよ。おまえ、自分がなに言ってるのかわかってんのか!? もし――」

「じゃあ、ほかにどうすんの？」

だが、素っ気ない返事を聞くと、小さく息を吞んだ。雲嵐の意図を理解したからだ。

どうせ、黄 景行たちは思いのままに行動するし、雛女から目を離すこともない。

始終護衛に囲まれていては、朱 慧月をいたぶるのなんて不可能だ。それならせめて、危険な山に向かって、戦力を分散させてしまったほうが、隙を突いて「使命」は果たせる――。

「だがよ……」

「俺がする、っつったでしょ。叔父貴は黙ってて」

油断させてから、などと言い訳しつつ、この小心者の叔父がすっかり尻尾を巻いてしまっていることを、雲嵐はとうに見抜いていた。

状況はすでに、手詰まりになっている。これを打破するには、禁忌の場所に踏み入ってでも、賭けに出るしかないのだ。

ただ流されているだけでは、冷害も増税も避けられず、邑は冬を越せないのだから。

「あの、雲嵐……もし、あまりに無理を強いてしまうようなら」

「べつに」

緊迫した空気を前に、取りなすように申し出た女を、雲嵐は緩い口調で遮る。

「もともと、ほかの皆とは違って、俺は山をほっつき歩いてたから。今日はちょっと、奥まで踏み込むだけ。っていうか、捕虜の逃走を見送る誘拐犯なんて、ありえないでしょ」

　口の端を持ち上げてみせれば、豪龍はばつが悪そうに舌打ちを漏らした。

「言っとくが、俺ァ行かねえからな。朝から、やたら腹の具合も悪いんでよお」

「はいはい」

　最後まで虚勢を張ろうとする叔父のことは、適当な相槌で流す。

（この流れに、乗ってしまってよいのでしょうか……）

　一連のやりとりを見ていた玲琳は、そんな葛藤を抱いたが、

「で、結局、行くの？　行かないの？」

　片方の眉を持ち上げた雲嵐に尋ねられると、即答してしまった。登山を断れる人間などいない。

「行きます！」

（それに……）

　ちらりと、雲嵐の横顔を見つめる。

　玲琳には、もうひとつの狙いもあったのである。

＊＊＊

　鬱蒼と茂る森を、枝を払いながら歩くこと、はや半刻。

　足が草を踏みしだく音を聞きながら、辰宇は時折、ぐるりと周囲を見回した。

　幾重にも重なった木々に陽光を遮られ、昼なお暗い――禍森。

蒸した気候や地形的に、霧が発生しやすい場所ではあるのだろう。森の奥深くに進むにつれ、あちこちで白い靄《もや》が立ちこめている。ときどき風が吹くと、動物の唸り声とも悲鳴ともつかぬ音が響き、たしかに物々しい雰囲気ではあった。死んだ獣がそのまま腐っていることもあり、恐怖心の強い人間ならば、怯えるのも納得の環境である。

が、感情の起伏に乏しく、かつ野営慣れしている辰宇からすれば、それらは恐れるに値しなかった。霧は霧だ。悲鳴のような音は、どうやら点在する木のうろや岩の隙間に、風が吹き込んでいるだけのようだ。

あえて気になると言うなら、獣が好む木があちこちに生えており、避けて歩くのが厄介だということくらいだろうか。下手に実を踏み潰すと、匂いに惹かれた獣が、過剰に集まってしまうのである。呪いというよりも、獣に襲われて崖から落ちる可能性のほうが高そうだなと、辰宇は先ほどから慎重に身構えていた。肌がただれて云々というからには、霧に紛れて、毒を持つ虫や鱗粉が飛んでいるのかもしれない。

「まあ。ご覧くださいませ。一度止まりましょう。この木に生えている茸は、まさか霊芝!? あら、こちらは猛毒の死人茸……ああっ、こちらは老鸛草《ろうかんそう》！ 附子《ぶし》もその仲間も、こんなにたくさん！」

一方で、前を歩く朱 慧月——もとい黄 玲琳は、辰宇の警戒などお構いなしに、草木を見ては目を輝かせて屈み込んでいる。都度、丁寧に根を掘り起こしては、背負った籠に入れており、その重さは辰宇から見てもなかなかのものである。

先頭を歩く景行が、何度も代わりに背負うと申し出たが、そのたびに彼女は、とんでもないとでも言わんばかりに、きっぱりと首を振っていた。遠慮深いというよりは、宝物を取り上げられるのを恐れる子どものようである。

さすがに少し減らしたほうがいいのでは、と忠告されても、彼女はにこにこと雲嵐を振り返り、

「だって、これらが邑の畑に根付けば、医者いらずになりますもの。ね？」

などという。

黄 玲琳のすぐ後ろを歩く雲嵐は、そうした発言を聞くたびに、笑うでも苛立つでもなく、そっけなく肩を竦めていた。

ほかと比べれば柔軟とはいえ、彼もまた南領の民。禍森に立ち入るのには抵抗があるのだろう。飄々とした歩き方は変わっていないが、少し、顔は強ばっている。

それでも彼が付いてきたのは、おそらく、隙を見て「朱 慧月」に危害を加えるためだ。

とはいえ、辰宇たち強力な守りに阻まれ、手出しができずにいる。

さらに言えば、黄 玲琳自身、おっとりしているようで、まるで隙がなかった。

(予想以上に、体の使い方がうまいな)

草むらにあっても体勢を崩さず、最も体力消費の少ない歩き方を維持する黄 玲琳を見ながら、辰宇はそんなことを思う。

雛女とは至高の女。運動不足どころか、運動の仕方も知らぬ者がほとんどのはずだ。慣れぬ山に分け入ったなら、四半刻もせずにへたり込むかと思いきや、黄 玲琳は朗らかさを崩しもしない。

どうせすぐにへばってしまうだろうから、そうしたらこの無謀な雛女を自分が担ぎ、即座に邑に引き返そう。無意識にそう決め込んでいた辰宇は、意外な展開に物足りなさを覚え、それから、そんな自分に首を傾げた。

足手まといの存在がないことに、なぜ物足りなさなど覚えなくてはならないのだろうか。

「う……、さすがに、重くなってまいりました。土ごとは入れすぎでした」

しばらくすると、ようやく控えめな弱音を漏らしたので、強引に荷を奪う。

「寄越せ」

「あっ、でも」

「べつに、籠の中身に興味はない。奪いはしないから、寄越せ」

「そ、そうですよね。すみません、では、よろしくお願いいたします」

礼儀正しい彼女は、辰宇に向かって小さく頭を下げた。

髪がはらりと肩を流れる、その音まで聞こえる距離感。

（……近いな）

辰宇は、ふとそう思った。

尭明の妻候補、それも筆頭候補と言われる彼女と、鷲官長である辰宇の間には、本来、礼儀正しい距離が横たわっている。昨夜のように抱き寄せたり、今のように至近距離で言葉を交わすことは、雛宮内ではまず起こりえなかった。

くるくると表情を変え、目を輝かせて草むらに駆け寄る彼女を、見守ることもだ。

「あ、……と、ですが、考えてみればそれも当然のことね。あなたはせいぜいそうやって、下働きのようにわたくしに尽くしていればいいのよ」

と、黄玲琳は、辰宇の視線を受け、擬態の必要性を思い出したらしい。つんと顎をそびやかす。

口調や表情は堂に入っていても、どうしても「彼女らしさ」が滲み出てしまっていることは、自覚していないようだ。

（これで、悪女のつもり）

辰宇は、咄嗟に唇を引き結んだ。

なぜだろう。

無表情とばかり評される自分なのに、この雛女を見ていると、高頻度で頬が緩んでしまう。

「まったく、それにしても勾配のきつい山道ね。歩くだけでふくらはぎの筋肉まで鍛えられてしまうじゃない。最高なの？　山は人に薬草摘みをさせたいの、鍛錬をさせたいの、どっちなの？」

「猪を狩らせたいのかもしれないぞ」

「ふん、欲張りだこと」

身軽になった黄 玲琳は、兄の景行まで巻き込んで悪女の演技を続けており、雲嵐は怪訝そうな顔つきで二人を眺めている。

（これで、朱 慧月のつもり）

辰宇は視線を逸らし、笑いを噛み殺した。


（よかった。無事に鷲官長様の目をごまかせているようですね）

視線も合わせようとしない辰宇をちらりと振り返り、玲琳は胸を撫で下ろした。

鷲官長の肩書きにふさわしく、凄まじい勘の良さを持ち合わせる辰宇であるが、こまめな演技が奏功し、なんとか正体を知られずに済んでいるようだ。

（ですが、油断は禁物。隙を見せぬよう、気を付けなくては）

ほっとした瞬間、地に張った枝に足を取られそうになって、気を引き締め直す。

登山の話に乗ったとき、女には危険であるとして、最後まで難色を示したのは辰宇であった。

今も、少しでも疲れた様子を見せたら、即座に連れ帰ろうとでもいう気配をひしひしと感じる。過保護な家族や女官に囲まれていた玲琳には、その手の雰囲気がわかるのだ。

逆に、いつもなら玲琳を抱えて移動し、数秒ごとに体調を問うてくる景行は、慧月の姿となってからは、行きすぎた心配を見せなくなった。

それどころか、一日中農作業をしても、山歩きを共にしたがっても、制止すらしない有り様だ。

おそらく、そちらこそが、景行が本来他人に求める体力であり、態度なのだろう。これまでの玲琳が病弱すぎたがために、例外的に過保護だったのだ。

ようやく、兄と「普通」の関係を結べたのだと思うと、玲琳はこうして山に入れたことが、嬉しくてならなかった。しかも山には貴重な薬草があちこちに生えていて、最高に楽しい。

(それに……)

今度は視線を、斜め後ろに向ける。

一行からつかず離れずの距離を、黙りこくった雲嵐が歩いていた。

(邑の皆様から離れたこの隙に、なんとか彼を、こちらに引き込めないものでしょうか)

この登山話に乗るにあたり、彼女が秘めていた狙いとは、雲嵐の説得だったのである。

玲琳が思うに、雲嵐は、一向に計画通り進まない制裁に焦れている。ほかの邑人たちが「打つ手なし」と早々に諦めてしまったのをよそに、彼だけは、「それでもなんとかせねば」と考えているように見えた。

(なんという根性。黄家の人間として、雲嵐に敬意を捧げます)

邑人たちの前でどれだけ冷笑的な態度を示しても、彼が本当は責任感の強い人物だと思えてしまうのは、父の墓に参る姿に触れてしまったからだろうか。あの思い詰めたような瞳が、玲琳はずっと気に懸かっていたのである。

それに、邑の皆だって、早々に制裁を諦めてしまったことからも、本当はあまり、攻撃に向かない人々なのではないかと思われた。恐怖や焦りに襲われやすく、その捌《は》け口《ぐち》をすぐ他者に求めがちではあるのだろうが、よくも悪くもそれは一時の感情によるもので、根っこは、気さくで温かな人たちなのだろう。

玲琳はできるなら、そんな彼らごと、悪事から手を引かせたかった。そのために、まずは雲嵐を、こちらに引き込みたかったのである。

(だってどう考えても、雛女を害すれば空が晴れるなど、おかしいではありませんか)

最初は、雲嵐たちがそれを望むのなら、制裁成功という虚偽の報告を上げてもらい、税を下げてもらえばよいのかとも思ったが、結局それは、なんの解決にもなっていない。道理に則るなら、制裁の命令など突っぱね、自領の雛女を害そうと企む江氏《こうし》の罪を明らかにすべきだろう。

本来口を出すべきではない他領の問題だが、それを押してでも関わりたいと思うほどに、玲琳もこの三日で、邑の行く末を案じるようになっていたのだ。

(共に山を登ったものは、深く団結すると言いますし……!)

結局はそんな単純な思考のもと頷くと、玲琳はひそかに拳を握った。

「おお……!?　これは猪の足跡か。しかも複数。近くに巣がありそうだ」

と、先頭を歩いていた景行が、嬉しそうな声を上げる。

川にほど近く、土よりも岩が目立つ場所だ。

森の木々が途切れ、ふいに開けたその場所は、獣たちの水場になっているのだろう。岩に、点々と泥で足跡が付いているのが見えた。

「足跡の続く方向を見るに、巣はあのあたりかな？　よし、ちょっと、俺が様子を見てこよう」

「景行殿。まさか雛女を残して行くつもりか？」

さすがに不用心だと思ったのだろう。辰宇が雲嵐を一瞥してから、顔を顰める。

だが、景行はあっけらかんと笑い、さらに大胆な発言をしてきた。

「もちろんだとも。猪鍋を前に、なにを躊躇《ためら》う？　というか、鷲官長殿もともに来てくれ」

「は？」

なんと、辰宇までその場から離れさせようと言うのだ。

「いったいなにを――」

「まあまあまあまあ。そんな神経質になるなって！　冷静に考えて、猪の大群と遭遇させてしまうほうが危険ではないか」

景行はそんなことを言って、強引に辰宇の腕を取る。

「おーい雲嵐。妙な真似はするなよ！　信じているからな」

「景行殿――！」

そうして、振り払おうとする辰宇をいなしながら、茂みの奥へと消えてしまった。

「ええと……」

雲嵐とともに取り残された玲琳は、なんとも言えない気まずさを覚える。

豪放磊落《ごうほうらいらく》な性格は兄の美点だが、さすがに雲嵐を軽視しすぎというか、相手を舐めた印象を与えてしまう気がした。

「す、すみません、なんと言いますかこう、自由すぎて……」

「……本当にね」

おずおずと詫びると、雲嵐はにこりと、感情の見えない笑みを浮かべた。

「あの、ですがこれは、雲嵐を馬鹿にしているというわけではなく、それだけ深く信用しているということでございます」

「へえ」

玲琳が慌てて身を乗り出すと、雲嵐は悪戯っぽく片方の眉を上げる。

赤茶色の瞳が、猫のように光った。

「そうですとも。雲嵐ならきっと、妙な真似はしないという、これは信頼の表れですわ」

「……そっか」

返事までの間が少し気になるとはいえ、雲嵐がにこやかな笑みを浮かべているところは、初めて見た気がする。

玲琳は相手の心を一層解《ほぐ》そうと、熱心に頷いた。

「そうです、そうです」

「じゃあさ。そこに、こんなこと言ったら、驚かれちゃうかもしれないけど――」

次の瞬間、彼は突然笑みを消し、雰囲気を急変させる。

素早く取り出された短刀が、躊躇いもなく玲琳の首に押し当てられていた。

「衣、全部脱げよ」

ひやりとした切っ先が、ぷつりと血の珠を浮かび上がらせる。

「地面に手と膝を突け。大声出したら、殺す」

「まあ……」

手負いの獣のようにすさんだ目をした雲嵐を見つめ返しながら、玲琳はゆっくりと、その場に膝を突いた。

水場の近くは、岩だらけだ。ちょうど膝を突いたあたりの岩は黒く変色しており、触れればざらりと不吉な音を立てる。

「……今、本気で、驚きましたわ」

岩についた掌には、さすがに、冷や汗が滲んだ。

＊＊＊

一直線に茂みを抜ける景行に向かって、辰宇は声を荒らげた。

「景行殿。いったいなにを考えている。雛女を賊のもとに残すなど、正気か」

「大丈夫さ。俺のこの『大丈夫』という勘は外したことがないのだから。それに、身内を措《お》いてでも猪を狩るのは、武官の本分にして最重要課題だ。そうだろう？」

「世迷い言を」

埒《らち》が明かないと踏んだ辰宇は、掴まれていた腕を振り払い、踵を返す。

だが、道を引き返そうとしたそのとき、背後の景行が、やけに低い声で告げた。

「世迷い言？　とんでもない。本気だとも」

その口調には、背筋が粟立《あわだ》つような迫力が滲んでいる。

咄嗟に振り向いた辰宇に向かって、景行は静かに口の端を引き上げた。

「害獣は狩らねば。天に仇なす、分も道理も弁えぬ獣《けだもの》のことは、な」

「……景行殿？」

「この先に洞穴が見える。細くだが道もあるようだ。きっと、人が何度となく踏みしめたからだな」

訝しさに眉を寄せた辰宇には答えず、景行はそのまま、茂みを抜ける。

言い知れぬ不穏さを察知して後に続けば、たしかに岩場に紛れるようにして、猪の巣というには立派すぎる洞穴が隠れていた。

「見つけた」

「……これは、いったい？」

問いをそのままにして、景行はまっすぐ、洞穴に近付いてゆく。

入り口に屈み込み、素早く中を検分すると、腕を突っ込み、中のものを引きずり出した。

「俺はな、鷲官長。郷長が賤民に命じて『朱　慧月』を拉致させたというのが、どうにも不思議だったのだ。なぜそんなことをするのだろうと」

実は昨夜、寝ずの番の暇潰しに、玲琳の枕元で世間話に興じていた景行たちである。

辰宇にはその際、この拉致が、郷長の命によるものだったと伝えてあった。

そのうえで今、景行が問いを示すと、辰宇はわずかに首を傾げた。

「この郷は冷害だ。『朱 慧月』を害悪の元に仕立て上げて、民の不満の矛先を逸らそうとしたのではないか」

「だが、生け贄を立てたいなら、賤民にその役を当てればよかったではないか。なのに江氏はそうしなかった。では、心底『朱 慧月』を禍の元と信じて憎んでいるのかと思えば、彼女を攫《さら》わせるだけで、殺害さえ命じない。報告だって二日に一度で口頭のみ、証拠すら求めぬ。あまりに、ずさんだ」

ずず、と鈍い音を立てて引っ張り出されたのは、大きな箱だ。

厳重に布で包まれ、目隠しのためか、泥に覆われている。

景行はそれを、慎重な手つきで剥がした。

「とすれば、この拉致は真の目的ではない。単なる目くらましだ。江氏は、雛女が攫われるという大事件を仕立てることによって、なにかから関心を逸らさせようとしたのだ——俺はそう考えた。いや、そう指摘されたと言うべきか」

本当に聡明なお方だよ、と肩を竦める景行には、いつもの快活さに代わり、鋭いほどの真剣さと、迫力が滲む。

「なにかから関心を……？　指摘されたとは、誰に……？」

辰宇は困惑のまま呟いたが、問いの片方は、すぐに答えが明らかになった。

「役人がお上から隠したがるものなんて、相場は決まっている。叛意か、過去の失敗か、そうでなければ——」

無骨な手が、器用に結び目を解《ほど》き、布を取り去る。

中から現れたのは、重厚な漆塗りの箱。

そして、蓋をずらした中に収まっていたのは、大量の金子であった。

「不正だ」

「これは……！」

「江氏は相当貯め込んだようだな。漆箱は足が付かぬようにだろう、全国に流通する凡庸な品を使っているが、惜しい、布の絞り染めの模様が独特だ。彼の屋敷で見たことがある」

息を呑んだ辰宇をよそに、景行は有能な武官そのものの手つきで、漆箱に仕掛けや証拠が潜んでいないかを検分している。

「どうやら『朱 慧月』の拉致には、なかなか複雑な陰謀が絡んでいそうだ」

何気ない口調で、鮮やかに真相に迫ってゆく景行に、辰宇は圧倒された。

王都にはほとんど留まらず、遠征ばかりしているという変わり者。妹馬鹿で、暑苦しくて、政治的駆け引きなど考えられもしないと噂の御仁だが、さすがはあの皇后の甥にして、黄 玲琳の兄。ただ者ではない。

辰宇はしばらく景行の背中を見守っていたが、ふと顔を上げると、切り出した。

「景行殿」

「おう、なんだ。鷲官長も手伝ってはくれぬか。持ち出しはしなくてもいいが、数と状態を覚えておきたい。俺一人の証言では心許ないから、ともに証人になってくれ」

「それはいいのだが、今はそれよりすべきことがある」

低い声で指摘すると、景行は「おいおい」と嘆くような声を上げた。

「即座に玲琳のもとに戻れって？　健康な玲琳なら、邑の男の一人や二人、簡単にあしらえるさ。なにせ、俺や冬雪が護身術を仕込んだのだぞ」

「いや、そうではなく」

辰宇は淡々と答えながら、剣を抜く。

「景行殿は先ほど、猿梨の実を散々踏んでいただろう。そのおかげもあって――猪の大群が来た」

「は⁉」

ぎょっとして振り返った景行の視線の先では、巣穴を踏み荒らされ、怒り心頭に発した猪たちが、涎を垂らしてこちらを見ていた。

＊＊＊

「ほら、衣を脱いで。下衣《したぎ》も、全部」

「……それ、は」

刀を突きつけられた玲琳は、ざらりとした岩肌を撫でながら、冷や汗を浮かべた。

(ここ最近で様々な修羅場を経験したように思っていましたが、これは新種の危機です)

いわゆる、貞操の危機というものだろうか。

これまで獣と同じ檻《おり》に入れられたり、呪殺されかけたりしたことはあっても、基本的に玲琳は雛女として遇されてきたので、こうした類の危機に瀕したことはなかった。

だが考えてみれば、女の捕虜を性的にいたぶるというのは、大いにありえる話で、そうした想定がすとんと抜け落ちていたあたり、自分の世間知らずぶりを痛感する思いであった。

「あの、落ち着いて……。それはその、この健康美溢れる体にそそられるお気持ちは、わかる気もするのですが、そうした行為は思いを通わせ合った夫婦間で、ですね」

「は、欲情されたとでも思った？　調子に乗んなよ」

玲琳なりに宥《なだ》めようとしたのだが、雲嵐は吐き捨てるように告げると、一層短刀を握る手に力を込めた。

「賤民の俺があんたを裸に剥いて、ほくろでも数えりゃ、それだけで雛女としてのあんたは『死ぬ』んだってさ。よかったね。一瞬で済む、痛くもない方法で死ねて」

要は、「朱 慧月」を「卑しい民に穢《けが》された女」の地位に貶《おとし》めるということだ。

「手荒な方法を避けてやったこと、感謝してよ」

「どこに感謝の余地が？」

「へえ？」

思わず言い返すと、雲嵐はふっと笑って、勢いよく玲琳を岩場に引き倒した。

「じゃあ、手荒にされたいんだ」

「いや――……！」

暴れるが、短刀を持ったままの手で素早く口を封じられる。もう片方の手で、両手をひとまとめにされ、岩に押し付けられた。馬乗りになった雲嵐に膝も封じられ、身動きが取れない。

鼓動が、どっと速まった。

「……普通の女なら、ここで殴られる」

目を見開く玲琳のことを、雲嵐は吐息が掛かるほどの距離から見下ろす。

覆っていた口から手を離す代わりに、脅しつけるように、短刀を目の前で揺らした。

「骨を折られて、衣を刻まれて、声も出なくなったところを、穢される。望まぬ子種だって埋め込まれてさ」

彼は不意に目を伏せ、静かに呟いた。

「――さぞ、怖かったろうな」

「雲、嵐……」

息を呑んだ玲琳に、雲嵐は再び顔を上げ、にこっと笑ってみせた。

「でもあんたは雛女だから、裸を見られるだけで十分なんだって。よかったね」

雲嵐の気配は、危うかった。低く凄むような口調と、幼さを感じさせる無邪気な口調とが、入り交じる。

一歩間違えれば、逆鱗に触れる――。

その感覚が、玲琳から言葉を奪った。

ただじっと雲嵐を見上げていると、彼は小首を傾げた。

「へえ、泣かないんだ。意外」

「…………」

「こういうとき、お雛女様ってのはぎゃんぎゃん騒ぐのかと思ってた。お利口さんだね。でも」

彼はぐっと顔を寄せると、ひときわ低い声で告げた。

「泣けよ」

憎悪と苛立ちを煮詰めたような声色に、玲琳の肌が粟立った。

「みっともなく縋れよ。額《ぬか》ずいて、詫びろ。怯えろよ」

——ガンッ！

「…………っ」

激情のままに、雲嵐は短刀を、玲琳の首のすぐそばに突き立てた。思わず、顔が強ばる。

それでも泣き出さない玲琳に、雲嵐が苛立った様子で笑みを浮かべた。

「へえ、まだ泣かない？　本当に、あんたって図太いのな」

「…………」

「へらへらしやがって……あんたを見てると虫唾が走る。攫われたって怖くない、皆で仲良くやりましょう、って？　おちょくってんのかよ。そりゃ、あんな護衛に守られてたんじゃ、危機感も湧かねえか。あんた、全然わかってねえんだろ。俺たちがこんなに切羽詰まってるってことを」

短刀を手放し、ぐいと髪を掴むと、彼は無理矢理、玲琳の顔を上向けた。

「あんたが落ちぶれてくれなきゃ、俺たちがなにを失う羽目になるかってことを！」

「なにを失うのですか？」

だが、玲琳はまっすぐに雲嵐を見つめ、静かに問うた。

「雲嵐。あなたは、なにを失うことを、一番恐れているのですか？」

「なん——」

「あなたはわたくしを害することなどしない。だってあなたは、ずっと、恐れ、悩んでいるだけなのだから」

虚を突かれ、雲嵐は目を見開いた。

「は？」

嘲笑しようと、口を開いたその瞬間だ。

抵抗もせずじっとこちらを見上げていた相手が、目にもとまらぬ速さで起き上がり、

――ガッ！

雲嵐の口の中に、恐ろしい正確さでなにかを突っ込んだ。

口蓋に感じる、硬質な感触。

鋭利ななにかが、喉奥を刺さないぎりぎりのところで止まっている。

「動かないで。内側から、喉を掻き切られたいですか」

彼女が握り締めていたのは、鋭く割れた岩の破片であった。

雲嵐の肌にどっと汗が滲む。

喉に切っ先を突きつけられるどころではない。体の内側に「刃」を呑まされる恐怖。

言葉通り、身じろぎひとつ、いいや、呟きひとつ、唾を飲み込む仕草ひとつで、体の最も柔らかな部分を切り裂かれる。

動きを止めた雲嵐に、朱 慧月の顔をした女は、困ったように微笑んだ。

「ね、雲嵐。自分は悩んでいただけだと、わかるでしょう？　だって、本当に誰かを害そうと心に決めたなら、御託など並べず、速やかにことに及びますもの。……このように」

穏やかな笑みと、過激な行動。その差に、凄みを感じる。

雲嵐は、この箱入りのはずの貴族の女に、どうしようもなく威圧されている自分に気付いた。

(いつの間に、こんな武器を)

視線の動きだけで雲嵐の疑問を理解したのだろう。

女は右手で破片を押し込んだまま、もう片方の手で、地面を撫でた。

「武器の出所が気になります？　こちらです」

ほっそりとした指が示す先にあるのは、黒く変色した岩だ。

岩それ自体はほとんど地中に埋まっていたが、殻が剥がれるように、外側部分が薄く割れている。

彼女はそれを素早くつかみ取り、刀の代わりにしたのである。

「岩って、熱しすぎると、こうしてパキッと割れてしまうのですよね。どなたかがここで火を焚いて、十分消火しなかったのでしょう。薪が炭となり、じわじわじっくり、岩を熱し続けていたようで。なかなか鋭利でしょう？」

女が小首を傾げた拍子に、破片の切っ先が喉奥に食い込みそうになる。

「…………っ！」

「ごめんなさい、怖がらせるつもりでは。あ、でも」

彼女は慌てたように刃を引きかけたが、ふと考え直した様子で、悪戯っぽく顔を近づけた。

「もしやこれで、形勢逆転、というものではございませんか」

同時に左手は、岩の隙間に突き刺さっていた雲嵐の短刀を引き抜き、ぽいと遠ざける。

「…………！」

「聞いてくださいと口でお願いするだけでは、殿方はあまり話を聞いてくださらないと、わたくしも学んでしまったもので……。脅すようで申し訳ないのですが、少しだけ、わたくしの考えを聞いていただけませんか？　だめ？」

困ったように眉を下げる女は、一見可憐な雰囲気だが、刃を押しつける手つきには迷いがなく、とても逃げ出す隙がない。

体を強ばらせたまま、雲嵐は相手を見返した。

「ねえ、気付きませんか、雲嵐。この岩場は、草むらも開けて清水も豊か。きっと、多くの生き物が、ここで休むのでしょうね」

「…………？」

雛女が真っ先に告げたのはそんな言葉で、雲嵐は真意を掴みかねた。

「獣だけでなく、人もです。清水に惹かれて、腰を下ろし、腹でも満たそうかと考える。ここで火を焚くのは、きっと自然な流れでしょうね。でもいったい誰が、火を焚いたのでしょう」

言わんとしていることを察して、雲嵐は息を呑んだ。

女は、刃を突きつける手つきと同様、揺るぎない目つきで、こちらを見つめていた。

「あなたの言葉を信じるならば、邑の民で、あなたより先にこの禍森の奥深くまで踏み入ったのは、あなたのお父君だけ。そして彼がかつて焚いた火が、この岩を割り、今、わたくしを助けた」

声は穏やかだった。

凄んでいるわけでもないのに、まるで託宣のように、雲嵐の心の内に染みこんでいく。

「この雛女《わたくし》を殺すな、と、お父君が仰っているようではございませんか？」

「…………！」

雲嵐は、大きく目を見開いた。

容易に心を揺らし、人を愛し、憎み、奇跡に縋る。

吐き捨てるように描写した南領の民の性質は、もちろん彼自身にも当てはまる。

頭領の行為が雛女を守った。

単なる偶然に過ぎぬだろう事実が、すさまじい重みをもって、雲嵐の心に響いたのである。

――父親が、目の前の女を守った。

「お父君の遺志だと思えば、少しは、話を聞いてもらえそうでしょうか」

すっかり硬直してしまった雲嵐から、女はそっと刃を引き、手放した。

凶器が離れた今こそ、反撃の機会だと思うのに、雲嵐は呆然として、動けなかった。

「まずは、お詫びを。わたくしの態度があなたたちを不快にしていたのなら、本当に申し訳ございませんでした。……たしかに、初めての外遊と広大な田畑に、我ながら浮かれておりました」

朱 慧月の顔をした女は、神妙に頭を下げる。

それからばつが悪そうに、頬に手を当てた。

「言い訳をさせてもらえるなら、『どんなときも前向きに』というのは、わたくしなりの覚悟の表れのつもりだったのです。だって、わたくしは必ず、幸せでなければならないから」

鋭利な岩の破片は、持ち主の手までを傷つけていたらしい。

ぽた、と血を流す掌を一顧だにしない姿に圧倒され、雲嵐は無言で彼女に見入った。

わたくしもね、と、女は目を伏せる。

「昔、母を亡くしたのです。わたくしの命と引き換えに。母の命を踏み台にして得たこの生を、よもや、嘆くわけにもゆかぬでしょう。『こんなにも幸せ、生きるって楽しい』――わたくしがそう思わぬことには、母はきっと浮かばれません」

思いも掛けぬ告白に、どう反応してよいのかわからなくなる。

だが、彼女は話しすぎたことを恥じたのか、すぐに秘密を覆い隠すようにして、いつもの笑みを浮かべた。

あなたも、と、血にまみれた手を伸ばしてくる。

「あなたもそうなのではありませんか、雲嵐。自分なんかが後継に収まってしまったと悩み、お父君の人生を汚してしまったと、思い込んでいるのではありませんか」

雲嵐の頬に、血に濡れた、温かな掌が触れた。

「だからこそ邑を守り、彼の汚名を、必死に雪《すす》ごうとしているのではありませんか。それが唯一の償いと信じて」

「……はっ。んな、わけ」

そんな殊勝な心など、自分が持ち合わせているはずがない。

「俺がそんな、健気な人間なもんかよ」

雲嵐は掠れ声を上げたが、女は「いいえ」ときっぱり反論を封じた。

「気付いていないのですか、雲嵐。お父君の墓を見るあなたの瞳は、苦悩に満ちていた。それに」

続く言葉が、雲嵐の心をざわつかせた。

「あなたが墓石に刻んだ字。『龍』などという難しい字は、字を知らぬ農家が、一朝一夕に正確に書けるものではありません」

――「龍」というのはなあ、天子様を表す字なんだ。

そのとき雲嵐の脳裏をよぎったのは、ずっと昔に聞いた、泰龍《たいりゅう》の声だった。

──つまり、「龍」の字を持つ者は、この邑の王ってことだ。ご大層なもんだろう。

賎民には珍しく、学問を好んだ彼は、なんとか邑人を教育しようと、子どもたちを集めては字を教えていた。もっとも、肝心の学生のほうは、そんなことより田を耕したほうがましと騒いで、ろくに話を聞きもしなかったけれど。

──君の名にある「宇」は、大きなものの意味。君の「芝」はとてもよく効く薬草。な、すごいだろう。誇らしいなあ。

彼は、遊びたがる子どもたち一人一人を捕まえては、嬉しそうに知識を授けた。

けれど、息子の雲嵐に、そうした「授業」を施したことはなかった。彼が「講堂」と呼ぶ備蓄庫に、雲嵐はけっして入ろうとしなかったからだった。

だって、雲嵐が同じ室《へや》に踏み入ると、子どもたちのほうが嫌がって、逃げてしまうから。

「まざり者」の自分がいては、父親は邑の子どもたちにすら侮られてしまう。

それを悟った雲嵐は、泰龍がどれだけ熱心に誘おうと、周りから呆れられようと、頑なに「授業」を拒んだのだった。

ただ、ときどき備蓄庫の壁に外から背中を預けては、こっそり父親の声を聞いていた。

──賎民だろうが、俺たちには立派な名があるんだぞ。王だっている。この俺が、邑をきっと、守ってやるからな。

紙も、木簡も、筆もない。足下の地面に、声だけを頼りに字を書いては、何度も消した。

胸が押し潰されそうなほどの寂しさが溢れると、すぐに山へと逃げ込んだ。

まざり者の雲嵐は、田も耕さずに遊んでばかり。父の教えも聞きやしないと、人は言う。

それで、よかった。

この邑に居場所がないのは、怠け者だから。そんな理由のほうが、よほど受け入れやすかった。

ずっとずっと――父親の背中を、笑い合う子どもたちを、物欲しそうに見つめていたことなど、知られたくなかった。

「ねえ、雲嵐。わたくしには、あなたがずっと、苦しんでいるように見えます」

すぐ近くから響いた声に、はっと我に返る。

女は射貫くほどの強さで、こちらを見ていた。

「あなたは、お父君を慕っていたのではありませんか。お母君を痛ましく思っていたのではありませんか。邑の一員として、認められたかったのではありませんか」

「…………」

「ならば、邑を守るのに、卑劣な方法など取ってはいけない。あなただってわかっているでしょう。だから、わたくしになかなか、手が出せなかったのではありませんか」

澄んだ瞳が、言葉を奪う。頰に触れた手は、溶けるほどに温かだった。

反撃をすべきだ。せめて、反論を。

そう思うのに、結局口を衝いたのは、子どもの言い訳のような言葉だった。

「……じゃあ、どうしろって言うんだよ」

泰龍が割ったのかも知れぬ岩。女の静かな話。遠い昔の記憶。それらがない交ぜになって、雲嵐の心を激しく掻き乱す。

女の指摘を否定するための虚勢も、もう張れなくなっていた。

「そうだよ、俺は頭領に恩を返したかった。悪いかよ。邑のために尽くして尽くして、『まざり者』の俺まで育て続けた、阿呆みたいなお人よしが……墓すら掘られずに禍扱いなんて、そんなのおかしいだろうが！」

声が震える。

粗末な墓の光景が瞼《まぶた》の裏に蘇り、それは雲嵐の喉元まで、怒りと悲しみを込み上げさせた。

ずっと心の奥底に閉じ込めてきた思いは、一度溢れてしまうと、山を衝く溶岩のような勢いだった。

「あの人は邑を守ろうとしただけなのに……禍森に入って死んだせいで、功績も、人望も、ぜんぶ灰になっちまった」

いつだって泰龍は、邑を案じていた。冷害が迫っても、安易に誰かを責めず、なんとか食糧を得ようと試みた。そうして禁忌の森に踏み入り、命を落としたのだ。

邑のためであった行為。けれど、彼が死んだ瞬間、民は泰龍に感謝するのではなく、禁忌を犯した愚か者として、石を投げることを選んだ。禍を恐れるあまりにだ。

「でも俺があんたを嬲《なぶ》って、邑を守れば……俺も、頭領も、英雄になれる」

まざり者、と呼ばれる我が身が悔しかった。頭領の汚点にしかならず、どれだけあがいたところで邑に溶け込めぬ我が身が。

郷の男に汚された母が悪いのか。望まれもせず生まれた自分が悪いのか。

誰にも求められなかった雲嵐にさえ、常に愛情深かった泰龍。

ほんのひとかけらでいい、彼になにかを返したかった。

だが、学も人望もない、薄汚れた自分には、こんな方法しかないのだ。

「雛女をいたぶれば、本当に冷害が止むと信じているのですか？」

「じゃあほかにどうするんだよ！」

静かに紡がれた問いを、雲嵐は叫びで封じた。

だって、もうそれしか方法がないのだ。たとえ冷害は終わらなくとも、朱 慧月を陥れないことには——彼女を禍の元凶に仕立て上げないことには、邑の憎悪の矛先は、頭領に向いたまま。

「俺には……こんなことしか、できねえんだよ……！」

龍の字を持たぬ者。

あの頭領からなにひとつ受け継がなかった、半端ものの自分には——！

「雲嵐」

血を吐くような叫びに対して、女が取ったのは意外な行動だった。

「この文字が読めますか」

その場に座り直し、岩に字を書いたのだ。

掌に滴っていた血を使い、書かれた文字はたった二つだった。

雲嵐。

「……俺の名だ」

ぽつりと呟くと、彼女は嬉しそうに顔を綻ばせた。

「二文字目の『嵐』。嵐は、稲をなぎ倒す烈風を思わせるかもしれませんが、本来は、青々とした山の気を指す言葉です」

「…………」

「そして、一文字目の『雲』。雨かんむりは後から加わったもので、雲という字はもともと、『云』と書きました」

細い指で「雨」を塗り潰し、残った「云」の文字を、彼女は優しく指さした。

「この、上の短い横棒が、空を流れる雲。その下はね、身をくねらせる龍を表しているのです」

「え……？」

「雲嵐。雲の中には、龍がいるのですよ」

その言葉を聞いた途端、雲嵐は静かに息を呑んだ。

龍。

呆然とする雲嵐に、女は穏やかに続けた。

「王都ではね。子に『龍』の字は付けません。龍とは天の帝。字が偉大すぎて、子の福を奪ってしまうからです」

字を学んだ者ならば、きっと「龍」の名は避けたがったことでしょうね。

その言葉を聞いて、雲嵐の脳裏に、ばつが悪そうに笑う泰龍の姿が蘇った。

分不相応な己や祖先の名を、照れた様子で唱える彼の姿が。

――ご大層なもんだろう。

無意識に握った拳が、震えはじめた。

「雲りとは、こもり。鬱郁《うついく》たるものが、こもり満ちること。なにかが始まる前の、気が満ちて豊かにふくらんだ場所に、力強く気高い龍が、その身を隠しているのです」

女の言葉には、ときどき難解な語も交ざる。けれど、その美しい言葉の連なりが、どうしようもなく雲嵐の心を揺さぶった。

「重く垂れ込めた雲に、怯えないで。あなたは率先して汚れ役を引き受け、誰にも先駆けて邑を守ろうとした、勇敢な人」

穏やかだった、泰龍の顔。

突っぱねても、顔を背けても、彼の眼差しはいつも温かだった。

なぜ、気付かなかったのか。

「あなたこそは、この邑を覆う雲を統べる、龍ではありませんか」

自分はとうの昔に、この世に生まれた瞬間から、すでに受け入れられていた。

父の跡を継ぐ邑の王だと、見込まれていた——。

「…………っ、俺、は」

睨みつけるのをやめたせいだ。

力を緩めた目尻に、涙が滲む。

顔を歪めながら、雲嵐は震える声で告げた。

「あの人が……好きだった」

「ええ」

「ずっと……親父って、呼びたかった。後を継いで……邑を守って」

今は遠い、父の姿を思い出す。自分からは惜しみなく差し出すのに、けっして見返りを求めぬ、気高い人だった。ひねくれた雲嵐を責めるでもなく、辛抱強く接しつづけた。

邑を愛し、妻を支え、息子を守り――最後には蔑まれて死んだ。

雲嵐が、感謝の言葉を伝えることもできぬままに。

激しい想いが全身を駆け巡り、雲嵐はとうとう両手に顔を埋めた。

「俺はあの人の、本当の子に、なりたかったんだ……！」

隠していた本音を叫ぶと、女は一度だけ、雲嵐を頭ごと抱きしめた。

「なりましょう」

空を照らし出す太陽のように、力強い言葉だった。

「お父君に恥じぬ方法で、邑を守りましょう」

そして、雲嵐の頬を両手で挟み、ぐいと持ち上げた。

「雲嵐。わたくしの側《がわ》に付きなさい」

まるで、雲を割って差し込む光のような、眩《まばゆ》さ。

ゆっくりと語る彼女を、雲嵐は言葉もなく見つめた。

「わたくしが、必ずあなたを守ります。だからあなたは、王としてこの邑を守りなさい。女を手籠《てご》めにして苛立ちをごまかすのではなく、卑劣な策を講じた郷に、やり返すのです」

その内容は、苛烈だ。善良でもなければ、慈愛深くもない。人を諍いに駆り立てる姿は、きっと悪女の部類と言えよう。

だというのに、顔を包み込み、まっすぐに瞳を覗く彼女は、雲嵐がこれまでに見たどんな女より、美しく、真摯で、神聖に思えた。

「……あんた」

ふ、と、吐息が漏れる。

どんな表情を浮かべればよいのかわからずにいたが、唇が、勝手に苦笑いの形を刻みはじめた。

「めちゃくちゃだよ」

「ごく稀に言われます」

「自分を襲おうとした男を仲間に引き入れようだなんて」

「あら、ご冗談を。襲われたのはあなたのほうでしょう？」

小気味よく返すと、女はくすりと笑う。

いつの間にか岩場に投げ出していた破片を取ると、彼女は悪戯っぽく、それを雲嵐に突きつけてみせた。

「あなたは、たちの悪い女に脅されてしまったのですよ、雲嵐。大人しく仲間になりなさい」

「――ふはっ」

雲嵐はいよいよ、大きく噴き出した。

しばらく肩を揺らし、髪を掻き上げながら笑いを収める。

制裁を放棄し、郷を裏切って、この女のもとに付く――大それた決断をしたはずなのに、心は、まるで夏空のように晴れやかだった。

「わかったよ。あんたには、敵わねえ」

「よかった」

女は花が綻ぶように笑み、なぜだか岩の刀を構え直す。

不穏な姿勢に雲嵐が眉を寄せると、彼女はやけに、朗らかに笑った。

「ね、雲嵐。仲間になってくれて、本当に嬉しいです。早速こんな提案をすると、驚かせてしまうかもしれないのですが――」

「……なに？」

たった数日の付き合いだが、なぜだかわかる。

このふてぶてしい女が、そうした態度を取るときは、ろくでもないことが起きるのだと。

彼女の視線をたどり、背後を振り返った雲嵐は、案の定、顔を引き攣らせた。

「ああぁ！　すまん！　一頭逃した！」

「剣を投げる！　伏せろ！」

茂みから、涎を垂らした猪と、それを追いかける景行たちが、凄まじい勢いで走り寄っていたのだ。

猪の目は血走り、明らかに危険な状態だった。

「仲間として、ともに猪さんを狩るのです。さ、声を出していきましょう！」

「今……っ」

咄嗟に短刀を拾い上げながら、雲嵐は絶叫した。

「本気で驚いたわ！」

6・玲琳、誘惑する

夕日に染まった水面が、ちゃぷんと揺れる。

全身の汚れを洗い流した玲琳《れいりん》は、しばし大桶の中でゆったりと目を閉じていたが、すぐに頭を振り、裸足のままそうっと桶を出た。

「ふう……」

ずぶ濡れになった下衣《したぎ》を脱ぎ、邑《むら》の女性から借りた、乾いた古着に袖を通す。

十分に拭きもしないで着替えたせいで、布が肌に張り付く。だが、背に腹は代えられない。濡れた髪をひとまとめにして絞りながら、玲琳はちらりと周囲を見渡した。

夕闇に染まる、邑の外れである。

村の中に点在する貯水用の池。中でも最も小さく、茂みに覆われた場所を選び、玲琳は桶を運び込んでもらった。獣血に染まった身を清めたかったからだ。

禍森《かしん》で猪を狩ってはや半日。景行《けいこう》と辰宇《しんう》、そして雲嵐《うんらん》の手で狩られた猪は無事邑に運び込まれ、処理を施されていた。

玲琳ももちろん助太刀し、血まみれになっていたのである。

（雲嵐も、本当によく働いてくれましたね）

新たに「仲間」となった雲嵐を思い出し、口元を綻ばせる。

武器を巧みに操る武官二人に交ざって、顔を強ばらせながらも、彼はしっかり、狩りに参加してくれていた。

戦闘行為に集中するあまり、気詰まりな沈黙が落ちそうだったところに、一生懸命悲鳴を上げて場を盛り上げてくれたのも彼だ。動じない気質の黄家《こうけ》や、淡々とした性分の玄家《げんけ》だけでは、こうはいかなかった。

玲琳は賑やかだった道中を思い出し、えへへと相好を崩した。

(彼が、説得に応じてくれて、本当によかった)

いやまあ、後になって振り返れば、穏やかに諭したというよりも、刃を喉奥に突っ込んで脅しただけのような気もするが。

だが、兄たちには常々「男相手には、このくらい強く臨んでよいのだ」と言われていたし、なにより、雲嵐自身が納得したようなすっきりした顔をしていたので、きっと大丈夫だろう。

(邑の皆様が受け入れてくださったのも、本当に喜ばしいことです)

ついで、邑人たちの反応を思い出し、玲琳は笑みを深める。

禍森から帰ってきた雲嵐、そして狩られた猪のことを、最初、豪龍《ごうりゅう》をはじめとする邑人たちは、恐怖も露《あらわ》に見つめていた。

が、景行が芸術的な猪捌《さば》きを見せるにつれ、徐々に興をそそられたように集まってきた。

景行と、そして辰宇。たった二人で、あっさりと解体を進めていく姿に、警戒心を緩めたというのもあるだろう。

なにより彼らの恐れを和らげたのは、解体した猪を、二人が丁寧に説明してみせたことだった。

「いいか。この特別若くて元気そうに見える、この猪。肉の部分に白くサシが入り、とても美味そうだが、これらはすべて寄生虫――虫だ。食らうと、この虫に腑《はらわた》を食われ、ときに命を落とす」

「喉元の食道近くが腫れているものも駄目だ。病を持っている。こうしたものを食すと、やはり死ぬ」

野営経験が豊富な彼らは、肉の捌き方にも精通している。

どの肉はだめで、どの肉はいい。こうすると危険で、これを守れば安全。

具体的で実践的な解説は、邑人たちの知識を圧倒していた。

「だがよ、前に頭領が狩った鹿は、綺麗なもんだったぜ。火もしっかり通した」

「ああ。それなら、禍森のところどころに、猛毒の茸が群生していた。触れるだけで肌がただれるほどのな。鹿がそれを食すと、その肉や内臓も毒を帯びるようになる。糞の色は覚えているか？　そこで見分けられる。ちなみに、この猪は安全だ」

「そこまでは、知らねえよ……」

どんな質問もあっさりと答えられてしまううちに、人々は理解したのだ。

前代頭領が、禍森の鹿を食らって死んだのは、虫か毒に侵されたから。

つまり、明確な原因があるもので――呪いでは、ないのだと。

「霧に物音、皮膚のただれ、危険な獣肉。禍森の呪いとされていたものの原因は、おおかた目星が付いています。おそらく、適切に備えれば、回避できるものでしょう」

徐々に落ち着きを取り戻していった邑人たちに、玲琳は冷静に告げた。

不気味な物音に、獣の集まりやすい木、皮膚をただれさせる毒。

彼女の目には、森のもたらす「禍《わざわい》」とやらは、どれも人為的なものに見えていた。おそらく、迷信深い邑人たちの性質に付け込んで、誰かが「禍森」の伝説を作り上げたのだろう。

誰か――禍森に民を近づけたくないと考えた、誰かが。

(江氏《こうし》、あたりでしょうか)

今のところ、それも推測でしかない。なるべく早く、景行にも相談してみようと考え、玲琳はひとまずそれらの事実を伏せたうえで、邑人たちに微笑みかけた。

「たしかに森は危険な場所で、警戒心は必要です。ですが、飢えはそれ以上の危機。きちんと対策した上で、恵みをありがたく頂戴しましょう」

軒に吊るした猪にごくりと喉を鳴らしながら、邑人たちは素直に頷いた。

数日もせず、この大量の食料が手に入る。それも、訓練して森に入れば、さらに。

突然現れた希望に、縋《すが》り付かずにはいられなかったのだ。

「あのう……、この猪、ちょっと分けてもらえないかねえ。うちの旦那が、風邪を引いちまったもんで、精を付けてやりたいんだよ。その血まみれの衣の、着替えがいるだろう? それと交換にさ」

最初に切り出したのは、乳飲み子を抱えた邑の女だった。

それを皮切りに、桶や清水、古農具など、様々な品物と引き換えに、猪を求められる。

玲琳たちが代償もなく快諾すると、邑の人々は一層友好的になった。長時間の解体もにこにこと見守り、やがて手伝いはじめ、最後には冗談で大笑いし、ばんばんと肩を叩くほどである。

民の現金さに、玲琳と雲嵐は顔を見合わせたが、二人とも苦笑するだけだった。

だが、肩を竦めた雲嵐の表情が、いつになく柔らかなものだったことに、玲琳は気付いた。

(感情豊かで、人懐っこい方々)

玲琳はくすぐったい思いを噛みしめながら、湯を掬った。

雛女《ひめ》として皆から敬われてきた玲琳は、実は誰かと共同作業をしたという経験が少ない。

あけっぴろげな笑みや気さくな冗談、親しげに叩かれる肩。

それらに触れるにつけ、しみじみとした感動と、喜びが湧き上がった。

(すごく……楽しかったなあ)

飾り気のない笑みが、嬉しかった。自領の民ではないとわかっていても、もっと彼らの喜ぶ顔が見たい、もっと親しく交ざりあいたいと思う気持ちが止められない。

おそらくは雲嵐も、同じなのだろう。どれだけ諦めたそぶりを見せても、邑の仲間の心根が、本当は温かいと知っているから、やはり彼らとの交流を願わずにはいられない。

(これを機に、雲嵐と皆様が仲を深めてくれたらよいですね)

湯桶に広がった髪をまとめ、絞りながら、そんなことを考える。

このぶんなら、雲嵐が完全に邑に溶け込む日も、そう遠くはないのかもしれない。

なにせ、すっかり友好的になった邑人たちは、いっそ甲斐甲斐しいほどで、血まみれになった玲琳たちを気遣い、入浴を勧めたのも、彼らのほうだったのだから。

「おいおい、あんたら、そんな形《なり》じゃ気持ちが悪いだろう。川で水を浴びておいでよ。それか、桶に湯を沸かそうかい?」

「おーい、杏婆《きょうばあ》。あんた、いつまで寝てんだい。ちったァ働きな」

「そうだ、着替えも必要だろ。古着はうちのを使うかい? 雛女さんは、あたしのでいいとして……

雲嵐は背が高いからねえ、旦那ので合うかどうか」

乗り気になった彼らは、ずかずかと雲嵐たちの家に入り込み、杏婆に湯を沸かさせようとする。親しくなったと思ったら一気に距離を詰める彼らに、雲嵐も玲琳もたじたじとしたが、結局彼らに押される形で、身を清めることにしたのである。

ただ、景行をはじめとする男性陣は、川辺に行って体を流すだけでよかったが、女の玲琳はそうもいかない。すぐ近くに、邑の女たちが、沐浴場としても共用する貯水池があったのだが、水は洗濯や、生活水としても用いることがあるらしく、そこに獣血を流すことは躊躇《ためら》われた。

そこで、大きな桶を借り、邑の外れにある、小さな貯水池に向かったのだった。

(ここでなら、多少は気兼ねなく入浴できますし——)

玲琳はおもむろに、屈み込む。

桶のすぐ傍には、池の水を沸かし、また濡れた体を乾かすため、火を焚いてあった。

(ようやく、慧月《けいげつ》様とお話ができる)

そう。玲琳はずっと、一人で炎に向き合う機を窺っていたのだ。

少し身をのけぞらせ、遠くの茂みを振り返れば、こちらに背を向けて立つ辰宇の姿が見える。

あっさりと「おう、ごゆっくり!」と見送った景行とは違い、彼は入浴の間、「朱《しゅ》 慧月」の見張りをすると言って聞かなかったのである。

いわく、いくら人心が和らいだとはいえ、いつ敵意の刃を向けられたり、水に溺れたりするとも知れないから、とのこと。

ゆっくりと時間を掛けたいのだと言えば「待つのには慣れている」、肌を見せたくないのだと言えば「そんな不敬は犯さない」。

たしかに、女性から引く手あまたの鶯官長《しゅうかんちょう》が、雛女で、しかも「鼻つまみ者」の女を覗き見るとも思えず、最終的に玲琳は承諾したのだった。

桶も焚き火も手際よく彼が整えてくれたし、ありがたくはあるのだが。

(うぅ……ご厚意が重いです。わたくし、そんなに頼りないでしょうか)

焚き火に髪をかざして乾かしながら、玲琳はしんみりと溜息をついた。

入れ替わると、本来の姿でいるときよりは、皆、自分のことを放置してくれていたはずだ。なのに、こちらが自立したり、いそいそと世話を焼こうとしたりすると、いつしか相手がこちらの世話を焼くようになっている。

先ほども、雲嵐が「雛女がなにやってんの」と呆れ顔で玲琳から重い肉を奪い、軒に吊るしてくれたとき、ちょっぴり切ない思いを噛みしめてしまった。

(働き者の雲嵐はかわいい……。ものすごくかわいいけれど……)

自分が、守り慈しむことを、したいのに。

しょんぼりと肩を落としたが、髪の先から、ぽたりと水滴が垂れたことで我に返る。

こんなことをしている場合ではないのだ。

「慧月様。聞こえますか、慧月様」

体を乾かすふりをしながら、揺れる炎を見つめる。

もともとこの時間に、と打ち合わせていたわけではない。ちょうど夕餉《ゆうげ》の時間だろうし、繋がらない可能性も高かった。

（髪を理由に、四半刻ほどなら粘れますでしょうか。どうか、気付いてくれますように）

遠くに佇む辰宇に気取られぬよう、声を抑え、炎を極力体で隠しながら、玲琳は囁いた。

「どうぞ、炎術を使ってくださいま――」

『遅い！』

実際には、語尾を言い切るよりも早く、炎術は繋がった。

赤い輪郭がぶわりと膨らみ、すぐに収まる。揺らめく炎の真ん中に、眉を吊り上げた己の――慧月の姿が見えた。声こそ抑えてくれているが、燭台にずいと身を乗り出し、大迫力の顔面である。

『こっちは何度も何度も何刻も何刻も炎術を試していたというのに、あなたは今日の今まで、なにをやっていたの！』

『これが、炎術……！　玲琳様、見えますか？　大丈夫ですか？　って、なんですかその姿！』

『心から御身を案じておりましたが……、もしやのんびりとご入浴中でしたか』

慧月が声を荒らげる両脇から、控えていたらしい莉莉《りーりー》と冬雪《とうせつ》も顔を出す。

どうやら今、彼女たちは三人、車座になって燭台を囲んでいるようだった。

玲琳としては、三人の女たちに囲まれて説教されているような心地である。

「も、申し訳ございません、べつに寛《くつろ》いでいるわけではないのです。血まみれになってしまったので、清めておりまして」

『血まみれ⁉』

言い訳がましく説明すると、三人が一斉に息を呑んだ。

「ええ。こちらに来てから、農作業を満喫し、今日に至っては登山して猪さんを狩りましたもので、いよいよ汚れがひどくて……」

『……農作業？』

『登山？』

『猪狩り？』

一斉に虚無の表情を浮かべた女たちを代表し、慧月が這うような声で問うた。

『あなた……いくら自主的にとはいえ、賊に攫《さら》われて、捕虜になっているのよね？　なぜそんな、田舎での余生を楽しむ感じなのかしら？　なに呑気に登山なんかしてるの？』

「えっ」

玲琳はぎくりと体を強ばらせた。

慧月が、ものすごく怒っている。

「ほ、本当ですね。なぜ登山なんてしてしまったのでしょう。そこに山があったから……？」

『もういいわ、あなたの与太話を聞いていても埒《らち》が明かない。わたくしの質問に端的に答えて』

眉間を押さえながら切り出した慧月に、玲琳は「はい」としおらしく頷いた。

『まず、無事なのね？』

「はい。とても元気です。よく寝、よく食べ、楽しく過ごさせていただいています」

『あっそう。で、賊の正体は誰で、そこはどこなの？』

「わたくしたちを攫ったのは、この郷で賎民と呼ばれる者たちでございます。『朱 慧月』をいたぶることを命じられ、この邑に攫ってきたとのことでした」

極力淡々と答えると、慧月は静かに息を呑んだ。

『なんですって？』

「申し上げにくいのですが……『朱　慧月《わたくし》』を攫ったのは、他領の刺客ではなく、南領の民なのです。なんでも、この冷害は雛女のせいであり、元凶の女をいたぶれば天の怒りが和らぐ、そうすれば税も下げてやると、郷長の江氏にそそのかされたようで」

経緯の説明を聞くと、慧月は衝撃を受けたように黙り込む。

『……江氏が真剣に捜索していたのは演技で、最初に見せた敵意のほうが、本物だったのね』

やがて彼女は、自嘲しながら俯いた。

『わたくしが、「どぶネズミ」だから？　無才の女では、領地に福をもたらせないと、そういうこと？　自領の民にまで、天災の元凶扱いされるなんて……そこまで嫌われていたなんて、滑稽ね』

「いいえ、慧月様」

だが玲琳は、それをきっぱりと遮った。

「これは、好悪の話ではありません。あなた様にはなんの非もない。追い詰められた民がいて、そこに付け込んだ悪者がいた。これはそうしたお話です」

縋るように顔を上げた慧月に向かって、身を乗り出す。

「現に、数日をともに過ごすうちに、邑の皆様とはすっかり打ち解けることができました。皆、ただひもじくて、不安で、その苛立ちをどこかにぶつけたかっただけなのです」

『………』

慧月はわずかに目を潤ませ、唇を引き結んだ。

「ですので慧月様。俯くよりも、民を追い詰めたすっとこどっこいを懲らしめましょう。そして、雲嵐たちを――この邑や南領を救う手立てを、考えましょう。それが、わたくしたちの役目です」

『……そうね』

やがて、慧月が覚悟を決めたように頷いたので、玲琳はほっと胸を撫で下ろした。

「それで、そちらの状況はいかがです？　小兄様は、無事に慧月様を支えられているでしょうか」

『支えるというよりは』

だが、景彰《けいしょう》の名を出した途端、せっかく背筋を伸ばした慧月が、やさぐれたような顔つきになった。

『ねちねちと毎日、わたくしをいたぶってくれるわよ。「そんな姿勢じゃすぐに正体がばれちゃうよ」とか、「おやおや、黄 玲琳ともあろう者が、兄ににこやかに茶も出せないのかい？」とか』

どうやら、人を食った性格の景彰に傍にいられて、慧月は相当な負荷を強いられているようである。

『あなたに対しては、口を開けば怒濤の賛辞を紡ぐのに、わたくしに対しては怒濤の嫌味よ。それも、日を追うごとに嫌味度合いが深まっていくの。いつもへらへらしているし、粘着質で、嫌な男』

『ですが、景彰様が遠慮なく注意してくださるおかげで、正体がばれずに済んでいるじゃないですか』

他家の男を嫌そうにこき下ろす慧月のことを、莉莉が慌てて宥《なだ》めに掛かる。

一方の玲琳はといえば、慧月の発言を受けて、驚きに目を見張っていた。

「まあ。では小兄様は、慧月様のことをすっかり気に入ったのですね」

『は？』

「小兄様はね、気に入った相手のことは、まず徹底的に意地悪しますの。叩いて、叩いて、それでも立ち上がった気骨ある者のことは、身内に認定し、それはもう可愛がりますのよ」

慧月はぽかんとし、それからぶるりと身を震わせた。

『なにそれ。黄家には変人しかいないの？　あなたたちって、頭が』

『慧月様との距離感はさておき、景彰様は、うまく立ち回っておいでです』

　重大な不敬発言をしそうになった慧月を遮り、横から冬雪が身を乗り出して、話を戻す。

『舞台から玄家の祖綬が見つかったと、捜索をそちらに誘導しているご様子。これは、捜索隊を、賎《せん》邑《ゆう》に向かわせないための策だったのですね』

　玲琳は少し考え、首を振った。

「いいえ、小兄様はまだ、わたくしたちの居場所をご存じないはず。祖綬は、わたくしたちを攫った者たちが、捜査を攪乱させるために落としていったものですわ。当人が言っていましたもの」

『そうなのですね』

「ただ、考えてみれば……一介の民が、いくら郷長からの指示とはいえ、他家の祖綬を手に入れられるのは不思議ですね」

　呟き、玲琳はじっと炎を見つめながら、ここまでの経緯をまとめてみた。

　南領を冷害が襲った。民は不安になり、郷長はおそらくそれを憂慮した。そこで慧月に責任をなすりつけ、民の敵意がそちらに向くよう仕向けた。思い詰めた雲嵐たちは、「朱　慧月」の姿をした玲琳を攫い、いたぶろうとした。

「玄家の祖綬のほかに……、祭典用の衣の傍に、黄家の祖綬も落としていましたね」

　そういえば、衣に泥をかぶせたのも、雲嵐たちの仕業だったのだろうか。

　確認するのを忘れていた。

　だが、それなら雲嵐は——それを指示した江氏は、複数の祖綬を持ち合わせていたことになる。

祖綬とは、貴族の男が身につけるもの。決められた職人しか製造が許されていない希少なものだし、偽造しようにも、辺境の郷長では目にする機会もないものだ。

つまり、相応の身分にある者が、相応の知識を用いて、それを用意したということになる。

「……窮乏した民の裏に、郷長が。けれどそのさらに裏に、もうお一方、いらっしゃるようですね」

『朱家を利用して「朱 慧月」を陥れ、その責任を、黄家や玄家になすりつけようとする黒幕、ってことですね？』

莉莉が素早く相槌を打つ。

これは、かつて貴妃であった朱 雅媚《がび》が、金家《きんけ》の女官を装って慧月の殺害を命じたのと同じだ。

己の手を汚さずに誰かをいたぶる。

巻き込まれた経験のある莉莉の理解は早かった。

『まったく……権力者ってのはどいつもこいつも、嫌らしいやつらばかりだ』

『その黒幕とは、玄家と黄家以外――つまり、金家か藍家《らんけ》のどちらか、と考えればよいでしょうか』

冬雪が素早く尋ねると、玲琳は首を振った。

「決めつけるのは早計に思います。まずは、郷長の意図を確認しませんと。少なくとも雲嵐たちを追い詰めたのは彼なのでしょうから、きちんと反省していただかなくてはなりませんね」

『雲嵐？』

「この誘拐の主犯である、邑の青年ですよ。頭領の跡継ぎで、なんとか邑を飢えから救わねばと思い詰めていた、責任感の強い人物で」

邑のために一生懸命、こちらを備蓄庫に閉じ込めたり、食事を抜いたり、田畑で働かせようとしたりしたのだ、と目を細めて語る玲琳に、莉莉たちは事態を察した。

あ、本気で迫害しようとしたのに、全然怯えてもらえなかったやつだ、と。

「ふふ、責任感の強い性格が莉莉そっくりで、とても愛らしいの。襲われそうにもなったのですが、その後思い直してくれまして。一緒に猪さんを捌きながら、しみじみ、仲良くなれてよかったな、彼の笑顔を守ってあげたいなあと」

さらりと混ぜられた語彙の不穏さに、顔が引《ひ》き攣《つ》りそうになる。

だが、要は、この雛女は相変わらずの方法で、あっさり窮地を脱したのだろう。

『どんな状況でも揺るがない大らかさ、さすがでございます……』

『たらし女め……』

ぼそりと呟く女官二人をよそに、玲琳は困った様子で頬に手を当てた。

「ただ、郷長まではしっかりやり返してやろうと決意しているものの、彼の背後の存在を、今のわたくしでは探れません。おそらく、郷長と密に接触しているどなたかだと思うのですが……」

『それなら』

今度は、慧月が提案した。

『ちょうど明日、茶会を開くの。雛女を通じて、各家の動向を探ることができるかもしれないわ』

「お茶会?」

『「朱 慧月」が攫われたことで、雛女たちは不安がっているのよ。それを和らげてくれと、殿下が。この後も打ち合わせにいらっしゃるの。わたくしでうまくやれるかどうか、不安だけど……』

憂鬱そうに溜息をつくと、慧月はふと気付いたように顔を上げた。

『というか、あなたが無事に帰ってきたら、きっと茶会どころではなくなるわよね？』

「あ」

『今すぐ戻ってこられないの？　賎邑は、郷から橋ひとつ渡っただけの距離なのでしょう？』

「あら、どなたかから報告は行っていませんか？」

玲琳が目を瞬かせる。

「吊り橋は、雲嵐たちの手で落とされてしまいましたの。そちらに戻るには、山をぐるりと回らなくてはならないようで、女の足では、半日は掛かりそうですわ」

『そう……それなら、茶会まではわたくしが頑張るしかないわね』

「もしくは、今、入れ替わりを解消しますか？　慧月様には、邑で数日過ごしていただくことになってしまいますが……」

おずおずと尋ねると、慧月は残念そうに首を振った。

『「気」はだいぶ溜まったけど、火の気が強すぎて、まだ十分に練れていないの。万全を期すなら、術を使えるのは、やはり明日以降よ』

「そうなのですか」

『それに、術は、対象者と体を触れあった状態で使いたいわ。離れていては、対象者の全身に術が及ばない。痣だけとか、手首だけとか、体の一部だけ入れ替わったりしても困るもの』

一部だけなんてことが起こりうるのか、と目を見開くと、慧月は決まり悪そうに肩を竦めた。

『魂だけを切り離す入れ替わりの術より、肉体の一部だけを入れ替える術のほうが、本当は難しいし、大きく気を使うわ。普通ならできない。けれど、ここはわたくしが最も相性のよい、火の気に優れた土地。どんなことも起こりうるわ』

「慧月様って……本当に、優れた道術の使い手なのですね」

『暴走しなければだけどね』

道術に複雑な感情を抱いているらしい彼女は、自嘲気味に答える。

『道術を学びはじめた頃は、よく失敗したもの。浮かぼうとして墜落したり、猫の意識を操ろうとして、わたくしの腕が猫になってしまったり』

「それはそれですごいのでは」

玲琳は思わず呟く。

ついで、慧月という人間の、あまりの自己評価の厳しさに首を傾げた。

「そんなことができる方、大陸広しといえど、慧月様しかいらっしゃいませんわ。まるで龍気を帯び、神通力を操ると言われた始祖のようではありませんか。素晴らしい才能です」

『不敬にも程があるわ。龍気は天の恩寵《おんちょう》だけど、道術はしょせん、呪いによって陰陽の理《ことわり》の隙間から力を引き出しているに過ぎない。だから道士は弾圧されているんじゃないの。道術を操るなんて知られたら、今や迫害対象になる時代よ。わたくしの父も、それで落ちぶれたのだから』

身震いした慧月は、だからこれまでほとんど、この力を周囲に打ち明けてこなかったらしい。

彼女がここまで自尊心に欠けるのも、きっと道術を、誰からも褒められてこなかったからなのだろう。

慧月は『とにかく』と、不安を滲ませて燭台に詰め寄った。

『明日をめどに戻ってきてほしいわ。聞いた感じだと、形ばかりの捕虜なのでしょう？　事情を知っている景行殿に頼めば、いつでも邑を抜け出せるのではないの？』

「そう、ですね。ただ、鷲官長様は入れ替わりをご存じないし、『救助が来るまで邑に留まる』と合意したものですから、急な方針転換を、どう伝えれば怪しまれずに済むか……」

『は？』

頬に手を当てた玲琳の独白に、慧月が凍り付いたような声を出した。

『なぜそこで、鷲官長が出てくるの？』

「……あら？　まだお伝えしていませんでしたっけ。昨夜、鷲官長様が邑に当たりをつけ、独自に川を渡って、こちらに合流なさったのですわ」

『はあ⁉』

ぶわっ、と炎が膨らんだので、玲琳は慌てた。

「あっ、あの、今、遠くの茂みからこちらを見張っていらっしゃるので、落ち着いて――」

『落ち着いていられるものですか！　なによ、あなた、もうとっくに殿下の監視下にあったわけ⁉　すでに、この入れ替わりは鷲官長を通じて、殿下に見破られてしまっているのではないの！』

「そ、そんなことは！」

今の慧月の叫び声は、辰宇に届いてしまっただろうか。玲琳は背後をちらちら気にしながら、必死に相手を宥めた。

「だって鷲官長様は、この場にいらっしゃいますもの。殿下にご報告なんてできませんわ」

『今できなくても、後から「入れ替わっていました」と報告されるに決まっているでしょう！　どうするのよ、わたくしの苦労はすべて水の泡だわ。怒り狂った殿下に罰されるのはわたくしよ！』

「入れ替わり自体を見抜かれていませんったら！」

極力声を抑えつつも、玲琳は早口で告げた。

「大丈夫。鷲官長様は、すっかりわたくしを慧月様と思い込んでいますわ。なにせこちらは、想定問答集まで作って日夜鍛錬してきた身。擬態の質の高さは折り紙つきですもの。ねえ、冬雪?」

『え……、ええ』

「冬雪?」

主人至上主義の筆頭女官が、さっと視線を逸《そ》らしたことに、玲琳は愕然とした。

『あの。とっくに正体を見抜かれているのに、泳がされてる……ってことはないんですか?』

次に恐る恐る口を開いたのは、莉莉だった。

『だってあんた、悪女のふり、ど下手くそですもん。見破れないほうが、信じられないというか』

「ど下手くそ」

かわいがっている女官からの衝撃の指摘に、玲琳は声を詰まらせた。

「ひどいです、莉莉。あなたはわたくしの努力を、いつもそのように思って見ていたの……?」

『えっ、いや……! 馬鹿にするつもりはなくて! でも、純粋な事実というか』

「大丈夫ですったら。ちゃんと定期的に罵っていますし、歯切れのよい口調も心がけていますし」

悲しみに胸を押さえながらも、玲琳はむきになって反論する。

『口調とかの問題じゃないんですよ。無意識に、だんご虫と戯れたりしていませんか? 泥にきゃっきゃと手を突っ込んだり、目下の者に気さくに話しかけたりしていないでしょうね』

「えっ……」

だが、半眼の莉莉に確認されると、途端にぎくりとした。

指摘された事項、すべてに心当たりがあったからだ。

小さく息を呑んだ玲琳を見て、慧月がみるみる眉を吊り上げた。

『ほら見なさい。どこが「質が高い」のよ！　絶対、見破られているわよ、そんなの！』

「そ、そんなことは。だって、見破っていたなら、指摘しませんか？　鷲官長様が黙っている理由なんてないではないですか。つまり、見破られていない――」

『慢心も大概になさい。ああもう信じられない、わたくしでさえ、この暑苦しい冬雪を七日以上騙したというのに、あなたは三日と保たないなんて。この無能！』

「うっ、ですから大丈夫だと……慧月様、言葉の刃が鋭いです。胸が痛い……」

なにごとにも動じない気質ではあるが、正面切って「無能」と罵られたのはさすがに初めてで、動揺してしまう。

耳も胸も痛むようで、玲琳は悲壮な面持ちになった。

『というか、だんご虫、あたし前にも注意しましたよね。なぜ学ばないんです？　阿呆なの？』

「うっ……、痛い……！」

『そうよ、浮かれてんじゃないわよ、この大馬鹿女』

「い、痛た……っ！」

感情を高ぶらせた莉莉と慧月が、声を抑えたぶん凄みを込めて迫ってくる。

これまで、冬雪による淡々とした説教くらいしか受けてこなかった玲琳は、朱家の女たちによる、抉るような言葉選びに、思わず耳を押さえて叫んだ。

だが――、それがいけなかったのだろう。

「おい！　無事か!?」

茂みの奥から、血相を変えた辰宇が、飛び込んできてしまったのだから。

「えっ、鷲官長様!?」

ぎょっとした玲琳は、咄嗟に身頃をきつく合わせ、体を小さく丸める。肌に張り付く、下着同然の古着しか身に着けていないからだった。

「な、なな、なぜこちらへ!?」

「悲鳴が聞こえた。襲撃――ではなさそうだな。傷が痛むのか？」

だが、辰宇は玲琳の装いなど眼中にない様子で、剣を構えたまま、ぐるりと周囲を見渡す。

それから、うずくまったままの玲琳に向かって、すうと目を細めた。

「猪を狩ったときの傷か。見せろ」

「はいっ!?」

想定外の展開に、さしもの玲琳も冷や汗を滲ませる。

(あ……ああ。そう、わたくしが、「痛い」なんて叫んだものだから……)

おそらく、慧月たちの声は、炎から離れているぶんには聞き取れなかったのだろう。つまり、辰宇からすれば、入浴後、火に当たっていた女が、突然うずくまって「痛い」と叫びだした状況のわけだ。

(そ、それはたしかに、心配しますよね……！　ああ、わたくしはなんと愚かなことを)

慌てて炎に視線を走らせる。

慧月たちは「鷲官長」の言葉で状況を察したか、炎に映り込まないところまで身を引いてくれている様子だった。

それに安堵しつつも、心臓はいまだ、ばくばくと激しく脈打っている。

炎術を使っていること――自分たちが入れ替わっていることを、知られてはならない。

さらに言えば、この下着同然の姿をさらすことも、避けたかった。

「い、いえ！　どこも！　どこも痛くなどございません。傷も問題ございませんし！　心配ご無用ですわ！　ささ、どうぞ心置きなくご退出を！」

「……なぜそこまで慌てる。なにか隠しているな？」

だが、辰宇はかえって疑惑を深めたようだ。

整った眉を寄せると、一層鋭く玲琳を見据えた。

「さては、掌以外にも傷を負っているのか？　刀傷か、挫傷か。いずれにせよ、早く処置したほうがいい。隠して放置していると、悪化するぞ。ここは設備の整った後宮ではないのだから」

「ほ、本当に傷などないのです。あのですね、鷲官長様、わたくし、下着同然の姿なのです。それを見られるのはあまりに恥ずかしゅうございますわ。とにかく一度、ご退出を」

「安全と体裁のどちらが大事なのだ。初陣を踏んだ若造でもあるまいし、これくらいで動じるものか。さっさと隠している傷を見せろ」

なぜだろう。玲琳が事実を説明すればするほど、相手は負傷の確信を深めていってしまう。

「おまえはときどき、度を越した無茶をするようだからな」

それは、かつて破魔の弓を引き続けて昏倒した玲琳の、前科がなせる業だったが、本人はそのことに気付いていなかった。

「いえ、とにかく、ここはご退出を……！」

「ほう」

頑なに退出を促すと、辰宇は顎を撫で、一度身を引く。

それからおもむろに、じっと玲琳を見下ろした。

「かつて破魔の弓で負傷したときの黄 玲琳は、頑として周囲の心配を受け入れなかったが……なぜだろう。今のおまえは朱 慧月のはずなのに、そのときの姿が重なるな――」

「どうぞ、隅々までお検《あらた》めください」

玲琳は粛々と立ち上がり、両腕を辰宇に差し出した。

(く……っ、鷲官長様に、翻弄されている気がします)

内心では歯噛みする。もしや自分は、彼にもてあそばれていないだろうか。

だがしかし、この職務に忠実な男が、仮に入れ替わりを見抜いたとしたら、尭明《ぎょうめい》に報告するため、言質を取る――さっさと玲琳自身に入れ替わりを認めるよう、迫ると思うのだ。

見逃す理由も、泳がす理由もないはずだ。

(だとすれば、やはり、見抜かれてはいない)

ちら、と視線を上げれば、真剣にこちらの全身を確かめている辰宇と目が合う。

女慣れした彼はたしかに、しどけない装いに動じることもなく、武器の点検でもするように淡々と体のあちこちを確認していた。

「――たしかに、掌以外に傷はなさそうだな。だが、この首はどうした」

やがて検分を終えた辰宇が、剣呑に目を細める。

長い指がさしたのは、雲嵐に短刀を突きつけられ、わずかに出血した箇所だった。

「猫さんが引っ掻きましたの」

「嘘を言うとためにならんぞ」

咄嗟に雲嵐を庇うと、辰宇がぎろりと睨みつける。

「正直に事情を話せ」

「いやでございます」

ぴしゃりと撥《は》ねのけると、むっとした様子の彼が「もう少し素直に、人の言うことを聞けないのか」と苛立たしげに呟いたので、玲琳もつい、言い返してしまった。

「まあ。家族でも夫でもない殿方に、なぜ従う必要がございますの？」

その瞬間、辰宇がぴたりと、動きを止めた気がした。

「…………」

実際、彼はその瞬間、心臓が焼けるような心地を覚えていた。

辰宇がこの雛女の入浴を見張ったのは、あくまで職務上の理由のはずだ。茂みの奥に見え隠れする姿には礼儀正しく背を向け、事実、心を動かしもしなかった。

ただひとえに、慣れぬ湯桶に女が溺れることはないか、野犬や邑の民が敵意を向けてくることはないか、そんなことだけに注意を払い、立っていたのだ。

押し殺した悲鳴を聞き取ったのは、そのとき。

剣に手をやりながら、即座に彼が思い出したのは、破魔の弓を引いたときの彼女だった。

この女は、けっして人前で弱みを見せない。

冷や汗を浮かべても背筋を伸ばし、流血していても微笑み、後から昏倒する――そんな女だ。

人払いをし、初めて一人になった今、堪えていた悲鳴が飛び出てきたのではないかと思った。

襲撃ならばどんな敵もなぎ払うし、傷ならば必ず見抜き、今度こそ処置をさせる。

そう決め込んで臨んだのに、彼女は相変わらず頑なで、こちらの心配にも迷惑顔だ。

挙げ句の果てに、「家族でも夫でもない男」。

（……その通りだ）

痛烈さよりも、言葉がまったく反論を許さぬ正しいものであることに、辰宇は衝撃を覚えた。

この女は、雛女。皇太子・尭明の妻となる女。

彼女が従うべき男がいるとすれば、それはあくまで家族と、尭明であって、自分ではないのだ。

「……鷲官長様？」

おずおずと、目の前の女がこちらを見上げてくる。

濡れたまま首筋に張り付いた髪、頼りない衣に包まれたほっそりとした肢体。

こめかみを伝った水滴が、ぽたりと鎖骨に落ちてゆく様を見守り、辰宇はふと思った。

彼女の髪を撫でる男は、自分ではない。

柔らかな体を抱き寄せる男は、自分ではない。

もし芯の強い彼女が、いつか人前で涙を許したとして、それを拭う男は自分ではなく、尭明なのだと。

「……夫であれば」

気付けば、彼女の頬を伝う水滴に、手を伸ばしていた。

「従うのか？」

「え？」

「もし俺が、おまえを娶《めと》れば……おまえは俺に、従うのか？」

鷲官長。後宮で男が望める、数少ない栄誉職。

下級妃なら下賜も許される、役職。

「ならば、娶ってしまおうか」

女の頬に手を添え、辰宇はそう囁いていた。


(————……はて)

一方の玲琳はと言えば、辰宇に頬を触れられたまま、完全に硬直していた。

(今、鷲官長様が、なにかこう、求婚めいたことを仰《おっしゃ》ったような)

もしや、自分が知らないだけで、辰宇と慧月は憎からぬ仲だったのだろうか。

(いえいえいえいえ。これはいわゆる、売り言葉に買い言葉というあれですね。びっくりしました)

なにしろ、十にもならぬ内から尭明の妻にと見定められてきた玲琳である。男に言い寄られたことなどなく、こんなとき、どう振る舞えばよいのかさっぱりわからなかった。

「ご冗談を……」

「冗談？　いいや」

くるりと背を向けると、辰宇は追いかけるように、背後から髪一筋を掬った。

「存外、本気だ」

声は低いが、熱を孕《はら》んでいた。

「そ……」

そうですか、と相槌を打ちかけたが、途中で口をつぐむ。

こんなふうに受け流してよい話題でもないはずだ。

（ど、どうすれば……!?）

今さらながら、吐息が耳に掛かりそうな、この距離が気になる。すぐ傍に迫った辰宇の長身はやけに生々しく、髪を掬った彼の手は、肌に触れずとも熱を伝えるかのようだった。

（ひとまず、手を離していただいたほうがよいですよね。ええと……落ち着いて、相手の目を見つめたまま、少しずつ後ずさり……いいえ、それは森で熊さんと遭遇したときの対応法）

初めての事態に静かに混乱していると、ぱちっと足下の薪が爆ぜる。

その音で、玲琳ははっと我に返った。

（動揺している場合ではありません！）

炎の向こうでは、慧月たちが今まさにこのやり取りを「見て」いるのだ。

そう思えば血が沸くほどの羞恥に襲われたが、それ以上に、強い使命感を覚えた。

入れ替わりが見抜かれていると決めつけ、大いに気を揉んでいる慧月。

彼女の前で、立派に「朱 慧月」を演じているところを見せ、安心させてやらねばならない。

（そのために、細かな想定を積み重ねてきたのではありませんか。しっかりするのです、玲琳！）

慧月が聞いたなら、「余計なことをしないで！」と叫びそうな決意を固め、玲琳は小さく頷いた。

大丈夫。まさにこうした状況について、先日、慧月の考えを聞き出したばかりだ。

（殿方に好意を告げられたら……「誘惑する」！）

脳裏には、にいと目を細めた慧月の、誇らしげな回答が蘇っていた。

——もし素敵な殿方に言い寄られたら？　そんなの、あらゆる手練手管を使って誘惑し、恋の奴隷に落とすに決まっているでしょう。

　さすがは心の欲するままに生きる朱　慧月だ。

　自分なら愛情を受け止めることにすら戸惑い、立ち尽くしてしまうだろうが、彼女は苛烈にやり返すのだという。

　まことあっぱれ。

　正直なところ、手管のひとつも思いつかないが、少しでも慧月に近づく努力をすべく、玲琳は覚悟を決めた。

「……わたくしを、娶るですって？」

　最大限、自信に溢れた笑みを浮かべ、相手に向き直る。

　軽く目を見開いた辰宇をじっと見つめたまま、玲琳は逆に手を伸ばした。

——思わせぶりに見つめて、肌をなぞって、視線を逸らさせやしない。

　そのまま、そっと頬に、手を這わせる。

「夫にさえなれば、わたくしを従わせられるとでも？　冗談ではないわ」

　息を呑んだ相手に、挑発的に小首を傾げてみせた。

「あなたが、わたくしに従うの。すべてを差し出さねば、容赦はしないわ、辰宇様」

　会心の台詞を決めてから、玲琳はごく一瞬、炎に視線をやった。

（こんな感じでいかがでしょうか！　慧月様！）

　炎の向こうで、地獄絵図が繰り広げられていようとは、露ほども思わずに。

「ななな、なにをし出すのよ、あの馬鹿は……っ！」

燭台から後ずさりながら、慧月は押し殺した声で叫んでいた。

本当なら力の限り絶叫したいが、万が一相手に聞こえてしまったらと思うと、それもできない。

いや、意図はわかるのだ。

おそらく玲琳は、先日の自分の発言を真に受けて、「朱 慧月」になりきるために、辰宇を誘惑しようとしているのだろう、とは。

(なんで！　あなたは！　悪行が大の苦手なわりに、悪意なくわたくしを追い詰めるの!?)

叶うことなら、今すぐ炎の向こう側に飛び出して、玲琳の肩を激しく揺さぶってやりたかった。

「こ、これは、すさまじい挑発……。え、この場で手籠《てご》めにされたりしませんよね、これ？」

「というか鷲官長様、『すぐ度を越した無茶をする』という発言から察するに、やはり正体を見破っておられるのでは……」

莉莉も冬雪も、冷や汗を浮かべて炎の映す光景に見入っている。

もう、いっそ火を消してこの展開から目を逸らしてしまいたい。だが、そうもいかない。

即座に炎越しに声を上げて玲琳を止めたい。

けれどそうすれば、入れ替わりの露見が決定的になってしまう。

三人の女たちは、葛藤の渦にたたき込まれ、身じろぎもできずにいた。

『……俺を、従わせる？』

炎の向こうでは、いよいよ目を細めた辰宇が、頬に触れた玲琳の腕を掴んでいる。

氷のよう、と形容されがちな瞳に、今、抑えきれない熱が覗いているのは、遠目にも明らかだった。

まるで、獲物を狙う鷲。

圧倒的な執念で、哀れな小鳥を、逃がしやしない――。

『そうよ』

玲琳がつんと顎を上げ、いかにも「朱　慧月」めいた口調で言い切ったとき、とうとう三人は手を取り合い、声にならぬ悲鳴を漏らした。

(ひいいい!)

やめろ。やめてくれ。目の前の男の熱情に気付かないのか。

執着心の強さで知られる玄家の男を焚きつけておいて、無事で済むと思っているのか。

『その覚悟もないのなら、ご大層なことを言わないでちょうだい』

覚悟を決められてしまったらどうするのだ!

慧月たちの絶望も知らず、炎の向こうで玲琳たちは黙り込み、互いの動向を探るようにじっと見つめ合っている。

「――ずいぶん便利な術だな、これは」

そのとき、ふと冷ややかな声が降ってきて、慧月たちはびくりと肩を揺らした。

「ひ……っ!」

すっかり警戒が手薄になっていた、背後。

そこに、腕を組み、美しい笑みを浮かべた尭明が立っていた。

彼の隣では、へらりと表情を崩した景彰が「すまない」と呟き、頬を掻いている。

（ひいいいいい！）

三人は一斉に血の気を引かせた。

「で、で殿っ、殿……！」

「でんでん歌わずとも結構」

泡を吹きそうになった慧月を、尭明はばっさりと斬り捨てる。

優雅な挙措で燭台に近づくと、炎を検分するように指先をかざした。

「これは、今まさにあちらに起こっていることか。玲琳たちから、こちらの姿は見えるのか？」

「えっ、あ、あの……っ」

「答えろ」

「は、はいっ。あの、燭台の火なので、あちらに比べて映る範囲は小さいですが……あまり近づきますと、お姿と声が、向こうに伝わってしまい――」

蛇に睨まれた蛙のような心地で答えながら、慧月は気付いた。

今、彼は、炎に映る「朱 慧月」のことを、「玲琳」と呼んだ。

そしてまた、炎術を操る慧月に対して、なんの疑問も抱いていないようだ。

ということは。

「殿下は……もしや……」

文章になっていない問いを、最後まで聞くこともなく、尭明はゆっくりと目を細めた。

「まさか、俺が見抜けていなかったとでも？」

それが、答えだった。

慧月は膝から崩れ落ちそうな心地を覚える。

「そんな……ですが、だって……。それならなぜ、黙って……」

あえぐように問えば、尭明は燭台から視線を離し、こちらを振り返る。

秀麗な顔には、いかにも皇太子然とした、穏やかな笑みが浮かんだままだった。

「――大切な者が傷つけられたとき、どうしようもなく取り乱すのは、玄家の血の性だ。愛しい者を腕に抱き、閉じ込めて守ろうとする。それは自然で、あるべき姿。以前の俺はそう思っていた」

「……は、い」

「だが、違った。感情の制御を失い、性急に敵を罰そうとした俺は、かえって愛する者を追い詰めた。同時に、特定の家の雛女に振り回される皇太子の図は、五家の均衡を大いに乱しただろう」

思わず、息を呑む。

前回の入れ替わりから成長がないなんて、とんでもない。

彼は、自身が玲琳を追い詰めてしまったこと、そして皇太子としてあるべき自制心を欠いていたことを、誰より悔いているのだ。

この涼やかな表情の裏では――外からでは計り知れぬほどの、悔恨と、己への怒りと、そして覚悟とが、熱く渦巻いていたのだ。

「もう二度と、状況を見失うことがあってはならない。他家の雛女を擲《なげう》って、玲琳のもとに駆けつけることもだ。俺は、この詠国《えいこく》の、皇太子であるのだから」

皇太子という語を口にしたときの、ごく、わずかな時間。

笑ませていた顔を引き締め、尭明は射貫くように炎を見つめる。

「ひ……っ！」

慧月の目に、ご……っ！　と、風が唸る光景が映った。

いいや、御簾《みす》を巻き上げもしない、燭台の炎も揺らしはしない、この実在しない風は、龍気だ。

人の呼吸を奪うほどの、圧倒的な龍気が、ほんの一瞬、この居室に満ちたのだ。

過去の反省から、激情を抑え込んでいる尭明。

だが、彼が今見せた、その荒れ狂う感情の片鱗だけで、慧月はもちろん、冷静な冬雪も、強気な莉莉も、人を食った性格の景彰まで、言葉を失って黙り込む羽目になった。

「朱　慧月よ。こたびの入れ替わりは、俺が禁止する前に起こったものだろう。ならば、その廉《かど》でおまえを罰することはせぬ」

へたりとその場に座り込んでしまった慧月を、尭明は見下ろす。

すでに悠然とした笑みを取り戻した彼は「ただし」と、燭台の炎に向かって小首を傾げた。

「貞節の問題は、また別だ。奔放な女と、言い寄った男と、その状況を許した人間がいた場合――誰が罰されるべきだろうな」

「…………」

慧月はなにも答えなかった。いいや、答えられなかったのだ。

かつて雨雲を呼んだときのように、荒々しい様子でいられるよりも、今の笑顔の彼のほうが、よほど物騒に見えた。

「あ……、の」

「もとより、玲琳の攫われた先は、とある者から情報を得ていた。だが、俺はもう二度と、拙速にことを運ぶことは許されない。彼女を救いに行くのは、こちらの状況に見通しがついた後だ」

「とある者……？　状況に、見通し……？」

震える声で尋ねたが、答えは得られなかった。

『――おい、大変だ！』

炎の向こうから、突然、叫び声が響いたからである。

『湯浴みは、もう終わったんだろ？　悪いけど、早く戻ってきてくれ！　あの黄家の護衛が、あんたを呼んでる。看病の心得があるからって』

慌てて一同が振り向けば、見つめ合う玲琳たちの傍に駆け込んできたのは、短い髪の一部を結った青年だった。薄汚い身なりだが、美しい男だ。

おそらく彼が、玲琳が「雲嵐」と呼んでいた、邑の頭領の息子なのだろう。

『杏婆が、朝から具合が悪かったみたいで、さっきからずっと戻してて……。杏婆だけじゃない。叔父貴も、近所のほかの住人も、次々と、吐いたり、下痢が止まらなくなって』

雲嵐は、整った顔を歪め、軽く息を荒らげている。

そうして彼は、不安を押し殺すように唾を飲み下し、掠れた声で告げた。

『助けてくれ。これはたぶん……伝染病だ』

と。

7. 幕間

徐々に迫ってきた夕暮れを、江氏《こうし》は跪《ひざまず》いた姿勢のまま、恨めしく睨み上げた。

「くそ……」

鼓楼《ころう》のすぐ隣に設《しつら》えた、祠である。

総じて信心深い南領の民は、なにくれとなく神に祈りを捧げるのが常であるので、郷長の彼もこうして、敷地のあちこちに祠を設けては詣でている。

今は特に、朱《しゅ》 慧月《けいげつ》の無事の帰還を祈り、食事も断って、一日中祈祷を捧げている――という態《てい》なのだが、彼の胸の内に、そんな誠実さなどかけらも存在しなかった。

「くそ、くそ、くそ……っ」

あるのは、一向に思うようにならぬ事態への焦りだけである。

「なぜ、皇太子は一向に動じぬのだ」

日頃丁寧な言葉を紡ぐ声は、今や、苛立ちでしわがれていた。

それもそのはず、これだけ江氏が朱 慧月拉致事件を騒ぎ立てているというのに、皇太子・尭明《ぎょうめい》は、悠然とした態度を崩しもしないからだ。呑気に屋敷に留まり、民と世間話に興じてさえいる。

想定外の状況に、江氏は「温厚な統治者」の仮面が剥がれそうなほど苛立っていた。

（己の雛女《ひめ》が攫《さら》われたというのに、なぜそちらに関心を集中させない。もしこのまま、屋敷に留まられて、帳簿でも調べられたりしたら……）

忌ま忌ましさに顔を歪めそうになり、なんとか踏みとどまる。

すでに、帳簿は始末した。もとより、周囲には関係の深い親戚しか置かぬようにしてある。露見するはずがないのだ——己が、郷民の数をごまかし、逋脱《ほだつ》に手を染めているということは。

（くそ……冷害さえなければ、すべてうまく行っていたのに）

夕暮れとなってもどんよりと空を覆う雲を見上げ、江氏は跪いたまま舌打ちを漏らした。

科挙で大した成績を取れず、この辺境の地を押し付けられた江氏。

自尊心だけは人一倍高い彼が、この配置に異を唱えなかったのは、この郷が中央からほどよく遠く、私腹を肥やすのに最適な土地だったためだ。

税は、王都へと届け出された戸籍に応じて額が決まる。ゆえに江氏は、時間をかけて登録上の戸籍数を減らし、本来収めるべき税よりかなり少ない額しか、郷に課させなかったのである。

浮いた米は、当然江氏のものだ。境を接する東領に一度流通させて金子に換え、霧の深い山奥の洞穴に隠してある。人が寄りつかぬよう、わざわざ「禍森《かしん》」の迷信を仕立て上げる周到さだ。

木に穴を穿って不気味な風音を立てさせ、獣が好む実を多く配置し、人が獣に襲われやすくなるよう仕向ける。最初の数年は刺客を放って入山者を昏倒させ、毒を全身に塗りつけてから帰してやったのもよかったのだろう。今では邑《むら》からも郷からも、「禍森」に立ち入る民などいない。

そうした長年の工作によって、江氏はきっちり金子を貯め込んできたのである。

だというのに、この二年、干魃と冷害が連続したため、収穫量はすっかり落ち込んでしまった。

名目上の住民数が少ないと、平時は税が減って助かるが、逆に郷が食糧難に陥ったときには苦労する。粥や塩、衣など、王都からの救済品の量もまた、戸籍数に応じるためだ。

おかげで、他領と比べてちっとも粥が行き渡らぬことに、郷民は不満を溜めはじめてしまった。怒りが王都に向くぶんには構わないが、不正を気取られては一揆になる。

普通ならここで賎邑《せんゆう》を生け贄に立て、民の不満を逸《そ》らすところだ。なにしろそのためだけに、江氏はあの汚らわしい人間どもを生かしてやっているのだから。

感情的で、追い詰められたならすぐ誰かを責めずにはいられない南領の民の性質を、江氏は熟知している。だからこそ彼は、賎邑という「捌《は》け口《ぐち》」を提供してきた。

郷の民の税を和らげる一方で、賎邑には重い税を課し、着るものや髪の長さまで規定して差別意識を強化する。不作の年には、邑の女をおびき寄せ、一揆を起こしそうな郷の男に好き勝手させる。

たったこれだけで、温蘇《うんそ》はもう二十年も一揆知らずだ。

なので、今回もそうした方法で乗り切ろうと考えていたのだったが、半月ほど前、思わぬ横やりが入ったのだった。

「まったく、あの、忌々しい男に目を付けられてしまったせいで――」

「やあ、また祈禱か。精が出るねえ」

息を吐きながら独白しかけたところに、突然背後から話しかけられ、江氏はぎくりとした。

若々しく、品の良さを感じさせる声。

声の持ち主は、青を基調とした衣をまとった武官だ。ほっそりとした体つきと、目元のほくろが印象的な優男である。

名を、藍《らん》 林熙《りんき》。藍家の雛女・芳春《ほうしゅん》の礼武官として外遊に参じた、藍家の次男だ。

その有能さから、藍家の跡目争いにおいて長男より優位にあると噂される男であった。

「僕は信心深い方ではないけれど、隣領のよしみだ。共に祈りを捧げておこうかな」

そんなことを嘯《うそぶ》き、林熙は江氏のすぐ隣に跪拝《きはい》する。

洗練された貴公子そのものの挙措で香を摘むと、農耕神のために祀った香炉に落とした。

「朱 慧月殿が早急に見つかり、救われますように」

目を閉じ、心にもないことを平然と述べる林熙の姿に、江氏は口元を歪める。

すると、林熙はまるでそれを察知したかのようにぱっと瞼《まぶた》を持ち上げ、にこりと江氏に微笑みかけた。

「ふふ、でも実際のところ、拉致事件が早急に片付いてしまったら、あなたは身の破滅だね」

「…………」

視線を逸らした江氏を追い詰めるように、林熙は続けた。

「皇太子殿下は意外にも冷静なお方だったようだ。雛女が攫われ、非情だと噂されようが、不動の構えで指揮を執っているのだから。せっかくあなたがちらつかせた証拠にも、まるで食いつかない」

薄い唇が、愉快そうに持ち上がる。

「豊穣祭の期間中、ずっと拉致事件に翻弄されるだろうとの読みは、外れてしまった。冷静な捜査が続けば、その過程で、あなたの逋脱も露見してしまうかもしれないね」

「……あなたが」

丁寧な口調は辛うじて維持できたが、怒りを押し殺すあまり、江氏の声は必要以上に低くなってしまった。

「あなたが私に、朱 慧月を攫うよう入れ知恵したのではありませんか」

そう。不作に焦りはじめた江氏のもとに、ある日やってきたのは、この藍 林熙であった。

もともと南領辺境の温蘇は、その一部を、藍家の治める東領と接している。

二つの領は山で遮られているものの、それでも、遠い王都よりもよほど頻繁に、物資のやりとりがあった。ゆえに、藍 林熙がお忍びでこの郷にやってきたとき、江氏は丁重に迎え入れたのだ。

しかし、彼が突きつけたのは、思いも掛けぬ脅しと、そして取引だった。

――逋脱、しているでしょう。

まるで、なんでもない世間話のように、彼はそう切り出した。

――戸籍を操作して、税を減らしている。豊作のときはいいよね。でも、今年は冷害。実際より戸籍のほうが少なければ、王都から賄われる粥は減り、民は飢える。不満も広がるのではないかな。

江氏は最初、動じなかった。なにせ彼には、賎邑という不満解消の切り札がある。

だが、林熙の指摘の主眼は、次の部分にあった。

――あとね、この地は、今年の豊穣祭の場に選ばれたよ。我らが皇太子殿下は真面目なお方。開催地に選ばれた郷については、きちんと来歴を調べられる。すると……どうなるだろうね?

それを聞き、江氏は突然闇の底に叩きつけられたような心地になった。

皇太子・尭明の優秀さは、辺境の郷長でも知るところである。

そんな彼に、もしこの地をつぶさに調べられてしまったら。国に、不正が露見してしまったら。

黙り込んだ江氏の肩に手を置き、林熙はにこやかに続けた。

――隣領のよしみだ。いい案を、授けてあげようか。

そうして彼は、告げたのである。

ひとつ、民の不満を逸らすには、朱 慧月を悪者に仕立てること。この冷害も粥の少なさも、すべて彼女の不才に結びつけてしまえばいい。

ひとつ、豊穣祭の最中に、朱 慧月を攫うこと。殺すのでもいたぶるのでもいい。とにかく、耳目をそちらに引きつける。そうすれば、皇太子もそちらに関心を割かざるを得なくなり、税への調査は自ずと緩む。

――僕たちは、協力しあう関係だ。あなたは清廉の評判を維持し、僕たちは朱 慧月を陥れる。ことが成った暁には、あなたを東領の、ここよりうんと広い郷の長として迎え入れるよ。

脅しつけられた後の報酬は、江氏の耳に、とびきり甘美に響いた。

木の気の強い東領は、不作とは無縁だ。民は大人しく従順で、統治もしやすいと聞く。

もとより江氏は、この辺境の郷に、逋脱がしやすいという以上の思い入れはなかった。己の才能は、より広く、より豊かな土地でこそ発揮されるべきと、ごく自然に考えたのだ。

藍 林熙の手さえ取れれば、破滅を免れる。いいやそれどころか、東領の豊かな土地を任せられる。他領とはいえ、もとより交流のあった地だ。きっとうまくやれるだろう。

(そう思っていたのに……計画はめちゃくちゃだ)

だが実際、文官の世界しか知らぬ江氏は、武官たちの有能さを過小評価していた。

まさかあの場で黄《こう》 景行《けいこう》が雛女を守って付いて行くとは思わなかったのだ。祖綬をちらつかせれば、捜査はすぐに玄家《げんけ》を対象として切り替わるものと思っていた。しかも、捜査を誘導したにもかかわらず、鷲官長《しゅうかんちょう》・辰宇《しんう》が単身で邑に向かったとの情報もあった。

江氏の計画よりも数倍早く、下手人が割れようとしているのだ。

今となっては、頭領の息子に仕事を押し付けるため、その場しのぎで証文をこしらえたことを後悔するほどだった。後から口封じすれば構わないと高をくっていたのだが、常に背後に皇太子の目がある中、今、妙な動きをするわけにもいかない。

(黄 景行や、鷲官長に、証文の存在を気取られぬうちに、邑ごと「処理」せねば)

気は急くが、方法がない。

今、唐突に賎民たちが死んでしまっては、かえって耳目を集めてしまうことだろう。

「どうすればよいのです。ことが露見すれば、あなただってただでは済まされませんぞ。私が縄を打たれたなら、共犯のあなたも、間違いなく失墜するのでしょうから」

「おやまあ、せっかく打開策を用意してあげた僕のことを、そう睨みつけなくても」

江氏が凄むと、林熙は軽く肩を竦めて、懐からあるものを取り出した。

それは、小さく折りたたまれた文だった。

「これは……?」

「朱 慧月を攫った賎民が寄越した、脅迫状」

「…………?」

怪訝さに首を傾げた江氏に、林熙は「という設定。もちろん偽造さ」と付け足した。

「これにはね、誘拐犯からの訴えが書いてある。冷害で邑は貧しく、病が広がっている。ゆえに雛女を攫った。雛女の命が惜しくば、薬を寄越せ——といった主旨のね」

江氏は、突然出てきた「病」の話に怪訝な顔をしかけたが、すぐに意図を理解した。

「なるほど……焼き討ちの大義名分を用意するというわけですか」

「そう。尊いお方のいる郷に、まさか病を持ち込むわけにはいかない。これまでは温情で生かしていた賤民も、もはや守れぬ。よって、理を弁《わきま》える郷長は、心を鬼にして邑に火を放つ、というわけ」

「朱 慧月や、武官の黄 景行殿は……」

「雛女は賤民に穢《けが》された絶望で自害するのだよ。景行殿は、彼女を守れなかった罪で後を追う」

林熙の滑らかな説明に、江氏は何度も頷いた。

たしかに、雛女とはなにより貞節を尊ぶべき存在。賤民に攫われ、病まで得たなら、自殺してもおかしくないだろう。武官もまた、おめおめと雛女に手を出され、病の流行を許したとなっては、皇太子に顔向けできないはずだ。

（なるほど、隠れての口封じが難しければ、堂々と始末する理由をでっち上げればよいのだ）

胸に広がったのは安堵と感嘆だけで、そこに一切、良心の呵責はなかった。

「だが……賤民どもは普通、手紙など書きませぬ。脅迫状だけを根拠に邑を燃やしたのでは、殿下や他家に怪しまれるのでは？　万が一、黄 景行が生き延びて、邑で病など流行っていなかったと証言でもしたら」

「そこは大丈夫」

慎重に問えば、林熙はにっこりと目を細めた。

「すでに、病は広げておいたから」

「なんと……？」

「ふふ。前夜祭の日に賤民を誘導して、病の元を邑に運ばせたんだ。なにが発生源か、彼らはわかってないだろうけど。ちょうど今頃、病が広がっているんじゃないかな」

色白の優男は、楽しげに笑う。この「打開策」は、前夜祭時点ですでに講じられていたものらしい。共犯者である江氏にも、ここまで手の内を明かしてこなかった林熙に、淡い苛立ちを覚える。だが、彼のこの深謀遠慮こそが我が身を助けるのだと思えば、すり寄るほかなかった。

「さすがでございますな」

「いえいえ。僕というより、主のお考えだからね」

「藍家当主殿ですか。さすがは切れ者と噂の御仁です。ご子息の林熙殿もかように頭脳明晰で、実に藍家は安泰と見えます。どこまでも朱貴妃――女頼みだった朱家とは大違いですな」

女なんかに頼ってばかりの朱家の本家に比べれば、江氏は藍家のほうを高く評価している。自尊心をくすぐるべく持ち上げてみせたのだったが、林熙は薄く笑うだけだった。

「それはどうも」

その理知的な瞳に、侮蔑の色が滲んだように見えたのは、気のせいだろうか。

「さて、郷長殿。あなたには、玄家と金家《きんけ》の礼武官を、偶然を装って招集してほしい。かような脅迫状があり、殿下にご迷惑を掛けぬよう内々に取引に応じたいが、郷の護衛では心許ない。取引の場に共に来てくれとね。そこに、事情を知らぬ賎民がやって来て、病状を訴えれば――わかるかな？」

「礼武官たちに、邑で病が広がっていることの証人となってもらうわけですな」

「そう。礼武官くらいの身分と信用があれば、証人としてはうってつけだからね。目敏い殿下を連れていってはなにかと不便だから、あれくらい御しやすいのがいい。特に、濡れ衣を着せられている玄家は、張り切って場に参じるはずだ」

江氏は素早く計画を反芻しながら、ふと眉を寄せた。

「しかし、賎民のほうは？　そう都合よく、病状を訴えになど来るのでしょうか」

「来るさ。そのために、食糧と引き換えに山で報告を上げさせているのだもの」

林熙は香で汚れた手を拭くべく、懐から手巾《しゅきん》を取り出したが、ふと思いついたように、それをぐるりと顔に巻き付けてみせた。

「『ああ、やっと来てくれましたかぁ、雲嵐《うんらん》くん！』」

彼がその状態で情けない声を出すと、線の細さも相まって、大層臆病に見える。

なあんてね、と布を外し、林熙はくすくすと笑った。

青年の底知れない様子に、背筋をぞくりとさせた江氏は、ちょうど空を舞う鳥がばさばさと羽を鳴らしたのを機に、会話を打ち切ることにした。

「さようですか。では私は、早速、武官の招集に当たることにしましょう」

「うん、よろしくね。あ、でも、黄家の礼武官は呼ばないほうがいい。殿下と繋がりが深いから」

「承知しました」

手短に話を終え、後は礼儀正しい目礼を交わして、その場から離れる。

きっと遠目からは、雛女の無事を祈願して跪拝を続けた郷長と武官、としか見えないだろう。

空を駆ける鳥――鳩がたどり着いた先、鼓楼の高みで、ある人物がふとこちらを振り返ったことには気付かず、江氏は屋敷へと戻った。

8．玲琳、看病する

湯浴みから戻った玲琳《れいりん》たちは、頭領のあばら家で待ち受けていた光景に、静かに息を呑んだ。

「う……うぅ」

「げえ……ほっ」

桶を抱えた人々が、背中を丸めて、激しく嘔吐している。

着物の尻を汚している者も多く、ひどい臭いが立ちこめ、苦しさにわめく子どもや赤子の泣き声が、室《へや》のあちこちに響き渡っていた。

「これまでにも、夏に食あたりを起こすことはあったけど、こんな突然、次々と皆が倒れるようなことは初めてで……。ばらばらにしとくと皆が怯えるから、ひとまず、ここに集めた」

雲嵐《うんらん》が強ばった声で告げる。

「これは……」

「痢病《りびょう》だな」

呆然とした玲琳、そして辰宇《しんう》が呟くと、すでに室の片隅にいた景行《けいこう》が答えた。

目から下に布を巻き付け、嘔吐を繰り返す者たちに桶を配っている。

「蒸すとはいえ日差しの弱い夏だ、霍乱《かくらん》というわけではなかろう。食あたりか、水にやられたか」

「痢病……。こんなに進行が早いだなんて」

玲琳は眉を寄せる。

痢病とは、激しい下痢を主症状とした病の総称だ。その中には、軽度の食あたりも、命に関わる重度の伝染病も含まれる。嘔吐を伴い、しかも、これだけの人数が同時期に苦しむとなると、今回は後者であると思われた。

病人の中には、つい先ほど、猪を分けてくれと頼んできた女たちもいる。あれから数刻も経っていないのに。この進行の速さを放っておけば、数日で邑《むら》の全員が罹患することもありえるだろう。

（いったいなぜ？　まさか……先ほど捌《さば》いた猪さんから？）

一瞬そんな思いが掠めるが、いいや、それにしては発症が早すぎる。だいたい、獣肉が原因なら、一番それらに触れていた玲琳たちが無事のはずがなかった。

「原因はまだわからん。ただ、杏婆《きょうばあ》や豪龍《ごうりゅう》は、昨晩からすでに、胸のむかつきや下痢があったようだ。おそらくあの女たちも、自覚がなかっただけで、今朝くらいには調子を崩していたのだろう」

景行の指摘に、玲琳は「旦那が風邪を引いちまって」との女の言葉を思い出した。

「その状態で、その方々が家族の世話をしたなら……もう少し、患者さんは増えそうですね」

「ああ。従軍中にも、こうしたことはあった。ここで抑えられないと、厄介だ」

長年、不衛生な戦場で集団生活を送ってきた景行は、こうしたときにも冷静だ。医官の家系でもないのに、世話焼きの性質が高じて、軍医もどきを務めるほどである。

玲琳の薬草知識のいくらかは、この兄から手ほどきを受けたものであった。

「おまえは、生水は飲んでいないな？」

「はい。自らの手で得た食料以外、口にしておりません。洗っていない手指では口に触れぬように、という、幼少時からのお言いつけも守っております」

日頃の豪放磊落《ごうほうらいらく》な態度から一転、鋭い眼差しを寄越した兄に、玲琳はしっかりと頷いた。

「ここでは、洗った手指でも口に触れるな。水はすべて、煮沸せよ」

「心得ております。ちょうど山で摘んだ老鸛草《ろうかんそう》があるはず。煎じてまいります」

「ああ、頼む。俺は吐瀉物や汚物が飛び散らぬよう努める」

「お気を付けて。後ほど、煮沸した湯をお持ちします。あれば、酒も」

「頼んだ」

短いやりとりで、兄妹はそれぞれの役割を確認しあった。

くるりと踵《きびす》を返し、薬草の置いてある戸外に向かいながらも、次々と指示を飛ばす。

「雲嵐、この邑には強い酒はありますか。蒸留を繰り返したものがあればください、即座に。鷲官長《しゅうかんちょう》様は、薪の準備を。川の、できれば上流の水を汲んで、大量に沸かしてくださいますか」

「協力はする。だが――雛女《ひめ》のおまえが、民の看病をするというのか」

だがそこで、辰宇が厳しい声を上げたので、玲琳は素早く振り返った。

「しない道理が、どこかにございますか」

「ないはずがないだろう。己が高貴な身であることを弁《わきま》えろ。病に侵されたいのか」

「ええ、この身を病ませるわけにはまいりません。だから、看病するのです」

大の男でも気圧されるだろう迫力を滲ませる鷲官長の前で、彼女は胸に手を当て主張した。

「病、中でも痢病は、排泄物や吐瀉物、それで汚された水や食事を通じて、みるみる広がってゆくものです。ここは、狭き邑。この身を守りたいからこそ、病が広がりきる前に、手を打つのです」

声も、瞳も、揺るぎない。

ほっそりとした体には、堅牢な大地を思わせる意志が滲み、その強さは、辰宇ですら圧倒するほどだった。

彼女が目の前の人間を救いたがるのは、淡い道徳心などからではない。覚悟で塗り固められた本能のようなものだ。こちらがどう反駁したところで、彼女は即座に、それを論破するだろう。

少なくとも、「朱《しゅ》 慧月《けいげつ》」の体を危険にさらしてはならない、という自制心はあるようだ。ならば、そこにしっかり釘を刺して、彼女が病魔に侵されることがないよう、見張るしかない。

そこまでを素早く計算し、辰宇は頷いた。

「……少しでも無茶をするようなら、即座に、担いで山を越えてでも、郷に連れ帰るからな」

「ありがとうございます。薬草を摘む片道までなら、お供いたしますわ」

最大限の譲歩さえ、女は軽やかに笑って退けると、再度辰宇を促した。

「一刻も早く、湯を。わたくしに全労力を捧げてくださるのでしょう?」

「……なにがどうして、そういう話になった」

憮然としつつも、従う。

「なあ」

だが、今度こそ戸外に去ろうとした玲琳を、次は雲嵐が呼び止めた。

「これは……軽い病、なんだよな? 皆、すぐに、治るんだよな?」

赤茶の目に、強ばった笑みではごまかしきれない、緊張の色が浮かぶ。

彼が飲み込んだ、本当の問いは明らかだった。

――これは、禍《わざわい》なんかじゃ、ないよな？

「雲嵐」

玲琳は向き直り、しっかりと視線を合わせる。

頬を撫でたいのを堪《こら》えて、極力ゆっくりと、話した。

「病の重さや規模、そして原因は、今はまだわかりません。ただ、ひとつわかるのは、今苦しんでいる方々に適切に対処しないと、病はもっと広がるということだけ。逆に、今しっかりと対処すれば、病の広がりは、抑えこむことができます」

「…………」

日頃は勝ち気な瞳が、揺れている。その姿を見て、玲琳は悟った。

彼らは、こうした未知の恐ろしい事態に「立ち向かう」ことに慣れていないのだと。

南領の民は感情豊かだ。豊富な想像力はきっと道術を紡ぐのに適する一方、苦しむ他者への過剰な同調をもたらし、恐怖を生み、また、その恐怖から憎しみをも生み出してしまう。

「雲嵐……、これは、あんたがさぁ……、禍森《かしん》なんかに、入ったせいじゃないのかい……っ」

そのとき、室の奥から弱々しい声が響いた。

震える声で吐き捨てたのは、桶を抱えた女。先ほど、一番に猪をねだった女である。

彼女は口の端に涎を滲ませ、震える指を突き付けた。

「あたしらが、具合が悪くなったのは、あの猪を、捌いたあたりからじゃ、ないか……」

「頭領は、禍森の鹿を食って、死んだんだ。やっぱり、禍森に手を出すべきじゃ、なかった……っ」

あちこちでうずくまっていた大人たちが、一人、また一人と、顔を上げる。

桶を掴み、目を血走らせた彼らは、恨みのこもった顔で雲嵐を見つめた。

つい先ほどまで、笑い合って、肩を叩き、ともに猪を捌いたというのに、である。

「んだよ、それ――」

雲嵐はぐっと奥歯を噛み、唸るような低い声を上げた。

「今さっき、皆、『呪いなんて嘘だったんだ』って納得したばっかだろ。頭領が死んだのは、呪いなんかじゃなくて、虫か毒のせいだったんだ、って」

すると、それが呼び水になったように、周囲の人間も一層感情を高ぶらせはじめた。

「じゃあ、なんでまだ猪を食ってない俺たちは、今、こんな病に襲われてるんだよ！」

「『呪いなんてない』と言ったそこのお偉方は、しょせん、よそ者じゃないか！　この邑には、この世には、本当に呪いがあるってことが、わかっちゃないんだよ！　……げえ、ほ……っ」

「天罰なんだよ！　朱 慧月を罰しなかったから……あんたが、その悪女に騙されて、のこのこ禍森なんかに、入ったから、あたしたちに、天罰が下ったんだ！」

「全部、おまえと朱 慧月のせいだろうがァ！」

つらいのだろう。苦しいのだろう。あまりに容易に心を揺らす彼らは、追い詰められると、その強い感情を、外に向かって吐き出さずにはいられないのだ。

そうして象《かたど》られた憎悪は、伝染する。

病よりもよほど早く、そして強くだ。

雲に太陽を遮られた稲田が、さっと暗く染まってゆくように、居室に居合わせた者たちが、一斉に瞳を憎しみの色に染め上げていく――。

雲嵐は無意識に、縋《すが》るように叔父の豪龍を振り返ったが、そこで大きく息を呑む羽目になった。

日頃、なんだかんだと雲嵐のことを庇ってくれていた彼が、今や、青ざめた顔でこちらを睨みつけていたからだ。

「勘弁してくれよ……」

桶を抱えた彼は、苦しそうだ。ぜえぜえと息を荒らげ、豪龍は我慢できないというように怒鳴った。

「勘弁してくれよ、兄貴もおまえも！　禍をばら撒きやがって！」

「叔父貴――」

「俺は止めただろうが、ええ!?　兄貴だって！　なのに二人して禍森なんかに入って、得意げな顔して禍を振りまいてよお！　てめえらの尻拭いするのは、もううんざりだ！」

豪龍による罵倒は、雲嵐を打ちのめした。

粗暴で、でも小心者で、人がいい。口では不平を言いながらも、泰龍《たいりゅう》や雲嵐を悪くは言おうとしなかった豪龍。その彼が、まさかそんな思いを抱えていただなんて、と。

「そうだ！　逸《はや》り立って、結局禍をもたらすところなんて、そっくりじゃないか！」

「だいたい、忌み子のあんたなんかを引き入れたとこから、間違ってたんだよ！」

「この、郷の誰の子とも知れない、『まざり者』がよお！」

「全部おまえと、朱 慧月のせいだ！」

豪龍に同調した民は、もはや話の筋道も気にせず、好き勝手に喚く。

「むらを、くるしめやがって！　でていけ、わざわいめ！」

――ヒュ……ッ！

とうとう、雰囲気に呑まれた子どもが、竈脇《かまどわき》に転がっていた火打ち石を取り、雲嵐に向かって投げつけた。つい先日、玲琳に禍森の存在を教えてくれた少年だ。

「危ない！」

玲琳は咄嗟に雲嵐を庇って前に飛び出たが、

――カッ！

実際には、石は彼女に当たることなく、火花を散らして地に落ちた。

「元気だな」

瞬時に剣を抜いた辰宇が、石を弾き返したからである。

「石を投げる体力があるなら、看病は必要あるまい。外に出ろ。そこで野垂れ死ね」

淡々と、けれど子どもも相手にも容赦なく凄む鷲官長に、我に返った少年は「ひっ」と涙を浮かべ、己を庇うように頭を抱える。

しん、と静まりかえった居室に、女の声が続いた。

「皆様、落ち着いてください」

玲琳である。

彼女は、がくがくと震える少年の腕に触れ、そっとそれを押し戻した。

「体がつらいときは、たしかに心も殺伐とするものです。ですが、だからこそ、今、怒りに体力を割くのは、あまりにもったいないこと」

少年がはっとした様子で、雛女を見上げる。いいや、彼だけでなく、その場の大人たちもだ。

この仕打ちに怒るでもない、泣き出すでもない、穏やかな口調は、不思議なことに、人々の耳にするりと染みこんでいった。

「病を誰かのせいにするのなら、それもまた結構。ただし、雲嵐ではなく、わたくしだけを恨んでくださいませ。わたくしは、南領に禍をもたらす大悪女、なのでしょう？」

微笑む彼女は、むしろ、龍の意志を伝えるとされる巫女《みこ》のような、静かな威厳をまとっている。

なにも言えなくなってしまった者たちを、彼女は、ひとりひとり見つめた。

「復讐がしたいですか？　誰かに責をなすりつけ、石を投げて罵りたい？　なら、ご自由になさってくださいい。ただしそれは、あなた方が回復した後にです」

絶えず嘔吐し、桶から顔を上げられなかった者さえ、満ちる気迫に一瞬病状を忘れたか、まじまじと雛女を見つめ返す。

「こちらは、『朱　慧月』の名が懸かった身。栄えある名に懸けて、あなた方の命は、一人ぶんたりとて、この掌から落としやしません」

古着を身にまとった、無才なはずの女は、王者のごとき貫禄を滲ませ、言い放った。

「あなた方の鼻を摘み、溺れるほどに薬湯を注ぎ込んで差し上げますので、覚悟なさいませ」

それから、くるりと踵を返すと、立ち尽くす雲嵐の腕を掴み、外に出た。

「雲嵐。わたくしはこれから老鸛草を煎じます。あなたは邑中の家を見て回って、酒の回収と、病人の発見をお願いいたします」

なされるがままに腕を引かれている雲嵐に、振り返らず告げる。

ずらりと薬草を吊るした軒にたどり着くと、てきぱきと、下痢に効能のあるとされる薬草だけをざるに集めていった。

「痢病は、なにより汚物と、それに触れた手指、水から移ります。すでに症状が出ている人のことは、必ずここに連れてきて、隔離しましょう。その際、手指を絶対に口に触れてはなりません」

「…………」

「口と鼻に覆いを。吐瀉物と汚物には触れない。酒と煮沸で極力手指を清めましょう。適切に備えれば、看病しても病がうつることはありません」

「……そんなに、尽くしたところで」

背後に佇んだままの雲嵐が、ぽつりと漏らす。

声は、ひどく震えていた。

「どうなるってんだよ……」

「雲嵐」

「この邑は、いつもそうだ。頼って、縋って、役に立たねえとなったら、切り捨てて、恨む。助かれば感謝されるだろうけど……一人でも死んだら、ぜんぶ『おまえのせい』！」

押し殺した口調から一転、血を吐くようにして雲嵐が叫ぶのを、玲琳は振り返らず聞いていた。

「どいつもこいつも、簡単に縋り、簡単に恨む！　一生懸命ご機嫌取りしたところで、なんになるんだ！　俺は永遠に、よそ者のまま。頭領だって、報われやしねえ！」

飄々とした態度を手放し、目尻に涙を滲ませる姿を、彼は見られたくないだろうと思ったからだ。

「どれだけ走り回ったところで――」

「雲嵐。けっして、手で涙を拭ってはいけませんよ」

雲嵐が苛立ちまかせに目元を拭おうとしたそのとき、玲琳が、静かに告げる。

まるで背中に目が付いているような様子に、雲嵐が驚いて動きを止めると、軒に腕を伸ばしたままの雛女は、ゆっくりと続けた。

「目を擦《こす》ってはいけない。鼻をかむのもいけません。そこから病がうつるからです。もし涙がこぼれたならね、空を見上げて乾かしなさい」

「な……」

「看病をする者には――誰かを救おうとする者にはね、泣いている時間など、ないのです」

声は、優しい。

なのに、反論を許さぬ、厳しさがあった。

すっかり黙り込んでしまった雲嵐に、玲琳は少し考え、草についた土を落としながら、切り出した。

「わたくしの知り合いに、生まれながらの王者、みたいな、とても誇り高い方がいるのですが」

「……どうぼかしても、それって皇帝か皇太子じゃん」

ぼそりと雲嵐が呟いても、玲琳は軽やかにそれを受け流す。

「彼がなぜそうも誇り高いのかというと、それは、責任感が強いからなのです。彼は、敵と見なした者にこそ厳しいけれど、弱き者にはとびきり優しい。罪人であろうと、出自が複雑であろうと、愚かであろうと、反抗的であろうと、ごく自然に、自分が守るべきものとして、腕の中に抱え込む」

敵とあらば女にも獣刑を躊躇《ためら》わず、頑固。

けれど、己の誤りには人一倍厳しく、一度交わした約束は必ず守る、律儀な男。

一途で、ときどき不器用な尭明《ぎょうめい》を思い浮かべ、玲琳はそっと笑みを浮かべた。

「彼はね、守る相手から愛されたいなどとは、考えないのです。ごく当たり前のこととして、ただ、相手が守るべき相手だから、守る」

そこでようやく、こちらを凝視する雲嵐のことを振り返った。

「王とはね、雲嵐。べつに、民が敬ってくれるから、守るわけではない。ただ、民が民だから、守る。あなたのお父君も、そうだったのではありませんか?」

王。

その言葉が、雲嵐の全身を貫いた。

(たしかに、そうだ……)

頭領だった父は、雲嵐がどれだけ反抗的であろうと、彼を守り続けた。感情的で、すぐに不平を漏らす民のことも、忍耐強く導き続けた。

逆境に置かれようと、身内であるはずの邑人から理不尽に罵られようと。

父は最後まで、この邑の「王」であり続けたのではないか。

「雲嵐」

女が、名を呼ぶ。

厳かに、まるで儀式でも執り行うかのように。

「その名に恥じぬ、行いをしましょう」

まっすぐに見つめられたとき、雲嵐は、それまで胸の奥底でとぐろを巻いていたなにかが、大きく動き出したような感覚を抱いた。

——雲嵐。

心の中で、その響きを転がしてみる。

(雲嵐。その名に龍を宿す者)

豊かな雲のうちに天の王者を宿し、青々とした山気を導く者。

その名が、自分の取るべき道を示している気がした。

(守るんだ、この邑を)

たとえ、感謝されなくても、石を投げられようとも。仲間と見なしてもらえなくても。

自分こそは、あの父が後継と定めた、この邑の「王」なのだから。

まるで、不意に雲が割れ、光が射すような感覚。

急に拓けた視界の中で、ごく自然に、雲嵐は決意を固めていた。

「落ち着いたようですね」

ゆっくりと息を吐き出した雲嵐を見て、女が悪戯っぽく微笑む。

「さあ、時間がありません。邑の見回りを、お願いいたしますね。声を出していきましょう」

「……ああ」

頷きながら、雲嵐は己の胸を押さえ、そこに灯りはじめた熱を感じた。全身を奮わせる熱だ。

この時間、どこで誰がなにをしているのか、邑中をふらついていた自分に知らぬことなどない。一刻内にすべての邑人を確認し、体調を崩した者を見つけ出してみせる。

すんなりと、己の役割が思いつくようだった。

(それに……そうだ、林《りん》への報告)

冷静さを取り戻した頭は、不意に、郷からの使者の存在を思い出した。

臆病で押しに弱そうな、あの青年。彼とは、今夜も山で会うことになっている。

（困ったことがあれば頼れ、って言ってたよな）

林の発言を、思い出す。

飴と鞭のつもりだったかもしれないが、少なくとも、懐柔しようと思う程度には、こちらの存在を重視しているということだ。

そこを突いて、うまく交渉すれば、薬や医者を融通してもらえるかもしれない。

細腕でせっせと薬草を集め、土を払っている女を見つめ、雲嵐は拳を握った。

彼女の背中に守られているだけの男では、いたくない。

「――俺、邑中を見てくるわ。それで、その後、もう一度山に行ってくるから」

「えっ？　ですが、じきに夜になりますよ」

「知っての通り、夜目が利くんでね。この草が、大量にいるんだろ？　摘んでくる」

心配そうに振り向く女に、力強く頷きかける。

「ですが……」

「松明の一本もありゃ、へーき。あの山は、俺の家みたいなもんだから。もっといいもんも、持ってこられるかもしれねえし」

使者を通じて郷を脅し、薬草を得る。

必ず、できるはずだ。

「雲嵐……」

「『声を出していきましょう』だろ？」

身を乗り出した女を、本人の口癖を使って封じる。

困惑に眉を下げた女に、雲嵐はふっと口の端を持ち上げた。

「ほんと、あんたのふてぶてしさ、見習うわ」

「ふ、ふてぶてしいですか……？」

「あれだけ罵られて、表情ひとつ変えない女を、ほかにどう表現すんの」

言葉を詰まらせた相手を置いて、さっさと踵を返す。

「じゃ、行ってくるわ」

雲嵐は片手だけを挙げてから、猫のようにするりとその場を離れた。


「んもう」

迷いのない後ろ姿に、玲琳はそっと溜息を落とす。

「本当に、火の気が強い方々というのは、決めたら一直線ですこと」

脳裏には、雲嵐のほかに、慧月や、莉莉《りーりー》の姿があった。

苛烈な性格の、南領の者たち。容易に心を揺らし、他者を憎むが、けれどその根っこで、深く人を信じている。そして、燃えるような愛を宿して、走り出すのだ。

「……ふてぶてしいと言われてしまいました」

ふふ、と笑って、軒に向き直る。しばらくそのまま、吊るしてあった薬草をざるに移していたが、玲琳は突如、ぽとりとそれを取り落とした。

「あ――」

いけない、と薬草を拾い上げようとして、思わず口をつぐむ。

伸ばした指先が、わずかに震えていた。

「……恥ずかしいこと」

きゅ、と拳を握り締め、それでもなお震えのやまぬ手を、玲琳は胸に押しつけた。

こんな姿を、誰かに見られるわけにはいかない。

(ごめんなさい、雲嵐。偉そうにお説教しておきながら、わたくしも邑の皆様に罵られたとき)

ぐ、と唇を噛みしめる。

(……悲しかった)

指には、先ほど宥《なだ》めた少年の手の感触が、まだ残っていた。

小さくて、温かで、たしかに一度は、玲琳を案じるようにして伸ばされた腕。

けれどその同じ手で――彼は自分たちに石を投げた。

(わたくしは、なんて愚かだったのでしょう)

薬草の転がった地面を見下ろしていると、脳裏に次々と、邑人たちの声が蘇った。

――人生楽しそうだねあんたら!?

――この猪、ちょっと分けてもらえないかねえ。

――古着はうちのを使うかい?

話せば話すほど、邑の民は皆、陽気だった。大きな口を開けて笑い、親しげに肩を抱く。

食料を分け合い、衣を共有したとき、玲琳はすっかり、彼らの仲間になれたと思ったのだ。

「大馬鹿者です」

苦笑しようと思ったのに、うまくいかなかった。

(なにを思い上がっていたのでしょう)

すっかり心を許してくれたのだと思っていた。常に朗らかに接し、誠実に向き合えば、どんな相手とでも仲良くなれるのだと、そう思い込んでいた。

敵意が渦巻いていても大丈夫。なぜなら自分には、どんな状況も楽しむ覚悟と、芯の強さがあるのだから。そんな風に、うぬぼれてはいなかったか。

――そこはほら、そういう鳴き声を発する動物なのだと思えば……。

――人に嫌われると、ちょっとわくわくしてしまいます。

過去の己の発言を思い出し、玲琳は顔を歪めた。

「そんなわけが、なかったですね……」

胸の内で「慧月様、ごめんなさい」と呟く。

今、痛切に、彼女に詫びたかった。

(慧月様は、ずっとこんな気持ちを、胸の内に飼っていたのですか。わたくし、ちっとも知らなかった。人に嫌われるというのは、こんなにも恐ろしく、こんなにも……悲しいことなのですね)

嫌われるのを恐れるのは、きっと相手を好いてしまったからだ。

胸の内に入れ、想いを差し出してしまったから。

だからこそ、情が返されないのがこんなにもつらい。

慧月が嫌われることをひどく恐れるのは、それだけ他者を求めているからだ。心の奥底で、人を愛しているから。

そんな当たり前のことに、今さら気付いた。

「…………」

ぐ、と、拳を握り締める。

温かな笑みに触れたぶん、こちらを睨みつける邑人たちの表情は、胸に突き刺さるようだった。

憎悪に満ちた声、ためらいなく石を振りかぶる腕。

簡単に掌を返されてしまう、その程度の関係しか築けなかった自分が不甲斐ない。

しばらく地面を見つめていた玲琳だが、己が俯いていることに気付くと、手を持ち上げ、ゆっくりと頬に触れた。

「顔を、上げなくては」

それは、ずっと昔に立てた誓いだった。

胸を広げ、息を深く吸い込み、視線は前に。

元気に声を出して――自分は、笑顔でいなくては。

そうでなくては、母はきっと浮かばれないのだから。

「大丈夫」

小さな声で呟けば、やがて心がそこに追いついてくる。

玲琳は顔を上げ、意識的にいつもの笑みを浮かべた。穏やかで、希望に溢れた優しい微笑を。

(雲嵐ごと、必ず、この邑を守る)

王は民を守る。たとえ想いが返されなかったとしても。

だとするなら、王を支える雛女《つま》とて、同じことだ。

「わたくしこそ、雲嵐。あなたを見習わねば」

自分よりずっと深く傷付いたろうに、すぐに顔を上げてみせた雲嵐。

彼が自分のささやかな言葉で得た慰めと同じかそれ以上に、玲琳は、彼の姿に勇気づけられる思いだった。

だいたい、この体は慧月のもの。みすみす民の命をこぼして、彼女の名を汚すわけにはいかない。

「さあ、声を出していきましょう」

もう、手は震えない。

玲琳は今度こそ薬草を拾い上げ、掻き集めた束を、ぎゅっと握り締めた。

嫌われるのは悲しい。よくわかった。

だが、こちらはもう、相手を守ると決めてしまったのだ。

この思い、とくと受け止めてもらおうではないか。

「痢病は、つらいものですものね。特に、わたくしのかわいい雲嵐を罵った方は、きっと、激しく心を乱すほどに苦しんでいるのでしょうから……」

――ぶちぶちぶちぃ……っ！

鈍い音を立てて、根と草を引きちぎる。

「とびきり苦い、良薬を作って差し上げなければね」

薬草を見据える瞳に、強い意志の光が宿った。

「一晩で治して差し上げますわ」

低く呟き、玲琳は屋内へと引き返した。

＊＊＊

「今日は、俺のほうが先だったか」

待ち合わせ場所——禍森の入り口にたどり着いた雲嵐は、汗を拭って息をついた。

ここまで、ほぼずっと走りっぱなしで、体力はほとんど底を尽きかけていたが、心のほうは、今までにない達成感に満ちあふれていた。

薄雲に覆われた月を見上げ、時刻を計る。

朱　慧月に「行ってくる」と告げてから、およそ三刻は経ったことになるだろうか。その間に、邑中を見て回り、病人と酒を運び、山に入り、薬草を摘み、と、これ以上なく働き回った。

こんなに勤勉に一日を過ごしたのは、初めてのことかもしれない。

柄でもねえ、と肩を竦めながら、雲嵐は胸元を押さえた。

およそ自分らしくない、感傷的なものがもうひとつ、そこにはあったからだ。

「見守っててくれよな、頭領」

粗末な布で包まれ、懐の内に収められていたのは、薄く割れた岩のかけらだった。

雛女を襲おうとしたとき、彼女が使った「刃」。

父が火を焚いたことで割れたという、あの岩だ。

岩には、女の血や、猪の血まで付いていたが、雲嵐はそれを川ですすぎ、こっそり持ち帰っていた。

そして、泰龍の形見と思うことにしたのだ。

（あの女なら、「あらまあ、火打ち石にも刃にもなる、素敵な形見ですね」とか言いそうだけど）

どこかずれていて、妙なところで現実的な雛女を思い出し、少しだけ笑う。

無芸無才、南領に禍をもたらすどぶネズミのはずの、彼女。

それだというのに、今や、すっかり彼女に希望を託している自分がいる。

どんなときも揺るぎない、あの穏やかな笑みを見ていると、やけに勇気づけられるのだ。

きっと、大丈夫。この苦境も、いつか抜け出せると。

「ああっ、すみません、お待たせしてしまいましたあ。いやー、本当に仕事が立て込んでいて」

とそのとき、茂みの奥に火が揺れて、松明を持った男が現れる。

郷からの使者――林だ。

相変わらず顔に黒布を巻いた彼が、呑気に世間話を切り出そうとするのを遮って、雲嵐は要件を切り出した。

「邑で、病が広がってる。証文を皇太子に突きつけられたくなかったら、医者と薬を寄越して」

「へ？」

林は、黒布越しにもわかるほど、ぽかんとした表情を浮かべた。

「え？　病が、え？　証文……？」

「痢病だよ。すごい勢いで広がってる。もう朱 慧月の制裁どころじゃない」

絶句する林に、雲嵐は身を乗り出し、凄んだ。

「俺たちは、制裁から手を引く。けど、こっちには証文があるんだ。あんたらが俺たちに悪事を命じたっていう、ね。それをばらされたくなきゃ、薬草を寄越せって言ってる」

林はしばし呆然とし、やがて雲嵐が本気だと悟ると、目に見えて焦り出した。

「そ、そんな、突然なにを……。あなたたちは共犯で、実行犯なんですよ。密告したところで、罰せられるに決まってますよお」

「ああ。あんたらを道連れにして、な」

さらりと返せば、林は言葉に窮し、やがて、唸るように口を開いた。

「ぼ……僕ではその判断はできません」

「だろうね。だからさっさと郷に戻って、江氏《こうし》に伝えてくんない？　半日後、明日の正午に、ここに薬と医者を持ってきて、って。来ないようなら、即座に証文を皇太子の――」

「いえ」

だが林は途中でそれを遮ると、縋るように雲嵐を見た。

「それ、直接、郷長に伝えてもらえませんか」

「は？」

「昨日も言ったと思うんですが、実は今、山の麓まで、郷長に来てもらっているんです。護衛も一緒で、ちょっと物々しいですが」

予想外の対応に驚いていると、林は「郷長もこの件を、すごく心配してるんですよ」と続けた。

「病が広がったなんて言えば、なおさらです。君はすぐ証文、証文、と脅しますが、そんなことをせずとも、邑で病が広がっているというのは、郷にとっても、ひどく重大なことなんですよお」

「へえ、郷長様が、俺たち賎民の窮状に胸を痛めるって？」

雲嵐は皮肉気にまぜっかえしたが、林は真剣な様子で首を振った。

「いいえ。今、郷には皇太子殿下や雛女様たち……特別尊い方々がいらっしゃるからです」

郷と邑は、橋ひとつを隔てただけの距離。邑で病が起これば、いつ郷に広がってもおかしくない。万が一でも皇太子に病をうつせば、それは郷の責任となってしまう。

郷長が病のことを知ったら、間違いなく大慌てするに違いないと言われ、雲嵐は唇を歪めた。

賤民たちの邑全体の苦難より、たった数人の罹患が心配されるのは癪だが、わからないでもない。

雲嵐は即座に、江氏との面会を了承した。こちらとしても、あまり時間はないのだ。

林とともに、山を下り、麓へと向かう。

一通り周囲を警戒したものだったが、特に刺客に襲われることもなく、雲嵐はやがて、森の開けた場所までたどり着いた。

「――……来ましたか」

そこでは、薄青い月光を背負い、江氏が立っていた。

民相手にも敬語を使い、背筋を正した姿は、いかにも清廉な人物に見える。

ただし、林の言っていた「護衛」なのだろう、彼の背後には弓や剣を持った数人の男たちがおり、しかもその皆が顔を布で覆っていることに、雲嵐は面食らった。

林が顔を隠すのは、賤民である雲嵐に面を知られたくないからとのことだったが、なぜ江氏や護衛まで顔を隠す必要があるのだろうか。

「僕たち、殿下に見つからないよう、こっそりこの場に来たんですよお。少しでも気取られにくいよう、一応、変装なんです」

雲嵐の戸惑いを悟ったか、背後に立った林がこそこそと囁く。

ずいぶんと粗末な変装だと思ったが、皇太子に取引を悟られたくないというのは理解できる。

江氏は相当、皇太子の動向を気にしている。ならば林の言うとおり、証文云々より、病状の深刻さを主張すべきかもしれないと雲嵐は思いはじめた。

「長々と前置きをする間柄でもないでしょう。まずはそちらの話を聞こうではありませんか」

「——邑で病が、広がってる」

話を切り出した江氏に、なので、雲嵐は端的に告げた。

「痢病だよ。下痢と嘔吐が止まらない。老い若いの区別もなく、どんどん人が倒れてる。なんでも、病っていうのは呪いなんかじゃなくて、吐いたものや、それで汚れた水を介してうつるんだとか」

冷静な口調を心がける。病は呪いや禍などではなく、明確な原因と、経路があって広がるものだと知っている——もう恐怖心に翻弄される自分ではないのだと、主張するために。

「今は、山で摘んだ薬草で凌《しの》いでるけど、それじゃ足りない。郷で保管している薬草をくれ。栄養のある食料も、医者もだ。さもないと」

さてここから、証文をちらつかせて脅すか、はたまた郷への感染拡大をほのめかして脅すか。

だが、言い切る前に、郷長が尋ねた。

「大げさに言っているのではないですかな」

「なんだって?」

「郷が所蔵する薬草は、農法に優れた東領から仕入れた上等なもの。病だと騒ぎ立ててそれを奪い、金子を得ようとしているのでは」

不快さに、雲嵐は眉を跳ね上げた。

「んなこと、するわけねえだろ」

やはり、賤民の窮状など、文字通り、この男にとって対岸の火事なのか。

それとも、ほかの耳目もある手前、少しでも事態を小さく見せたいのか。

いずれにせよ、彼を脅すには、病の深刻さを切実に訴え、郷にも影響を及ぼしうることを強調したほうがよさそうだ。

「邑中が苦しんでるよ。ついさっきまで元気に歩いていた男が、今じゃ汚物を撒き散らしてのたうち回ってる。ガキは泣いて、女はぐったりしてる。このままじゃ、邑中の人間が死ぬ」

郷長と、そして背後に控えた男たちが、揃って息を呑む。

雲嵐はますます身を乗り出した。

「他人事だと思うなよ。痢病は水を介してうつるんだ。邑と郷の間は川で隔てられてるが、いいか、それは同じ水が流れてるってことだ。稲田にも、生活にも、同じ水を使ってる。その意味がわかんねえかよ」

啖呵を切った瞬間、郷長はさっと顔を険しくし、背後の男たちを振り返った。

「……重大事です。この者の言った内容を、一言一句違えず、殿下にご報告を。私の守りは、そこの彼と、小姓だけ残せばそれで十分ゆえ」

「はっ」

彼らは素早く応じ、林と、弓を持った小姓だけを残して郷へと走り去って行く。

「頭領の息子、雲嵐よ。よくぞ言ってくれました」

護衛の後ろ姿を見送った江氏は、やがて雲嵐に向かって居住まいを正した。

厳粛な雰囲気に、隣に立っていた林が跪《ひざまず》く。

立ち尽くしたままの雲嵐に気を悪くした様子もなく、江氏は告げた。

「薬草は手配しましょう。医者も、食料もです」

「……朱 慧月の件は」

「もう結構です。あなたたちは手を引いてください。減税も、なんとか工面しましょう」

破格の申し出だ。

目を丸くする雲嵐に向かって、江氏は鷹揚《おうよう》な笑みを浮かべた。

「賎邑《せんゆう》とて、この郷の一部。病苦の危機に手を打つことのほうが大事です。朱 慧月のことで、邑が罪に問われることがないよう、手を打ちましょう。利用するような真似をして、申し訳なかった」

人格者そのものの言葉に、困惑する。

てっきり高潔を気取った傲慢な男かと思っていたが、こうした局面では、為政者としての貫禄を発揮するものらしい。

彼もまた、この郷の「王」なのかと、雲嵐はふと感じ入るものを覚えた。

「さあ。薬草は追って届けさせますから、あなたは先に邑に戻ってください。皆、あなたの帰りを待ち詫びているのでしょう」

「そりゃ、どうも」

こうも穏やかに接せられては、尻の据わりが悪い。

だがたしかに、この郷長は賎民相手であっても、常に丁寧な態度を崩さぬ男であった。徳治思想にかぶれているのか、善良な自分に酔っているのかは知らないが、こちらの実利になるのなら、歓迎すべきことではあるのだろう。

（これで、あの女に頼りきりにならないで、邑を守れる）

安堵と、充足感。その二つを抱き、下ろしていた薬草籠を拾い上げる。

そのまま山に向かおうとしたが、ふと気付いて、背後を振り返った。

「そうだ、郷長。制裁をやめた以上、朱 慧月はいつ郷に返せば――」

――ド、ド……ッ！

そのとき、胸に衝撃が走り、雲嵐は勢いよく後ろに倒れ込んだ。

籠と薬草が飛び散り、同時に、脇腹に焼けるような熱を感じる。

「もう、急に振り返らないでくださいよお。ずれちゃったじゃないですかあ」

手をぶらぶらと振った林が、不快そうに呟く。

地に仰向けになった己の胸からは矢が、脇腹からは短刀が生えていた。

小姓に胸を射られ、林に脇腹を刺されたのだと理解するのに、しばらく掛かった。

「う……ぐぁ……！」

痛みに身をよじると、林が無造作に蹴り飛ばしてくる。

ぜえっ、ぜえっ、と荒い呼吸を漏らす雲嵐の隣に屈《かが》み込み、彼は初めて黒布を外した。

「お利口さんだったね、雲嵐」

現れたのは、泣きぼくろが印象的な、色白の男の顔だ。薄い唇には、笑みが浮かんでいた。

そこには、臆病な雰囲気など、かけらもない。いつものようなおどおどした口調すら消え、彼はやけに、ゆったりと話した。

「証文の件をろくに語ることもなく、病の恐ろしさを訴えてくれてありがとう」

「……な、…………っ」

痛みが頭を焼き尽くすようで、呼吸もままならない。

無意識に伸ばした腕を、林は汚らわしそうに振り払い、立ち上がった。

「これで僕も、主に叱られずに済むよ。今回は番狂わせが多かったから、実はちょっと焦っていたんだよね」

なにを言っているのか、わからない。

林は歩き出し、すると江氏のほうが、その場に膝を突いた。

「このたびは見事な誘導、さすがでございます。林熙《りんき》殿」

なぜだか林のことを、違う名で呼んでいる。

林熙と呼ばれた男は、江氏に向かって鷹揚に頷き返していた。

「いやいや、それほどでも。郷長殿こそ、僕が使者役を務めていたことが他家の礼武官にばれないように、気を遣ってくれてたでしょう。助かったよ」

「恐縮です」

林は江氏の遣いではなかったのか。なぜ、郷長のほうが、彼に頭を下げているのだ。

視界の端に映る男たちの姿をぼんやりと追いながら、雲嵐は震える声を上げた。

「な、んで……」

「おや、まだ息があるの？」

笑みを含んだ林――いいや、林熙の声が、やけに遠くに聞こえる。

「じゃあいい子だったご褒美に、特別に教えてあげようか。なぜ僕たちが、こんなにも低姿勢で、すんなりと君の要望を聞いてあげたのか。それは、邑で病が流行ることを、『知っていた』からだよ」

急速に薄れようとしていた意識が、その言葉で、にわかに覚醒した。

「え……？」

胸騒ぎがする。

息を詰めた雲嵐を見下ろすと、林熙はにこっと笑った。

「君もさあ。賎民相手に証文まで用意してやる、証拠の提出もいらない、やり方は一任する、手付金も払う、手を引きたいなら止めない……そんなうますぎる話を聞いて、不思議に思わなかったの？」

「な……」

「少し考えればわかるじゃない。そんなの、すぐに口封じするつもりだからだ、って」

ようやく、彼の言わんとしていることを察し、雲嵐は顔色を失った。

「まさ、か……！」

まさか、林熙が雲嵐を郷長に引き合わせたのは。

皆が見ている前で、邑の窮状を訴えさせたのは。

「ありがとう。君たちの邑を焼き払う、正当な理由を与えてくれて」

用済みになった邑ごと焼き払い、口封じをするつもりだったからだ。

「待、……っ」

「拉致の『主犯』の死体を持ち帰って、皆に報告したいところだけど、病に侵された賎民の死体を持ち帰っては、つじつまが合わなくなってしまうからなあ。悪いけど、ここで野垂れ死んでいてね」

それじゃあ、と告げて、林熙たちは去って行く。

雲嵐はしばらくその場でのたうち回り、やがて、ぐっと奥歯を噛みしめた。

(ちくしょう……っ)

脂汗が滲む。手足が震え、今にも気が遠くなりそうだ。

――だが、まだ、気絶していない。

「は……っ、は……っ」

脇腹に刺さった短刀を抜こうとして、思いとどまる。

抜けば、血が吹き出て、そのまま命が流れ出てしまうはずだ。ならば、それは今すべきでない。

代わりに彼は、そろりと、胸元を探った。

矢が突き刺さり――砕けてしまった、岩の破片を取り出すために。

小姓の射た矢は、岩の盾に阻まれて、雲嵐の心臓には届かなかった。

「は、は……っ！　早速、なんて、御利益、だよ……っ」

苦笑しようとして、口の端がわななく。

よろよろと破片を掲げると、夜明け未だ遠く、闇に沈んだ空に、父の顔が見えるようだった。

「親父……っ」

朱 慧月は、禍を信じないと言った。

けれど彼女も、天の意志にも思える偶然――奇跡については、無意識に受け入れているようだった。

ならば自分も、奇跡を信じていいのではないか。

(親父。守ってくれたのか)

腹を押さえ、立ち上がる。

今はまだ死ねない。邑に、焼き討ちの危険を伝えなくては。

「頼む、親父……っ」

声を、出して。

足を一歩、山へ進める。

この山を越えた先に、彼の守るべき、邑がある。

「俺に邑を、守らせてくれ……っ」

雲嵐はぎらりと目を輝かせ、邑への道を、引き返しはじめた。

＊＊＊

窓から差し込む薄日に、玲琳たちは夜明けの到来を悟った。

「今日も……曇りでしょうか。洗濯日和、とは行かなそうです」

「まあ、どのみち、洗濯に回す十分な清水もないしな」

朝日の弱さに眉尻を下げれば、横から景行がのんびりと答える。

ただし、顔を覆う布から唯一覗く目元には、濃い隈が浮かんでいた。

「まったく、皆、次から次へと吐き漏らすことだよ」

「まあ、痢病ですものねえ。大兄様と鷲官長様が湯沸かし名人でいらして、本当に助かりました」

玲琳もおっとりと頷くが、やはり声には疲労が滲む。

それもそのはず、彼らはこの時間まで、食事も睡眠も、ろくに取っていなかった。

大人数の発症から、一夜。

玲琳たちは、甲斐甲斐しく桶を替え、薬を煎じて飲ませ、湯を沸かし、桶や衣を煮沸しつづけた。

泣いて体力を削る子どもがあればあやし、体内の水を失いすぎた者には少しだけ塩を混ぜた清水を飲ませる。湯がいくらあっても足りず、辰宇もまた夜を徹し、ひたすら川の上流まで赴いて水を汲んでは、それを沸かしてくれていた。

雲嵐が積極的に病人を運び込んでくれたため、夕暮れすぎには、患者はとてもあばら家に収まらぬ程となり、やむなく屋外に菰《こも》だけを敷いてそこに寝かせた。

あちこちからうめき声が聞こえ、汚臭の立ちこめる光景は、いかにも酸鼻で、運び込まれたばかりの邑人たちは怯えを隠さなかった。それでも、玲琳たちの懸命な看病に触れる内に、徐々に落ち着きを取り戻していったのだ。

痢病には、食事や汚染水など、必ず原因があること。

汚物に触れてはいけないこと。生水を飲んではいけないこと、体に入った毒は出し切るべきであること、やがて熱が出てくるが、これは一時的なものであること。体内の水を失うのが危険だから少しずつでも薬湯を含むこと、薬湯には下痢と熱を和らげる効果があること。

人々が尋ねる前に、先んじて説明され、薬湯を突きつけられる、ということを繰り返すうちに、彼らは安堵したのである。

病は恐ろしい。けれど、これから自分の身になにが起きるのかがわかり、対応手段も用意されているのなら、少しは安心できる。

先に運び込まれた者のうち、発症の早かった杏婆などは、すでに下痢と嘔吐が落ち着いてきた。それが目に見えたのもよかった。この病は一日か二日で収まる――自分たちの苦しみには、どうやら終わりがある。そうした「事実」が、彼らを冷静にした。

未だ、多くの民の症状は治まりきっていないが、すでに事態の見通しがつこうとしていた。

「初期に薬湯を処方できたのもよかったのでしょうが、この痢病それ自体が、軽微な部類で本当によかったです」

「はっはっは。これを軽微と言えるおまえの豪胆さには恐れ入るがな」

しみじみと頷く妹に、景行は笑ってそう返す。

戦場では、些細な動揺が命取りだ。たとえ軽い腹痛でも、何人もの兵士が同時に罹患すれば部隊の足並みは乱れる。今回だって、一歩間違えば邑は騒乱状態になり、恐慌をきたした民は次々と互いに病をうつし合い、十分「恐ろしい伝染病」となりえていたであろう。

「どれ、外で寝かせている者を見てこよう。おまえは室内の者たちを頼む」

「はい」

二人は頷き合い、それぞれの「持ち場」に移った。

時間帯もあり、ほとんどの民は、呻きながらも寝息を立てている。

玲琳はそれを注意深く見守っていたが、そのうちの一人が、「う……」と腕を伸ばし、水を求めるそぶりを見せたので、すかさず近寄った。

目を覚ましたのは、豪龍だった。

「どうぞ」

嘔吐の兆候がないのを確認し、水を含ませてやる。

数口飲み下したのを見守った後、ごく滑らかに、椀を薬湯の入ったものに切り替えると、豪龍は途端に、「うおえ……」と濁った悲鳴を漏らした。

「くそまじぃ……」

「特別によく効くお薬ですから」

「絶望の味がする……」

「特別によく効くお薬ですから」

玲琳はにこりと笑って言い切り、豪龍の鼻を摘んで中身を喉に注ぎきった。

「うぐぇ……水……」

「あまり一度に水分を取ると、戻してしまうので、今は我慢しましょう」

口直しを求める声も、穏やかに却下する。

豪龍は口を押さえて「うぐぉえ……」と呻いていたが、嘔吐も下痢も、無事に落ち着いてきているようだった。

「これ、人間が口にしていい味じゃねえ……。俺の椀だけ、毒でも入ってねえか……？」

「まさか。回復してきたこと、ご自身でもわかるでしょう？」

「でもよぉ、ほかのやつらは、もっと、うまそうに……飲んでるじゃねえか……」

「感じ方は人それぞれですから」

玲琳は微笑んだまま応じた。

ちなみに、雲嵐を「まざり者」と罵った男の感じ方はこんなものではないだろうが、そこはやはり、人それぞれなので、玲琳のあずかり知らぬことである。

「それとも、薬湯を飲まずに、汚物を撒き散らしつづけたほうがよかったでしょうか？」

「………」

豪龍は観念したように目を閉じ、再び横になった。

力ない溜息が漏れる。

「俺たちに、腹を立ててんだろ？　身勝手なやつらだって」

やがて、ぼそりと呟く。

玲琳が微笑んだままなにも答えずにいると、彼は再び溜息をついた。

「……悪かったよ」

溜息に溶かすように、小さく詫びの言葉を添える。

くぼんだ目の下には、痣のように濃くなった隈。

絡んだ痰を咳払いで追い出す仕草にも、どうしようもない疲労と、悲哀とが、滲んでいた。

「俺、あいつを妬んでたんだ」

あいつ、というのが誰を指した言葉なのかは、すぐにわかった。

「頭領が……兄貴が死んだら、てっきり弟が後を継ぐもんだと、思ってたからよお。兄貴が選んだのが、弟の俺じゃなくて……郷の血を引いたあいつだったってことが……悔しかったんだ」

口元を拭ってやっていた玲琳は、動きを止めた。

「そうですか」

静かな相槌から逃げるように、豪龍は顔を背けた。

「俺たちゃしょせん、賤民だ。周りは敵ばかり。皆でぴったりくっついてねえと、すぐに踏みにじられちまう。だから、息苦しくても、必死にくっついてる。でも……あいつだけは、いつだって、飄々としてやがる」

ぐ、と口をひん曲げて、彼は一度だけ洟《はな》を啜った。

「よそ者扱いされても、しれっとしてよお。兄貴の愛情はぬくぬく受けて、そのくせ、恩も返さねえ。嫌われても、のけ者にされても、全然平気ですって顔して……」

妬ましかったんだ、と囁くように豪龍は告げた。

自分だけじゃない、邑の誰もが、一人だけ自由に見えた雲嵐を、羨んでいたのだと。

「でもよお」

弱々しい朝日だが、寝起きの身には眩しいのだろうか。

豪龍は窓からの陽光を避けるように、腕で目を覆った。

「やっぱ兄貴の見る目は、正しかったんだなって、思うよ。だって、好き勝手言う俺たちに……あいつは、手を差し伸べつづけたんだからよお」

静まりかえった室内に、押し殺した嗚咽が響いた。

「やっぱあいつは……兄貴の子なんだなあ」

「――ええ」

玲琳は、今度こそ心からの笑みを浮かべ、頷く。

それから、薬湯に白湯を差し、少しだけ薄めてやった。

「雲嵐が戻ってきたら、ぜひその言葉を、本人にお伝えくださいませ」

喉を震わせる男の傍に椀を置くと、玲琳は立ち上がる。

この場の患者たちは、きっともう大丈夫だ。彼らの多くが休んでいる間に、自身も体調と身支度を整えておく必要がある。

汚物がつかぬよう注意していたとはいえ、衣には汗が滲んでいたし、隈も酷い。あまりにくたびれた様子を見せてしまっては、きっと、雛女としての品位に欠けると批判されてしまうだろう。ほんのひとかけらさえ、「朱 慧月」と禍を結びつける材料を与えたくはなかった。雲嵐を攻撃する要素もだ。

だが、そっと踵を返そうとした途端、ぐらりと足下が揺れる。

「――……っ」

寝不足、そして疲労だ。

倒れ込みそうになって息を呑むが、幸か不幸か、気絶するのには慣れている。

咄嗟に片足を引き、転倒を防いでから、玲琳はその場に屈み込んだ。

(危うく、頭から倒れ込むところでした)

頭を膝に埋め、しばし呼吸を整えているうちに、眩暈《めまい》が去っていく。

よかった、とゆっくり顔を上げたところで、玲琳はぱちぱちと目を瞬かせた。

「……え?」

なぜなら、つい先ほどまで横たわっていたはずの豪龍が。その周囲で寝ていたはずの者たちが。

一斉に腰を浮かし、焦った表情で、こちらに手を差し伸べていたからである。

「あ……」

目が合うなり、彼らははっとした様子で、手を引っ込める。だがそれでかえって、彼らが「咄嗟に」手を伸ばしただけだということが、わかった。

倒れようとする玲琳を見て、思わず、跳ね起きてしまったのだと。

「その……」

中途半端な体勢で手を伸ばしたままの彼らに、昨日までの気さくさはない。

代わりにその顔には、苦い悔恨と、躊躇いとが滲んでいた。

そう。いつも開けっぴろげで、遠慮のない彼らが、悩んでいるのだ。

目の前の女に、自分たちが手を差し伸べる資格などあるのかと。

「こ、んなことを、あたしたちが聞くのも、なんだけど……」

おずおずと切り出したのは、昨日、真っ先に雲嵐を責め立てた女だった。

「その……大丈夫、かい」

「え……？」

「だって、ずっと、寝てないじゃないか。みんなの看病をして、泣く子どもたちのことは、あやして、……罵るあたしたちにも、じっと堪えて、さ」

まくし立てるように話す彼女だったのに、今は、歯切れが悪い。一語一語を押し出すようにして告げ、とうとう困ったように、息を吐き出した。

「……ううん。どう考えても、あたしたちが聞けた義理じゃ、ないね」

それから、差し伸べようとしていた腕を、ぎゅっと胸前で握り締めた。

彼女だけではない。周囲の男たちもだ。いいや、このあばら家に横たわっていた誰もが、目を覚まし、顔を上げては、状況を理解したのか、申し訳なさそうに目を伏せた。

本来の彼らなら、ちょっと衝突があっても、すぐに悪びれずに謝って、仲直りするのだろう。

しかし今、それをせず、支えるための手を伸ばすことにすら躊躇いを滲ませるのは、彼らが、調子のいいことを口にしていると自覚しているからに違いなかった。

食料をもたらされたら懐き、病魔に苦しめられたら罵り、けれど看病されたら感謝するなんて、と。

そのまま、ぎこちない沈黙が一帯に満ちる。

気まずい空気を破ったのは、幼い声だった。

「……ごめんなさい」

それは、豪龍のすぐ近くの筵《むしろ》に寝かされていた少年――昨日石を投げた少年のものだった。

せっかく起き上がれるようになったというのに、深く俯いている。小さな手は、一度玲琳に縋るように伸ばされたものの、許されることを諦めたように、すぐに引っ込められてしまった。

「ひめさまたちのせいにして、ごめんなさい。こんなに……ふらふらになるまで、かんびょうしてくれたのに」

あどけない瞳には、涙が滲んでいる。

「石をなげて、ごめんなさい」

それを聞いた大人たちも、次々と顔を歪め、俯いた。

病苦を脱した今、昨日の自分たちがいかに平静を欠き、理不尽だったかを、彼らは痛感していた。

こんな身勝手な自分たちを、雲嵐は、そしてこの雛女は、献身的に看病しつづけたのだ。

叶うことなら、詫びと感謝を捧げたい。

けれど、そんなの、あまりに虫がいい。

罪悪感と自己嫌悪が、彼らからいつもの気安さを奪った――。

「まったく、もう」

だが、そこに、溜息交じりの軽やかな声が落ちる。

邑人たちははっと顔を上げ、雛女の表情を見て、さらに目を見開いた。

「調子がよいのですから」

彼女は、手のかかる子どもを見るような、苦笑を浮かべていた。

「立ち上がるのがつらいので、少し、手を貸していただけますか」

微笑んだ女は、少年にすっと手を伸ばす。引っ込められていた腕に触れると、それを支えに立ち上がろうとした。

慌てて少年が腕を握り返すと、口元を綻ばせ、ゆっくりと身を起こす。

「支えてくださり、ありがとうございます。わたくしへの詫びは、これで帳消しということで、結構ですわ。残りは雲嵐へ」

ぽかんとこちらを見上げる少年のことを、玲琳は静かに見下ろした。

(人との仲というのは、面白いものですね。ちっとも、一筋縄でいってくれない)

己の腕を、そっと撫でてみる。力強く掴まれたその場所に、少年の手の温もりが広がっていた。

仲良くなって、あっさりと突き放されて、けれどまた、手を取り合って。

ころころと変わる態度は、不誠実で身勝手なはずなのに、何度も色合いを変える様相が、どうしようもなく胸に迫るのだと思う自分は、変なのだろうか。

きれいごとだけでない、そして簡単でもないこの関係。

けれどそれこそが、ずしりとした現実味と、鮮やかさを心に吹き込んでいく。

簡単に手に入った開けっぴろげな笑みよりも、今、ぎこちなく向けられた詫びの言葉を大切にしたいと――玲琳はそう思った。

「ああ、いえ、やはりこうしましょう。昨日の態度を反省してくださった方は、はい、この薬湯。わたくしが次に戻るまでに、全部飲んでおいてくださいね」

「え」

豪龍の傍に置いてあった土瓶を掲げると、邑人たちの顔が一斉に強ばる。

それはそうだろう。薬湯は効能優先で、味覚を破壊するような調合をしてしまったから。

「でもあの……だいぶ具合も落ち着いてきたし、もう飲まなくても……」

「それ、雑巾の絞り汁と虫の腐った死骸を混ぜたみたいな味だし……」

「飲んでおいて、くださいね？」

念押しすると、豪龍たちは従順に「はい……」と頷く。

玲琳はくすくす笑いながら、今度こそ呼吸を整え、立ち上がった。

「さあ、声を出していきましょう」

すっかり眠気が消えている。全身が軽やかで、急に視界が開けたような心地がした。

この勢いに乗じて、手洗いと着替えを済ませてしまおう。

その後はまた病状を一人一人確認し、程度に応じて寝場所を替えてやらねばならない。

風に乗って、桶から毒の気が流れてもいけないので、桶もまたきれいにしなくては。

やることが次々と浮かび、それは玲琳に活力を与えた。

（あ、ですが、いい加減、慧月様に連絡を取り直さなくては）

戸を出て、薄雲の向こうで赤く燃える朝日を見つめたところで、ふとそんなことを思う。

昨夕は、辰宇が乱入し、さらに病を報され、慌てて炎術を中断してしまった。

薬草を煎じている間は秘密裏の会話を持つどころではなく、その後はずっと辰宇が火の守りをしていたため、やはり炎術が使えなかった。

結局、あれ以降慧月とはろくに連絡が取れていないのである。相当気を揉んでいるだろう。

（わたくしの仮眠は後にして、先に鷲官長様にお休みいただきましょう。湯沸かしを任せっきりでしたし。それで、わたくしが火を扱えば。そうだわ、大兄様にも少し休んでいただかなくては）

頭の中で段取りを付ける。

ちょうどそのとき、景行が戻ってきたので、声を掛けようとした。

が、玲琳は、兄がやけに難しい顔をしているのに気が付いた。

「大兄様？」

「……このたびの痢病の原因がなにか、ずっと考えていたのだがな」

景行は顎でくいと合図し、付いてくるよう促す。

彼はある方向に向かって歩きながら、声を潜めて切り出した。

「食に当たったというには、この邑の民は近頃粥しか食っていない。このたびの手付金代わりに配られた菜もあるようだが、確かめたところ、食あたりを起こすようなものではなかった」

「わたくしもそれは不思議に思っておりました。やはり水に当たったと考えるのが妥当でしょうか」

「いや。俺も最初は、腐った水でも飲んだかと思ったのだが、これだけの人数が、同時に、これだけの症状に苦しむのは不自然だ。そこで、発症した者たちに話を聞いて回った」

どうやら景行は、看病と並行して経緯の聞き取りも行っていたらしい。

それによれば、最初に下痢や嘔吐が始まったのは、杏婆。体力の差からか、豪龍の発症はもう少し後だったが、おそらくこの頃には豪龍も痢病に蝕まれていたものと考えられる。寝食を共にしているはずの雲嵐は、痢病にはかからなかった。

その他に、いち早く嘔吐が始まったのは、乳飲み子を持った隣の一家の男と、そのさらに隣の家の子どもだ。彼らは、同じものを食しはしなかったが、ある共通点があった。

「男は、赤子がむつきを汚したというので、あやす妻に代わって洗い場を使っていた。子どもも、走り回って汗を掻いたので、洗い場の水を浴びたそうだ」

一番大きな貯水池の水を、使っていたのである。

「病に侵された赤子の便が、用水に混ざっていたということでしょうか」

玲琳は眉を顰《ひそ》める。

貯水池の水は、洗濯や生活水としても用い、飲用水とは明確に区別されていないようだったから、そうしたこともありえる気がした。

だが、景行は首を振った。

「前代頭領のときから、使った水は池に戻さぬようにしていたそうだ。それで腹痛を起こす者が減ったから、邑人は『池に住まう農耕神は清潔な水が好きなのだ』と信じて、掟を律儀に守っていた」

「だとしたら、なぜ……」

呟く玲琳の前で、景行は足を止める。

そうして、貯水池のある一点を指さした。

「あれだ」

淡く輝く朝日を受け止めた池、その一番奥には、小さな祠があった。この一帯の稲田を守る農耕神を祀ったものだ。石で組んだ簡素な祠、その柱に絡むようにして、なにかが揺らめいていた。

水に大部分を沈めさせた、赤く、きらきらとした、美しいなにか。

「――……!」

目を凝らした玲琳は、その正体を理解して、はっと息を呑んだ。

「あれは……!」

「こたびの奉納の儀に金家《きんけ》から贈られた、祭典用の衣装。その、帯のほうだな」

なぜそんなものが、と問いかけて、すぐに答えに思い至る。

「杏さんは前夜祭の日、郷にいた……。郷から盗み出したのですね」

「ああ。本人から聞いた。郷で宴があったのをいいことに、食料や金目のものを奪ったそうだ。食えるものは食い、食えない衣装は農耕神に捧げることにした。衣は山の祠に、帯は池の祠にな。祭壇のある舞台に火を放ったことに、引け目を感じていたからだ」

そこで景行は、目を伏せながら告げた。

「――病衣《びょうい》、という戦術がある」

「病衣?」

「痢病に侵された者の汚物や汗を衣になすりつけ、それを敵兵や捕虜に贈り、身に着けさせる。そうやって、敵陣に病を広げるという、禁じ手のひとつだ」

大きく目を見開いた妹に、景行は恥じるように唇を歪めた。

「汚いものだろう、戦場というのは。俺はそうした術は好かん。だがそれで、一度他家出身の参謀副官と喧嘩になったことがあってな。奴は、そうした手法が好きなのだ。合理的だと言ってな」

「……まさか、金家が、病に冒された衣を？」

玲琳は青ざめながら振り向く。

だがすぐ、自らその問いを否定した。

舞台に玄家《げんけ》の、そして慧月の居室に黄家《こうけ》の祖綬が落とされていたことを、思い出したからだ。

――誘導。

どこかの家に繋がる手掛かりがあったとしても、安易に飛びついてはならない。

「……その、『合理的な手法』を好む副官とは、どの家の方だったのですか」

ごくり、と喉を鳴らした妹に、景行は頷いた。

「金家は誇り高くあることを選ぶ。黄家は正面から戦うのを好む。朱家は戦略などない、感情のままだ。個々人の武技が優れている玄家は、策を弄する発想さえ持たぬ。だから、参謀には一番、藍家《らんけ》が向いていると言われる」

戦場でのやりとりを思い出したのだろうか。

布越しにも、景行の表情は、苦り切っているように見えた。

「藍家は、木の性。基本的には皆、穏やかで理性的だ。だが学に優れ、理論を重んじる藍家からは、情を解さず、平然と人を殺《あや》める者も時折生まれる。その副官は、そうした類の男だった」

「その方の名は……」

景行は低く告げた。

「藍 林熙」

「雛女・藍 芳春《ほうしゅん》の、同腹の兄だ」

玲琳は言葉も忘れ、黙り込んだ。

いくつもの思考が、頭の中を凄まじい速さで駆け抜けてゆく。

祭典用の衣装は、もともと「朱 慧月」が着る予定だったものだ。豊穣祭の本祭で、彼女がそれを身に着け、尭明とともに祈りを捧げることになっていた。

藍家は、慧月を殺めようとして、金家からの衣を病衣に仕立てたというのか。

それを偶然、邑の民が持ち帰ってしまった？

そして、帯で汚染された水を使って、炊事や洗濯を行って——？

では。なぜ。いいや、それだとしたら。

「思うのですが」

玲琳はきゅっと唇を引き締めた後、静かに切り出す。

「おい、しっかりしろ！」

しかしそれを、男の鋭い叫び声が遮った。

ぱっと振り返れば、あばら家の近くで声を荒らげているのは、辰宇である。

彼は、新たに調達してきたのだろう薪と水桶を投げ出し、誰かの肩を支えていた。

一部だけ結った短髪の青年——雲嵐だ。

「雲嵐！」

驚いた玲琳たちは、慌てて家へと駆け戻る。

「雲嵐！　帰ってきたのですね！　もう、そんなに疲れるまで薬草を――」

摘んでくるなんて、と続けかけて、口をつぐむ。

雲嵐が、薬草籠を背負っていないことに気付いたからだった。

いいや、それどころか、

「雲嵐？」

彼が歩いたと思しき道には、点々と、血が散っていた。

「どう、し――」

辰宇の腕の中に倒れ、ずるずると膝から崩れ落ちてゆく雲嵐の、その腹に見えるのは――短刀。

大きく息を呑んだ玲琳に向かって、彼は一度だけ、顔を上げようとした。

「は……やく……」

「雲嵐！　雲嵐、どうしたのです！　この刀は、いったいどうしたの!?」

「全……、逃げ……」

叫ぶ玲琳の前で、すっかり青くなった唇が、弱々しく震える。

「逃げる？　――雲嵐!?　雲嵐！」

雲嵐は薄く息を吐き出すと、ぐったりとその場に倒れ込んだ。

9・慧月、怪しむ

時は、少し――慧月《けいげつ》が炎術を通じて、伝染病の報に触れたときにまで遡る。

「嘘でしょう……」

煙だけをたなびかせる燭台を前に、彼女は呆然と座り込んでいた。

すでに、炎術は打ち切られていた。事態を重く見た玲琳《れいりん》が、即座に焚き火に水を掛け、「ごめんなさい、後ほど必ず」との詫びもそこそこに、その場を走り去って行ったためだ。

また、尭明《ぎょうめい》の姿もなかった。伝染病の報に表情を険しくし、さっさと室《へや》を出て行ったためである。

今、慧月の傍には、張り詰めた表情を浮かべた莉莉《りーりー》と冬雪《とうせつ》だけが残っていた。

「どうしろと、言うのよ……」

慧月は無意識に髪に両手を差し込み、くしゃりと握り潰した。

伝染病。それも、汚物を撒き散らす、とびきり汚らしい病――痢病《りびょう》。

高貴性を重んじる雛女《ひめ》がそんなものに罹患したら、一巻の終わりだ。その評判は徹底的に損ねられ、二度と回復することはない。邑《むら》や玲琳の安否と同じくらい、己の社会的な死を恐れ、慧月は震えた。

「いったいわたくしに、どうしろと言うのよ」

いいや、すべきことはわかっているのだ。なにしろ、室を去る前に、尭明が命じてきたのだから。

彼は、取り乱して「一刻も早く邑に救助を」と訴える慧月を遮り、こう告げた。

今はまだ、救助に向かうときではない。おまえは、茶会をやりとげよ、と。

（じゃあ、いつ救助を遣わすと言うの？　だいたい、この緊急事態に、茶会ですって？）

慧月とて当然反論したが、尭明は取り合わなかった。彼の主張はこうだった。

もし「朱《しゅ》 慧月」が誘拐先で病に巻き込まれかけていると他家が知ったなら、彼らはそこに付け込んで彼女を陥れようとする――つまり、汚らわしい女との風評を立て、引きずり落とそうとする。

だから先んじて茶会を開き、「朱 慧月」の評判が下げられるのを防げというのだ。

つまりは、情報戦だ。

そんなことできない、と慧月は叫んだが、それ以上の反論を許す間もなく、尭明は去ってしまった。

尭明にどんな思惑があるのか把握しきれないが、彼が命じたなら、それに従うしかない。

わかってはいたが、とてもすぐには心が追いつかず、慧月はこうして座り込んでいるのであった。

「いやあ、驚きの展開だったよね」

とそこに、場違いに伸びやかな声が掛かる。

慧月はのろのろと振り返り、声の主を理解すると、顔を歪めた。

景彰《けいしょう》だ。尭明を見送り、また戻ってきたらしい。

彼は、硬直する女たちに構わず室に踏み入ると、許可も取らずに、慧月の前に腰を下ろした。

手持ち無沙汰なのか、火の消えた蝋燭《ろうそく》を燭台から抜き取り、指先で転がしている。

「朱 慧月殿。あのさ」

ややあってから、慎重に切り出された言葉に、慧月は思わず身構えた。

（なにぼけっとしてるんだ、とか言われるのかしら。今、嫌味でも言われたら、耐えられないわ）

この数日、景彰はぴったりと慧月に張り付き、周囲に入れ替わりが気取られないよう指導するとともに、礼武官として仕入れた捜査の進捗状況を共有してもくれた。

今ではもう、衣に泥を掛けたのは彼ではないと確信しているし、この屋敷で慧月が気を遣わずに話せる相手は、事情を知っている景彰くらいのものだ。

それでも、彼独特のねちねちとした言い回しに、今の自分が対応できるとは思えなかった。

「悪いけど、今はあなたと――」

「ごめんね」

だが、会話を拒絶しようとしたところを唐突に詫びられ、慧月は出端を挫《くじ》かれてしまった。

「は？」

「まさか、殿下に早々に見抜かれて、泳がされていたなんて。偉そうに『絶対に見抜かれないように』なんて君に演技指導までしておいて……僕、今、すごく恥ずかしいよ。驚きの展開にも程がある」

どうやら、もったいぶっていたように見えたのは、単に気まずかったかららしい。

ばつが悪そうに頬を掻く景彰に、慧月はふいに、警戒心が緩むのを感じた。

だがそれと同時に、心の中で淀んでいた不安や苛立ちが一斉に解き放たれてしまう。

景彰が譲ったぶんだけ、遠慮なく詰め寄り、慧月は相手を責め立てた。

「……その通りよ。どうしてくれるの？　最初から自白していたほうが、まだ罪が軽くなったかもしれないし、身動きが取れたかもしれないじゃない」

「うん」

「殿下は激怒、黄《こう》 玲琳は病に巻き込まれ、わたくしは茶会を強いられて。全方向に最悪よ」

「そうだよねえ」

こうやって、すぐ誰かのせいにしてしまうところが、一番の欠点なのだと自分でも思う。

それでも感情の奔流が止められず、好き勝手に景彰を詰《なじ》ってしまったが、意外にも彼は、大人しくそれを聞いていた。

「うーん、でもさ、とりあえず殿下は、入れ替わりの罪は見逃すって言ってくれたじゃない」

さらには、慰めの言葉まで寄越してくる。

だが、慧月はすんなり受け入れられず、言い返した。

「でも、黄 玲琳の『不貞』の罪は、きっとわたくしにかぶせるのだわ」

「殿下はそんな狭量な方ではないよ。それに、玲琳だって病に罹るとは限らない」

「罹らないとも限らないわ」

「茶会だって、冬雪や僕も協力するし、きっとうまく行くよ」

「そんなわけがない！」

楽観的なことばかり告げる男に、とうとう金切り声を上げてしまった。

「あなたたちだって、言ったじゃない。わたくしは、無芸無才の『どぶネズミ』なのよ!?　なにもできない、なんの才能も持っていない。そんなわたくしが、茶会をこなせるはずないわよ！」

「それはどうかなあ」

だが、やはり冷静な声で返され、慧月は咄嗟に口をつぐんだ。

「僕は、君ならうまくやると思っているよ」

景彰は、いつものようなのらりくらりとした笑みではなく、真剣な表情を浮かべていた。

「なにを……」

「だってさ。君は少なくとも、逃げ出さないじゃないか」

彼は軽く肩を竦める。なんでもないような言い方が、慧月から反論の言葉を奪った。

「数日見ていて気付いたよ。君はすぐ怒鳴るし、すぐ悲鳴を上げる。逃げたい、もう勘弁してくれって。でも、そう叫ぶってことは、『まだ逃げ出してない』ってことだ。君はぎゃあぎゃあ騒ぎながら、結局いつも踏ん張っている」

彼は妹のことを思い出したのか、くすくすと笑った。

「引き換え、玲琳をごらんよ。あの子は、逃げたいなんて弱音は吐かないけど、代わりに、こいつはまずいぞと思ったら、即断し、賊に攫《さら》われてでも逃げてしまう。それはそれで潔いんだけど」

唆《そそのか》したのは僕たちだしね、とも付け加える。

景彰の言葉をどう受け止めてよいのかわからず、慧月は視線を逸《そ》らした。

「……でも、最初に逃げ出したのはわたくしだわ。乞巧節《たなばた》の夜、わたくしはこの体から逃げ出そうとして、彼女の体を奪ったの」

「最初はね」

景彰はやはり、小揺るぎもしない。微笑んだまま、蝋燭を燭台に刺し戻した。

「おおかた、それで懲りたんだろう？　その後は殊勝にしてるじゃないか。不器用なりに努力して、僕たちから嫌味を言われてもぐっと堪《こら》えて。うっかり再度入れ替わっても、ひいひい言いながら殿下に向き合ってきた」

「……逃げる隙も、方法もなかっただけだわ」

「うん。結果的に、逃げてない」

景彰がにっこり笑うと、玲琳と目鼻立ちがひどく似ることに、ふと気付いた。

どこまでも結果にしか頓着しないその思想まで含め、やはり彼らは、兄妹なのだ。

『どぶネズミ』なんて言って、悪かったよ。たしかに今、君の芸や才能はまだほかに及ばないのかもしれない。でも君には、そんな自分と向き合って足掻く、勇敢さがある」

ああ、と、慧月は顔を歪めそうになった。

まったく、黄家の人間ときたら、どうして誰も彼も、自分が一番求めていた言葉を、ひょいと投げて寄越すのか――。

「…………」

「つまりあれだ、君には根性がある。これってすごく重要なことだ。輝く根性！」

そしてなぜ、こうも「根性」というものを愛しているのか。

慧月は口の端をひくりと引《ひ》き攣《つ》らせた。

「いえ、根性だけあっても、事態はちっとも解決しないのだけど」

「だが根性がなくては、最初の一歩すら動かない。根性はすべての礎だからね」

偉いよ、と気さくに肩を叩いてから、景彰はさっさと室を出てしまった。

「じゃ、殿下ももう、僕たちを泳がせるのをやめたようだし、どんなことをお考えなのか、聞き出してくるよ。君は茶会を頑張って」

そんなことを言い残して。

（……それだけを告げに、わざわざ戻ってきたということなのかしら）

いつになく友好的だった男の後ろ姿を、慧月はついそのまま見送ってしまった。

「慧月様。茶会の準備を、なさいますか」

機を窺っていたのか、背後からそっと冬雪が声を掛けてくる。

振り向いたときには、先ほどまでとは打って変わって、ごく自然に頷くことができた。

「そうね」

やるのだ。自分ができることを、できると信じて。

（べつに、景彰殿に励まされたからというわけでは、全然ないけど）

胸の内で、そっと呟く。

嬉しかったとか、気が楽になったとかいうわけではまったくないけれど——やるしかないのだ。

江氏《こうし》と繋がっている家を確認し、敵対的な雛女を牽制するための、情報戦《ちゃかい》を。

「手伝ってちょうだい」

慧月がきっぱり告げると、冬雪と莉莉は顔を見合わせ、力強く「はい」と応じた。


さて、それから二刻ほど経ち、深夜に差し掛かった頃である。

すっかり高く昇った朧月《おぼろづき》を、中庭に出た慧月は、よろよろと見上げていた。

「疲れたわ……」

「一気に張り切りすぎるからですよ」

背後に控えた莉莉は、呆れたように指摘する。彼女自身疲れ切って、あくびを噛み殺していた。

それはそうだ。「黄 玲琳」が主催するにふさわしい茶会となるよう、茶や菓子の選定に、家具の配置、香の用意、会話運びの検討を、この時間まで入念にこなしていたのだから。

冬雪は最終確認をすべく茶室へと赴き、慧月と莉莉は息抜きのため、外の空気を吸いに出たところだった。

「普通なら、連日夜宴が開かれる風習だったはずですが、拉致事件のせいで全面自粛ですね」

「そうね……」

静まりかえった屋敷の中庭を見回し、二人は呟く。

回廊から見える雛女の居室はどこも灯りが消されていた。

たしか日付の変わる時間帯には、各家の礼武官が雛女の居室の前に立つ決まりだったはずだが、その姿も見当たらない。

きっと、夜宴を楽しみにしていたのに、それがないから、さっさと眠ってしまったのだろうと、慧月は軽蔑を込めて決めつけた。

以前は礼武官に漠然とした憧れを抱いていたものだが、今となっては、他家の雛女が攫われても、彼らがろくに調査に協力していないことを知っている。だからこそ、「朱 慧月」は目と鼻の先にいるというのに、辰宇《しんう》しかそこにたどり着けなかったのだ。

雛女も、礼武官も、結局のところ他家の人間というのは、抜け目のない敵だ。

唯一の例外は、常識外れで、底抜けにお人好しな黄家の人間くらい――。

「あら?」

とそのとき、茂みの奥の四阿《あずまや》から、不意に人影が出てきたことに気付き、慧月たちは足を止めた。

影の正体を悟り、驚く。景彰だ。

「景彰殿――と、芳春《ほうしゅん》様？」

彼に続いて出てきた人物を認め、慧月たちはさらに目を見開いた。

なんと、景彰に支えられるようにして四阿を出たのは、藍家《らんけ》の雛女・芳春だったのだ。

一瞬、逢い引きの現場かと思ったが、周囲では藍家の女官たちが恐縮した様子で景彰に頭を下げているし、芳春の足取りがふらついていることから、そうではないとわかる。

「具合を悪くした芳春様を、景彰様が介抱していた、といったところでしょうか……？」

「少なくとも、やましい関係ではなさそうね」

眉を寄せた莉莉に、慧月は頷いた。

それを裏付けるように、こちらに気付いた芳春が顔を上げ、嬉しそうに表情を綻ばせる。

「玲琳お姉様。どうなさったのですか」

慧月は、意識的に「黄 玲琳」の仮面を被りなおし、芳春に応えた。

「眠れず、息抜きをしていたのです。芳春様こそこのような夜更けに、どうなさったのですか？」

「お恥ずかしい話なのですが、蒸した夜に根を詰めていたら、具合を悪くしてしまって……。ちょうど景彰様が通りかかられたので、介抱していただいてしまったのです」

芳春は、小動物を思わせるおずおずとした態度で、小さく答えた。

「夜に、それも自室ではなく四阿で、『根を詰める』？」

「はい……ええと、そのう」

小柄な彼女は、上目遣いで慧月を見上げながら、言いよどむ。

すると代わりに景彰が、横から説明した。

「芳春殿は、朱 慧月殿と、我が兄景行《けいこう》の無事を祈って、始祖神に捧げる千字文《せんじもん》を臨書していたんだ。さすがは、学識の豊かさで知られる藍家の雛女。実に見事な手跡でね」

「い、いいえ、そんなことは」

すると、恥ずかしがり屋と評判の彼女は、両の袖で顔を覆い隠してしまった。

「わたくしにできるのは、この程度のことで、申し訳ない限りです……」

「しかもそれを、自室で遅くまで火を灯してするのではなく、外で淡い月光を拾って行おうとする心がけの、いじらしいことだよ。僕はもう、ぜひ他家の雛女にも見習ってほしいと思ったほどでね」

「いえ、あの、そんな……っ」

景彰が続けて讃えると、彼女は夜目にもわかるほど顔を赤くし、必死に言いつのった。

「あまり、そのように仰《おっしゃ》らないでくださいませ。清佳《せいか》様あたりがお知りになったら、その……あまり、快く思われないかと存じますので」

(ああ。清佳様ならきっと、「あらまあ、これ見よがしの善行ですこと」なんて言いそうね)

芳春の発言を聞き、慧月はなぜ彼女が四阿でこっそり臨書していたかを理解した。

気位が高く、独自の美学を持つ金《きん》清佳は、「誰かを想ってコツコツ仕上げました」といった、泥臭い行為を嫌うのだ。彼女の誕辰《たんしん》に、芳春がわざわざ女官たちに呼びかけて作らせた祝いの寄せ書きも、馬鹿にして受け取らなかったほどだ。

そして、この屋敷で割り当てられた芳春と清佳の室は隣同士。

金家の女官たちにうっかり「善行」を気取られてしまうことを、芳春は懸念したのだろう。

「わたくしが、慧月様のご無事を信じたくて、勝手にしたことですので……。挙げ句に、他家の方にご迷惑までお掛けしてしまって、本当に、申し訳ない思いでございます」

目を潤ませて告げる芳春を見て、慧月は胸を温かくした。

(おどおどしているだけの雛女かと思ったけど、優しいじゃない)

少なくとも、雛女たちの中で「朱 慧月」を案じてくれたのは、玲琳を除けば芳春だけだろう。

(そういえば、丁寧な話し方や庇護欲をくすぐる感じが、黄 玲琳とも似ているし)

木性と土性は、もともと似たところが多い気性という。

なんとなく、玲琳に微笑みかけられたときのような感覚を抱き、慧月にしては珍しく、心穏やかに他家の雛女を持ち上げた。

「芳春様は、本当に奥ゆかしくて、優しいお方ですこと」

「そ、そんな、滅相もございません!」

だが、芳春はぱたぱたと両手を振る。

「奥ゆかしくてお優しいのは、玲琳お姉様のほうではありませんか。玲琳お姉様はわたくしの憧れです。こたびもご心労のかかるほどに慧月様を案じられて。慧月様は、ときに貞節も忘れて奔放な発言をなさるほどなのに……」

「貞節も忘れて?」

気になる言い回しを捉え、慧月は思わず聞き返した。

「あ」

芳春はしまったと顔色を変え、口を覆う。

それが一層、慧月の興味を掻き立てた。

「奔放とはどういうことですの？」

「いえ、あのう……」

大きな瞳を潤ませた芳春が、ちらりと景彰に一瞥を向ける。その後、改めて意を決したように「なんでもありません」と告げた彼女に、慧月はいよいよ苛立ちを募らせた。

「芳春様。どうか仰ってください。慧月様の、いったいどこが、貞節を忘れていると？」

無芸無才、機転が利かない、権力者におもねる。そうした陰口なら、これまでにも聞いてきた。

だが、不貞を疑われるような行いはしていないはずだ。

「も、申し訳ございません、わたくし……言い間違えて」

「そんな間違え方をするはずがないではありませんか。怒らないので、仰って」

身を乗り出して詰め寄ると、芳春はとうとう、叱られた子犬のような風情で口を開いた。

「わたくし……聞いてしまったのです。慧月様が、礼武官たちに、そのう……欲、を抱いていると仰るのを」

「なんだって？」

これには、景彰が驚いて聞き返した。

芳春は恥じ入るように、きゅっと目をつぶった。

「慧月様は、凜々しい殿方が大好きなのだそうです。それで、見目麗しい鷲官長《しゅうかんちょう》様や、各家の礼武官が、とても……好ましく映るようで。主催家の立場を利用して、彼らと語らい、媚薬でも飲ませてみようかしらと、そのう、仰っていました」

慧月は絶句した。

「どうせ下賜もありえる最下級妃になってしまうなら、そのくらいの『お楽しみ』は許されるでしょうと。わたくし、びっくりしてしまって……こっそり諌めたら、慧月様には口止めされたのですが」

全身から血の気が引くのを感じる。

芳春はなにを言っているのだろう。

慧月はそんなことを、一度たりとて言ったためしはないのに。

「……本当に、慧月様が、そんなことを？」

小動物のようで、愛らしく、雛女たちの中で誰より無害な藍 芳春。そんな彼女だから、もしかして誰かに嘘を吹き込まれたのかもしれない。利用されているのかもしれない。

だが、芳春は、悲しそうに涙を浮かべ、言い切った。

「はい、はっきりと。道中の馬車でも、物欲しげに礼武官たちをご覧になっていました」

鼓動がどっと速まる。

なにがしたい。

彼女はなぜ「黄 玲琳」にこんな嘘を告げる。

「朱 慧月」を性に奔放な女と思わせる、彼女の目的はなんなのだ。

慧月は呼吸も忘れて、目の前の小柄な女を見つめた。

——窮乏した民の裏に、郷長が。けれどそのさらに裏に、もうお一方……。

脳裏に、思案に沈んでいた玲琳の呟きが蘇る。

汚された祭典用の衣。その犯人は景彰たちではなかった。落とされていた黄家の祖綬。玄家《げんけ》に繋が

る手掛かり。次々と情報の断片が思い浮かんでは、消えてゆく。

いったい誰が、「朱 慧月」を陥れようとしたのか。

「あのう、でも、火の気が強い方々は、もともと性に大らかと言いますから……朱家特有の冗談だったのかもしれません。どうか、気にしすぎないでくださいませ。景彰様にご迷惑を掛けたうえ、玲琳お姉様にも嫌な思いをさせてしまって、本当に本当に、申し訳ございません」

最後にそう付け足し、改めて世話になった礼を述べて去って行く芳春を、慧月は呆然と見送った。

あとがき

こんにちは、中村颯希です。皆さまのご声援のおかげで、なんと三巻を刊行することができました。本当にありがとうございます。

さてこの三巻、期待には応えねばとの思いを込め、新キャラを登場させたり、玲琳の心を深掘りしたりと、めちゃくちゃ気合いを入れて筆を進めていたわけですが、……なんというか進みすぎまして、すでに本編をお読みの方はお気付きでしょうが、その……三巻で終わりませんでした（小声）。

行数を増やしていただいたにもかかわらず、今回もあとがき一ページのみというパツパツぶり。文字数というか、愛と気合いがはみ出しちゃったんですね。不可抗力でした。四巻に続きます。

四巻のテーマを一言でまとめるなら、「反撃」でしょうか。史上最大に追い詰められた玲琳が、そして意外な成長を遂げた慧月がどう出るのか、楽しみにしていただければ嬉しいです。あっ、尭明や辰宇もちゃんと出番ありますよ！　いえ、宣言しておかないといけない気がして……特に尭明……。

改めて、こんな作者をいつもきちっと締めてくださる編集者様、本当にありがとうございます。美麗なイラストを手掛けてくださるゆき哉先生（今回のピンナップ、好きすぎて心臓吹き飛ぶところでした）、デザイナー様、最高のコミカライズを進めてくださる尾羊英先生（ゼロサム様での毎号の掲載がもはや生きる糧です）にも、改めて御礼申し上げます。

そして読者様には、特大の感謝を。どうか、四巻でまたお会いできますように。

二〇二一年十一月　中村 颯希

●本書は書き下ろしです。

2021年11月5日　初版発行
2022年2月1日　第3刷発行

著者　中村颯希《なかむらさつき》

イラスト　ゆき哉《かな》

発行者：野内雅宏

発行所：株式会社一迅社
〒160-0022　東京都新宿区新宿3-1-13　京王新宿追分ビル5F
電話　03-5312-7432（編集）
電話　03-5312-6150（販売）
発売元：株式会社講談社（講談社・一迅社）

印刷・製本：大日本印刷株式会社

DTP：株式会社三協美術

装丁：伸童舎

ISBN 978-4-7580-9412-2

Printed in Japan

おたよりの宛先
〒160-0022　東京都新宿区新宿3-1-13　京王新宿追分ビル5F
株式会社一迅社　ノベル編集部
中村颯希先生・ゆき哉先生

ふつつかな悪《あく》女《じょ》ではございますが
～雛宮蝶鼠とりかえ伝～
3